공현의 낙수에서 배로 황하로 들어가며
즉흥시를 지어 부현의 벗들에게 부치다

自鞏洛舟行入
黃河卽事寄府縣僚友

강물 낀 푸른 산 뱃길은 동쪽을 향하고
동남쪽 사이 활짝 열려 드넓은 황하로 통하네
겨울 나무는 먼 하늘 끝에 닿아 희미하고
석양은 물결 속에서 사라져 간다

來水蒼山路向東
東南山豁大河通
寒樹依微遠天外
夕陽明滅亂流中

만검조종
萬劍祖宗

만검조종

만검조종 3
한성수 新무협 판타지 소설

초판 1쇄 찍은 날 § 2006년 3월 10일
초판 1쇄 펴낸 날 § 2006년 3월 20일

지은이 § 한성수
펴낸이 § 서경석

편집장 § 문혜영
편집책임 § 김민정
편집 § 유경화 · 심재영

펴낸곳 § 도서출판 청어람
등록번호 § 제1081-1-89호
등록일자 § 1999. 5. 31
어람번호 § 제2-0861호

주소 § 경기도 부천시 원미구 심곡1동 350-1 남성B/D 3F (우) 420-011
전화 § 032-656-4452   팩스 § 032-656-4453
http://www.chungeoram.com
E-mail § eoram99@chollian.net

만검조종
萬劍祖宗
Fantastic Oriental Heroes
한성수 新무협 판타지 소설
3
정파비무대회
도서출판 책와람

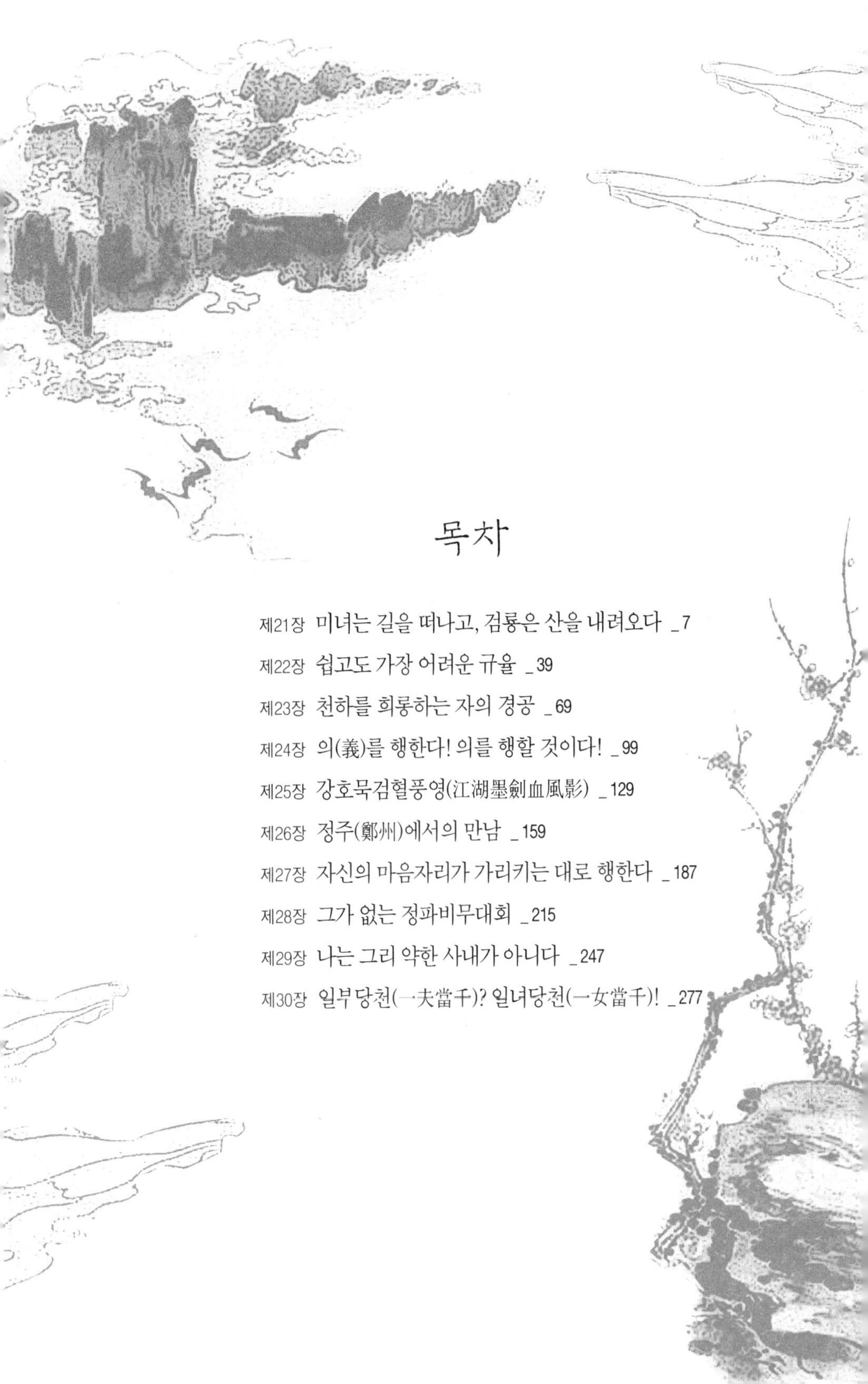

목차

제21장

미녀는 길을 떠나고, 검룡은 산을 내려오다

흐릿한 불빛만이 넘실거리는 대전.

오직 듬성듬성 주변을 밝히고 있는 횃불의 그림자만이 보이는 대전의 중앙에 홀로 좌정한 여인이 있다.

경국지색(傾國之色).

조금 지나치다 싶을 정도로 하얗고 아름다운 옥용, 천하를 미소 한 번에 무릎 꿇릴 수 있을 정도의 미모란 눈앞의 여인을 두고 일컫는 말일 것 같다.

그런 여인의 섬세한 몸을 가리고 있는 건 붉은 꽃잎이 잔뜩 수놓아져 있는 무복이다. 절세의 미모에도 불구하고 여인이 무학의 길을 걷기로 했음을 웅변해 주는 광경.

문득 입가에 한지 한 자락을 물어 숨결을 없앤 여인이 무릎 위에 올려져 있던 화려찬란한 보검을 들어올렸다.

스릉.

여인은 지체없이 온갖 보주로 장식되어 있는 보검의 검파를 쥐고 검신을 빼 들었다. 그러자 갑자기 자신의 속살을 드러낸 보검의 검신이 파르르 떨림을 보였다. 느닷없이 일어난 보광과 대전을 밝히고 있던 횃불이 만들어낸 환각이었다.

두 치가 조금 넘어 보이는 검신을 타고 흘러내리는 화려한 기운이 보광의 정체!

여인은 화홍빛 입술에 물고 있던 한지를 살짝 깨물었다. 문득 눈앞에 보이는 보검이 뿜어내고 있는 현란한 보광이 자신을 닮았다는 생각이 들었기 때문이다.

'싫다!'

올해 스무 살이 된 여인의 신분은 마고로 더 유명한 신성천교가 숭배하는 성화를 지키는 신녀였다. 평생 처녀의 몸을 유지해야 할뿐더러 죽을 때는 성화에 자신의 몸을 던져야만 하는 비운을 타고난 여인인 것이다.

그러나 그녀를 진정 괴롭게 만든 건, 그같이 참담한 운명을 결정한 당사자인 교주, 광천존 우대승이 사실은 자신의 친부라는 사실이었다.

그녀는 우대승의 숨겨진 혈육이었다. 결코 첩을 인정하지 않는 신성천교의 율법 때문에 결코 인정받을 수 없는 서러운 신세였다.

그래서 우대승은 그녀를 신녀로 만들었다. 자신의 지위를 지키기 위해 딸의 운명을 진창 속에 던져 버렸다.

그게 신녀 우약연의 가슴에 한을 남겼다.

신녀라는 지위에 어울리지 않게 애써 무공을 익히고 집착하게 된 건 모두 그로부터 비롯된 일이었다. 모든 일에는 원인이 있고 결과는 그에 따라 일어나는 법이다.

이십 세 생일, 정식으로 신성천교의 신녀가 된 증표로 받은 일월신검의 지나친 아름다움이 우약연의 마음을 답답하게 함은 이와 같은 연유에서였다.

'그래도 천하의 신검이라 했던가…….'

우약연은 조심스레 일월신검의 검파에 손을 대고 정성스레 검신을 쓰다듬었다.

검신에 담긴 검기를 읽으려 함이다.

일정 이상의 진경에 오른 검객이라면 검을 대함에 있어 그 겉모습에 현혹되지 않고 내면에 담긴 검기를 먼저 읽는 건 당연한 일이다.

스으!

우약연의 손가락이 일월신검의 검신을 연속적으로 두드리며 빠르게 훑어갔다. 뭔가 세밀하면서도 묘한 감흥을 느끼게 할 만큼 은밀한 동작.

팟!

순간 일월신검의 검신에서 손가락을 뗀 우약연이 펄쩍 뛰어 일어났다.

느닷없는 변화.

곧이어 시작된 건 검무(劍舞)였다.

사르륵!

사르르르…….

신성천교에서 제천의식을 치를 때와 같이 우약연은 크게 허리를 굴신하더니, 손에 든 검을 크게 밖으로 내치며 살짝살짝 걸음을 내딛기 시작했다.

검무의 시작!

일시 일어난 검광 속에 자신의 온몸을 파묻은 채 우약연은 보보마다 다른 동작을 만들어냈다. 현란하면서도 아련한 슬픔이 느껴지는 움직임.

그녀가 만들어낸 검원과 검화는 각기 다른 모양과 변화를 보였고, 그럴 때마다 대전 안을 채운 차가운 대기가 깜짝깜짝 놀라 소스라쳤다.

우약연 본연의 미모.

그에 일월신검이 뿜어내는 보광이 어울림을 보이자 천하의 모든 아름다움이 한자리에 모인 듯 보인다.

분명 그러했다.

한데, 막 검무가 절정에 이르렀을 무렵이었다.

거의 무아지경 속에 빠져든 듯싶던 우약연이 수중의 일월신검을 대전 벽을 향해 그대로 내던지는 게 아닌가.

피잇!

우약연의 손을 떠난 일월신검이 한줄기 유성처럼 날아 대전 벽에 그대로 파묻혔다.

신음조차 죽어버린 것인가?

예리한 검기의 영향으로 모습을 감춘 검신은 어떤 소리도 내지 않았다.

화득!

근방에 꽂혀 있던 횃불의 불길이 한차례 큰 춤을 추었을 따름.

우약연의 서슬 퍼런 모습에 놀란 것인가, 일월신검이 뿜어낸 검기가 그리 만든 것인가?

"하아!"

한차례 입김을 토해낸 우약연이 이젠 검파밖엔 보이는 것이 없는 일월신검 쪽을 바라보며 나직이 중얼거렸다.

"장식품으로나 쓰면 좋을 검……."

우약연은 어째서 부친 우대승이 오래전부터 크게 탐심을 품었던 일월신검이 자신의 손에까지 전해졌는지 대충 짐작할 수 있었다.

천하를 호령하는 절대고수인 우대승이 보기에만 그럴듯한 일월신검의 허약한 검기를 읽지 못했을 리 없다. 껍데기 따위에 마음을 빼앗기는 건 눈이 삔 작자들이나 할 일이었다. 그리고 부친과 자신은 절대 그런 치들이 아니었다.

'그렇다면 진짜 일월신검의 진체는 누구의 손으로 넘어간 것인가…….'

조사해 볼 필요가 있다고 우약연은 생각했다.

신성천교의 존성전(尊聖殿)을 빠져나온 우약연은 발길을 재촉해 광명전(光明殿)으로 향했다. 오대광명사자 중 한 명인 백포혈마 헌원무진을 만나기 위함이었다.

"누구?"

"엇!"

광명전의 정문을 지키고 있던 묵포 흑건의 오행마단(五行魔團) 무사들이 인기척을 느끼고 눈빛을 번뜩이다 안색을 경직시켰다. 쉽사리 존성전 밖에 모습을 드러내지 않는 우약연이 친히 방문했음을 알고 크게 놀란 것이다.

털썩! 털썩!

밑둥이 잘린 볏단처럼 일제히 자리에 부복한 무사들이 목소리 높여 소리쳤다.

"미천한 교도들이 신녀님의 존안을 뵈옵니다!"

"신녀님을 뵈옵니다!"

우약연이 얼음같이 차가운 얼굴에 얼핏 담담한 미소를 매달았다.

"본 신녀가 허락하니, 교도들은 일어서시오!"

"신녀님의 은혜에 감사드립니다!"

"신녀님의 은혜에 감사드립니다!"

오행마단의 무사들은 부복을 풀고 신형을 일으키면서도 얼굴에 두렵고 황송한 기색을 감추지 않았다. 그만큼 신성천교에서 신녀가 차지하는 위치는 놀라웠다. 가히 교주에 버금갈 만하다고 할 수 있었다.

우약연이 말했다.

"오행마단의 교도들이여, 오늘밤 광명전의 당직이 헌원 사자인 걸로 알고 있다. 그에게 본 신녀를 안내해 주지 않겠는가?"

"무, 물론입니다!"

"이 미천한 몸을 따르시지요!"

"아니, 이 몸이……."

연이어 목청을 높이는 무사들 중 한 명이 갑자기 눈에 살벌한 살기를 담았다. 오늘 광명전의 호위를 맡은 오행마단의 무사들 중 가장 짬이 많은 자였다.

"이놈들! 고귀한 신녀님은 당연히 이 몸이 맡는다! 어딜 감히 짬도 안 되는 핏덩이들이!"

"그런……."

"그……."

갑자기 핏덩이로 변한 무사들이 항변하려다 입을 꾹 다물었다. 선임 무사의 눈빛이 지나치게 살벌한 것이 당장 목이라도 베일 것 같았기 때문이다.

'이만 찌그러지자!'

'그, 그래야 할까나?'

무사들은 서로에게 빠르게 눈빛을 던지곤 얼른 옆으로 물러섰다.

지금 선임 무사의 위엄을 세워주지 않는다면 앞으로 매우 많은 후환이 따를 게 분명했다. 이쯤에서는 비굴하게 굴복하는 게 좋다는 것이 중론이었다.

활짝!

순간 선임 무사의 만면에 아주 환한 미소가 만들어졌다. 방금 전에 살벌한 눈빛을 마구 날렸던 것과는 아주 대조적인 모습이었다.

'자식들……!'

얼른 핏덩이 후임들로부터 신형을 돌려세운 선임 무사가 우약연에게 정중하게 허리를 숙여 보였다.

"신녀님, 이 몸이 앞장서겠습니다."

"부탁하마."

우약연의 대답이 떨어지자 선임 무사가 얼른 앞장섰다. 그에게 있어선 지금이야말로 신성천교에 입교한 후 가장 영광스런 순간임에 분명했다.

하지만 그가 누린 영광스러움은 거기까지만이었다. 갑자기 그의 앞에 오늘 광명전의 당직을 맡은 헌원무진이 모습을 드러냈기 때문이다.

슉!

헌원무진은 광명전을 빠져나오자마자 단숨에 우약연 앞에 섰다. 표홀하기가 바람과 같고 오고 감의 동작을 전혀 느낄 수 없을 정도로 빼어난 모습.

'본 교의 오대광명사자의 무공이 모두 화경에 접어들었다더니, 그 말이 사실이었구나!'

우약연은 눈에 이채를 띠곤 미미하게 고개를 끄덕였다. 우약연의 얼굴을 확인하자마자 바닥에 부복한 헌원무진이 목소리를 높였다.

"광명사자 헌원무진이 신녀의 존체를 뵈오이다!"

"헌원 사자는 일어서시오!"

우약연이 손짓을 해 보이자 헌원무진이 얼른 부복을 풀고 일어섰다. 그의 시선이 이미 딱딱한 얼음처럼 온몸이 굳은 선임 무사를 향했다.

"오행마단의 말단에 불과한 네가 감히 광명전 내부에 들려 했느냐?"

"소, 속하는 그저……."

"변명까지!"

헌원무진의 소맷자락이 칼날 같은 경기를 일으키며 부풀어 올랐다. 그가 익힌 혼원혈마기가 발동하기 시작한 것이다.

그때였다.

"잠시만 기다리세요!"

생사가 백척간두에 섰던 선임 무사의 생명을 구한 건 우약연의 한마디였다. 팽팽해진 소맷자락을 날려 선임 무사의 목을 날리려던 헌원무진이 얼른 손을 거뒀다. 그야말로 간일발의 차이였다.

슥!

헌원무진이 신형을 돌려 우약연을 바라봤다. 이글거리는 눈빛이 한 마리의 대호를 연상시킨다.

'또!'

우약연은 헌원무진의 시선에 얼굴이 데일 것 같단 생각을 하며 말했다.

"그는 본 신녀의 요청에 따랐을 뿐이오. 헌원 사자가 본 신녀를 무시하는 게 아니라면 결코 손을 써선 안 될 것이오."

"신녀께서 그리 말씀하신다면……."

말끝을 흐린 헌원무진이 자신의 혼원혈마기로 꽁꽁 묶어놨던 선임 무사를 놔줬다. 선임 무사는 그제야 막혀 있던 숨을 내쉬며 켁켁거렸다.

잠시 그를 애처롭게 바라본 우약연이 헌원무진에게 시선을 던졌다.

"본 신녀는 헌원 사자에게 질문할 것이 있어 왔네. 광명전으로 안내해 주겠는가?"

"존명!"

헌원무진이 목소리를 높여 대답했다.

헌원무진의 안내를 받아 우약연은 광명전 내에 마련된 가장 좋은 방에 들어섰다.

방의 이름은 금존청(金尊淸).

과거 우대승이 중원을 주유하며 맛본 술 중 가장 마음에 드는 것의 이름을 붙인 고급스런 방으로 지금은 헌원무진이 집무실로 사용하는 장소였다.

스륵!

조심스레 문이 닫히는 소리를 귓가로 흘리며 우약연이 먼저 입을 열었다.

"꽤나 좋은 방이구나. 광명사자들은 일반 교도들과 달리 이런 좋은 방에서 호의호식하는가?"

"어찌 감히!"

자리에 앉은 자세 그대로 허리를 조금 숙여 보인 헌원무진이 변명하듯 말했다.

"본 사자는 교주님의 명에 의해 광명전에 머무를 뿐입니다. 신녀께서는 이 점을 감안해 주시기 바랍니다."

"후후, 교주의 이름을 들먹여 본 신녀를 협박하는 것인가?"

"그, 그건……."

"괜찮네. 어차피 본 신녀는 본 교에서 그저 상징적인 존재에 불과할 뿐이란 걸 잘 알고 있으니까."

"……."

한마디로 헌원무진의 말문을 막고 기선을 제압한 우약연이 눈을 빛내며 말했다.

"이런 얘기는 재미없으니, 다른 얘기를 하도록 하지."

"…예."

"일월신검을 취해 온 것이 헌원 사자라고 들었는데, 그게 사실인가?"

문득 헌원무진의 볼살이 가볍게 꿈틀거렸다.

그 역시 천하의 고수이니 자신이 죽을 고생을 다하며 취한 일월신검에 특별한 신기나 검기가 깃들지 않았음을 잘 알고 있었다. 그러함에도 그가 일월신검을 교주 우내승에게 바친 건 자손심상 어쩔 수 없는 일이었다.

이제 신녀 우약연이 일월신검에 대해 물음을 던지니, 등에서 식은땀이 흘러내리지 않을 수 없다.

"어찌 대답이 없는가?"

우약연이 재차 질문을 던지자 헌원무진이 어쩔 수 없이 시인했다.

"분명히 본 사자가 일월신검을 취해 왔습니다."

"그렇군."

"뭐가 잘못된 점이라도……."

헌원무진은 우약연의 무언가 진지하게 고민하는 표정을 바라보며 말꼬리를 살짝 흐렸다. 일월신검을 바칠 당시 자신이 범한 잘못을 당장이라도 그녀가 추궁할까 두려웠다. 실상 그 때문에 음산파의 귀면사신 경일소가 근래 들어 몇 차례나 소란을 피운 바 있음을 알고 있기 때문이다.

우약연은 그리하지 않았다.

대신 그녀는 다시 질문했다.

"일월신검을 취할 당시의 상황을 본 신녀에게 처음부터 끝까지 세세하게 설명해 주게나."

"…어째서?"

"필요하니까."

우약연의 단호함이 담긴 눈빛을 접한 헌원무진은 더 이상 어떠한 종류의 질문도 던질 수 없었다. 이미 몇 년 전부터 그녀에게 매혹된 그 자신의 영혼이 허락치 않았기 때문이다.

광명전을 빠져나온 우약연은 자신의 처소가 있는 존성전으로 향하지 않았다. 대신 그녀는 남쪽으로 시선을 던졌는데, 묘한 열망이 눈동자 속에 어른거렸다.

'본 교의 광명사자를 속이고 일월신검의 진체를 손에 넣은 자라면…어쩌면…….'

내심일지언정 결코 내뱉을 수 없는 마음의 울음을 속으로 삼키며 우약연은 깊은 숨을 들이마셨다.

벌써 가슴은 심할 정도로 두근거리고 있었다. 앞으로 벌일 일과 그 후 벌어질 수많은 일들이 그녀를 그리 만들었다.

"그래도 할 수밖에 없다."

나직이 중얼거린 우약연이 얼마 전 자신이 구원해 준 오행마단의 무사를 발견하곤 가만히 손짓했다.

"이보게, 이리 좀 와주게나."

"신녀님……."

자신의 근무 시간이 끝났음에도 광명전 부근을 떠나지 못하고 있던 무사가 얼른 달려와 부복했다. 그러자 우약연이 친히 손을 내밀어 그를 일으켰다.

"본 신녀가 자네한테 한 가지 부탁할 게 있다네."

"무, 무엇입니까? 이 몸, 분골쇄신을 한다 하더라도……."

"분골쇄신까진 필요없네. 자네는 다만 본 신녀가 총단을 빠져나가는 걸 도와주기만 하면 되네. 그래 주겠는가?"

"그, 그건… 조금……."

"방금 분골쇄신도 마다치 않겠다 했지 않는가?"

"……."

잠시 무사는 말이 없었다. 그는 잠시 호흡을 격하게 들이켜 우약연의 몸에서 뿜어지는 매혹적인 향기를 들이켰다. 불끈 가슴속 깊은 곳에서 치솟는 감정 하나가 있었다.

호기!

무사는 어금니를 질끈 깨물고 말했다.

"이미 대답한 이상 신녀님께 제 한 목숨을 바치도록 하겠습니다!"

"고맙네."

우약연의 입가에 부드러운 미소가 떠올랐다. 드디어 강호로 나갈 때가 된 것이다.

*   *   *

화산.

봉우리 하나하나마다 신검의 영기가 서려 있는 곳. 그리고 곳곳에 도가의 명승이 널려 있는 곳.

섬서성(陝西省) 화음현(華陰縣)에 위치한 화산은 중원 오악 중 서악에 해당하며, 진령산맥(秦嶺山脈)의 북쪽지맥으로서 동서로 달린다.

이 화산의 서쪽에는 소화산이 있기 때문에 이를 구분하여 태화산이라 부르기도 하는데, 옛 사람들은 오악을 오경(五經)에 비유하여 화산을 춘추(春秋)라 부르기도 했다. 그만큼 오악은 중원에 있어 차지하는 비중이 컸고, 화산에 대한 마음 역시 매한가지였다.

화산의 옥녀봉(玉女峰).

고래로부터 화산파에서 배출된 수없이 많은 검객들 중 이곳에서 폐관 한번 해보지 않은 사람은 극히 드물었다.

화산에서도 가장 우뚝 솟은 정봉.

전설로만 남아 있는 화산제일검, 독고구검의 마지막 계승자인 영호충이 검을 완성했다고 알려진 장소가 바로 이곳이었다.

팔랑!

눈앞에서 날아오른 한 송이의 꽃잎을 묵묵히 바라보고 있던 화무겸의 눈가에 작은 주름이 새겨졌다. 이 년을 훌쩍 뛰어넘은 폐관 수련이 만들어놓은 흔적이다.

"후훗, 당년에 영호 선배는 이곳에서 독고구검을 완성한 후 어떤 생각을 품었을지 궁금하구나."

화무겸의 입에서 나직한 뇌까림이 흘러나왔을 때였다.

갑자기 바람결을 따라 아무렇게나 부유하고 있던 꽃잎이 잘게 부서지기 시작했다. 아니, 그것은 부서진 게 아니다. 그렇게 표현해선 안 된다. 천하의 어떤 보검보다 날카로운 검기에 의해 조각난 것이라 함이 옳았다.

하나!

둘, 넷, 여덟, 열여섯, 서른둘!

그리고 백이십팔, 이백오십육…….

조각조각나 바람 속에 흩어져 가는 꽃잎의 숫자는 계속 늘어나 결국 셀 수 없을 정도에 이르렀다.

그만큼 많은 숫자였다.

단련된 안력으로도 파악키가 불가능했다. 화산파의 또 다른 전설 중 하나인 십사수 매화검법이 극한에 이르렀을 때에나 보이는 광경이 지금 모습을 드러낸 것이다.

"화산에 어찌 매화가 있는가? 그저 꽃잎 한 조각이면 족함을 알리라……."

나직이 중얼거린 화무겸이 피식 웃고는 짐을 꾸렸다. 오늘은 정확히 그가 폐관에 든 지 구백 일이 되는 날, 사문 화산파로 돌아가야 할 때가 되었다.

　매화검법의 극의를 한차례 엿볼 수 있었던 건 행운이라 할 만한 일일 뿐, 그 외의 다른 의미를 찾는 건 유치한 짓이었다. 적어도 화무겸은 그리 생각했다.

　잠심연무는 신법까지 발전시킨 것인가.
　청운신법을 마음먹고 펼친 화무겸은 자신이 바람이 되었다고 생각했다. 그만큼 움직임이 가벼운 게 잘하면 하늘조차 날아오를 수 있을 듯했다.
　한데, 막 하늘을 날아볼 것을 심각하게 고민하고 있던 화무겸의 눈에 이채가 떠올랐다. 옥녀봉을 오르는 한 명의 여인을 발견한 것이다.
　'사매……'
　화무겸이 발견한 사람은 그로 하여금 지난 구백 일간 폐관하게끔 한 원인 제공자인 옥검 강성연이었다.
　형산파에서 벌어졌던 오악지회를 우승하고, 화산파로 돌아온 화무겸은 그녀의 부상을 방조하고 추소산을 그냥 보낸 죄를 받아 폐관의 벌을 받았다. 일이 이와 같으니, 화무겸의 얼굴에 좋은 기색이 떠오를 리 만무하다.
　슥!
　화무겸은 슬쩍 발끝에 힘을 뺐다. 강성연과 조금이라도 늦게 얼굴을 맞대고 싶었기 때문이다.
　그때 강성연이 화무겸을 발견하고 만면에 미소를 떠올렸다.
　아주 잠시 동안.
　그녀는 화무겸이 청운신법을 거둔 걸 보고 아미를 살짝 치켜 올렸다.

'날 보고도 감히 걸음을 멈추다니! 아직 화 사형이 정신을 못 차렸구나!'

강성연은 바로 화를 내려다가 참았다. 지금 막 폐관을 끝마친 사람에 대한 배려라기보다는 화무겸이 그녀의 눈에 차는 몇 안 되는 사내인 점을 감안한 행동이다.

화무겸이 천천히 그녀에게 다가왔다.

"강 사매……."

할 말이 없었다. 강성연을 한차례 부른 화무겸은 얼굴에 어색한 미소를 만들어냈다.

그 점이 강성연은 더욱 못마땅했다.

"화 사형, 오랜만이네요."

"그렇군."

"그런데 사형은 제게 별달리 할 말이 없으신가 봐요?"

"그래, 별 할 말이 없구나."

화무겸이 바로 대답하자 강성연이 눈을 잔뜩 흘겼다. 다른 건 몰라도 그녀가 원했던 대답을 화무겸이 주지 않았음은 분명해 보인다.

강성연이 발을 한차례 구르곤 나직이 코웃음 쳤다.

"흥, 화 사형은 아직도 전날의 일에 신경을 쓰고 있군요? 화산의 삼검재 중 으뜸이라 불리던 화 사형이 이처럼 옹졸한 소인배일 줄이야!"

"……."

"화 사형이 옥녀봉에서 폐관의 벌을 받고 있는 동안 다른 사형들의 무공이 매우 많은 진보를 이뤘어요. 이젠 화 사형이 화산의 대사형 노릇을 하긴 결코 수월치 않을 거예요."

'흠, 연함과 기운의 무공이 그동안 진보를 이뤘나 보군. 그들의 재능

이라면 능히 화산의 절예를 연마할 자격이 충분하겠지.’

홍연함과 관기운.

화무겸과 더불어 화산의 삼검재라 불리는 최고의 기재들이었다. 그들이 평소 자신과 달리 강성연에게 꼬리를 흔들며 아양을 떤다는 걸 잘 알고 있으면서도 화무겸은 입가에 담담한 미소를 매달았다. 설사 그들이 강성연 덕분에 어떤 빼어난 무공을 얻어 익혔다 해도 결코 자신이 뒤처지리란 생각이 들지 않았기 때문이다.

그런 화무겸의 모습은 결코 강성연이 바라는 것이 아니었다. 때문에 그녀는 더욱 분노했다.

오랫동안 헤어진 후 다시 만난 화무겸.

그는 조금 수척해진 얼굴을 제외하곤 너무 빼어나 보였다. 자신 앞에서 어떻게 하면 더욱 잘 알랑거릴지를 겨루는 홍연함과 관기운 따위와 비교가 되지 않는다. 적어도 강성연의 눈에는 그리 보였다.

한데 어찌하여 화무겸은 지금 당장 자신에게 매달려 지난날의 잘못을 사죄하고 사랑을 속삭이지 않는단 말인가!

‘…내가 이렇게 화 사형을 그리워해 손수 맞으러 산을 오르기까지 했건만.’

살짝 아랫입술을 깨문 강성연이 말했다.

“화 사형의 대사형인 척하는 모습은 여전하군요. 하지만 이번에 본 파에서 무림맹에 보낼 제자를 뽑기 위한 비무가 벌어지면 그때도 그런 표정을 보일 수 있을지 모르겠네요.”

“무림맹에 보낼 제자를 뽑기 위한 비무가 열린다고?”

“예, 그래요. 본래 이번에 무림맹에서 치러질 정파비무대회에는 오악지회의 우승자인 화 사형이 나가기로 되어 있었지만, 본 파 내에서 이견이 있어 다시 자체적으로 비무를 해서 뽑기로 했답니다."

화무겸은 득의양양한 기색을 하고 있는 강성연을 물끄러미 바라봤다. 이와 같은 조치의 저간에 그녀의 입김이 작용했음을 대충 짐작할수 있었기 때문이다.

"그럼, 그렇게 하지."

화무겸이 두말없이 고개를 끄덕여 보였다. 강성연의 기대에 차 있던얼굴이 와락 일그러졌음은 물론이었다.

사흘 후.

화산파의 중심이라 할 수 있는 옥허궁(玉虛宮).

그 앞에 마련된 연무장에 수십 명이 넘는 화산파의 젊은 제자들이모여들었다. 항렬에 관계없이 삼십 세 이하는 모두 비무에 참가하라는장문인의 엄명이 있었기에 벌어진 일이었다.

간단하게 마련된 단상.

그 주변에는 몇 개의 의자가 마련되어 있었다.

화산파 장문인이자 천하제일검이라 불리는 강구량을 비롯한 육대장로를 위한 것이었다. 놀랍게도 평소 제자들의 무학을 돌보는 데 모습을 보이지 않는 것으로 유명한 강구량과 육대장로가 모두 이번 비무에참관한 것이다.

"장문인께서 진히 모습을 보이시다니!"

"여전히 근엄하고 기백이 넘치는 모습이 아닌가!"

"육대장로님들 역시……."

종종 장문인 강구량과 육대장로의 모습을 보는 일대제자들과 달리이, 삼대에 속한 젊은 제자들의 얼굴에는 잔뜩 들뜬 기색이 가득했다.

　　그들 평생에 우상이라 할 수 있는 강구량과 육대장로의 선풍도골한 모습을 보니, 정신이 번쩍 들고 온몸에 소름이 돋았다. 평생 오늘 같은 날을 위해 화산파에 입문했고, 무공을 연마해 왔다는 생각이 들지 않을 수 없었다.

　　그런 무리 중 가장 돋보이는 세 사람이 있다. 일찍이 화산의 삼검재라 불리며 주목받았던 세 명의 이대제자였다.

　　삼검재는 묵묵히 서로를 주시하고 있었다. 이 많은 무리 중에 오직 그들 세 사람만이 후일 화산의 검학을 이을 진정한 계승자라는 자각이 있었기 때문이다.

　　침묵 속의 첨예한 대립.

　　그중 가장 먼저 입을 연 건 사내치고는 선이 가느다란 얼굴을 한 유운검(流雲劍) 홍연함이었다.

　　"화 사형, 옥녀봉에서 폐관한 동안 공력이 더욱 깊어지신 듯합니다."

　　홍연함의 눈에 깃든 정광을 묵묵히 바라본 화무겸이 입가에 살짝 미소를 매달았다.

　　"연함, 너야말로 그동안 꽤나 내공이 깊어진 것 같구나. 정상적인 수련으로 얻을 만한 내공은 아닌 것 같은데, 내력을 북돋아주는 영단이라도 먹은 것이냐?"

　　"그걸 어떻게……."

　　홍연함의 안색이 가볍게 붉어졌다. 실제로 그는 이번 비무에서 우승하기 위해 집안에서 몰래 천금을 들여 취득한 몇백 년 묵은 설삼을 복용한 터였다. 내심 내공이 몇십 년 정도 불어난 것을 자랑하고 싶었는데, 화무겸이 대놓고 말하니 겸연쩍지 않을 수 없다.

그러자 두 사람을 묘한 표정으로 바라보고 있던 다소 작달막한 키의
진패검(震覇劍) 관기운이 안색을 크게 일그러뜨리며 끼어들었다.

"연함, 이 자식 비겁하게 비무 전에 약을 복용해 내공을 늘리다니!
돈 많은 집안에서 태어났다고 너무 심한 짓을 하는 게 아니냐!"

홍연함이 관기운에게 조소를 던졌다.

"홍, 기운, 네가 가난한 빈농 출신이란 건 잘 안다만, 말을 참 함부로
하는구나. 돈 많은 집안에서 태어났다고 해서 죄가 되진 않을 터인데."

"이놈이!"

관기운이 당장 홍연함에게 달려들 듯 험악한 눈빛을 던졌다. 그러자
두 사람이 본래 물과 기름처럼 섞일 수 없는 사이임을 알고 있던 화무
겸이 얼른 둘 사이에 끼어들었다.

파팟!

화무겸의 소맷자락에서 한줄기 예리한 경기가 쏟아진 순간, 홍연함
과 관기운이 모두 두어 걸음 뒤로 물러섰다. 놀라움이 얼굴에 떠오르
지 않을 수 없다.

"화 사형……!"

"화 사형……?"

화무겸이 진중한 눈빛으로 두 사람을 압도한 후 말했다.

"감히 너희들이 문파의 존장들께서 계신 자리에서 험한 꼴을 보이려
히는 짓이냐?"

"그건 아닙니다만……."

이미 고개를 밑으로 떨군 관기운과 달리 홍연함의 얼굴에는 강한 불
복의 기색이 담겨 있었다.

설삼을 먹고 내력이 크게 상승했다고 생각했는데, 화무겸의 일수조

차 견디지 못하고 뒤로 물러선 것이 그의 자존심에 상처를 입힌 것이다.

화무겸의 눈빛이 차갑게 가라앉았다.

"네가 감히 불복을 하려는 것이냐?"

"……."

홍연함은 대답하지 않았다. 그것을 무언의 긍정으로 받아들인 화무겸이 느닷없이 비무를 벌이기 위해 마련된 연무장 쪽으로 신형을 날렸다.

휘익.

순식간에 강구량의 앞에 도착한 화무겸이 얼른 정중하게 허리를 접어 보였다. 자신이 지금부터 취하려 하는 행동이 꽤나 무례한 짓임을 알고 있었기 때문이다.

백색 비단에 몇 송이 매화가 그려진 학창의를 걸친 강구량의 물빛 눈동자에 흥미로운 기색이 스쳐 갔다.

"옥녀봉에서의 폐관을 끝내고 내려왔다더니, 그동안 많은 무공의 진전이 있었지 않느냐?"

"모두 장문인께서 스스로를 수련할 기회를 주신 덕분입니다."

"허허, 마음가짐 역시 바르니, 과연 앞으로 화산을 이끌 기재로다!"

강구량은 미미하게 고개를 끄덕여 보였다.

눈앞의 화무겸은 비록 이대제자이긴 하나 그 역시 예전부터 눈여겨봐 왔던 터였다. 후일 화산파의 명성을 빛낼 인재라 여겼기 때문이다.

이제 밖으로 드러나던 빼어남을 속으로 감출 수 있는 경지에까지 이르렀으니, 옥녀봉에서 폐관 수련을 시킨 게 헛된 일은 아닌 듯싶어 기분이 좋았다.

그때 화무겸이 고하듯 말했다.

"제자가 듣기로 이번 비무는 금번 무림맹에서 벌어지는 정파비무대회에 참가할 본 파의 제자를 뽑기 위해 열리는 것이라 했습니다. 그러니 비무를 계속해 가장 강한 자가 뽑히면 비무의 목적은 달성된다고 봅니다."

"그렇다. 네게 어떤 의견이 있는 것이더냐?"

"예, 그렇습니다."

다시 정중하게 강구량에게 허리를 접어 보인 화무겸이 눈에 강한 힘을 담고서 말했다.

"제자의 생각에 어차피 비무의 내용이 강한 자를 뽑는 데 있다면, 이렇게 시간을 끌 필요가 없다고 봅니다."

"하면?"

"제자가 이곳에 모인 모든 도전자들 전체와 비무를 벌일까 합니다."

"이번 비무에는 네 사숙들도 참가할지 모른다. 그런데도 그리하겠느냐?"

"제자의 미숙한 생각엔 사숙들이 이, 삼대의 비무에 참가하진 않을 거라 사료됩니다."

"만약 한다면 어찌하겠느냐?"

"그래도 역시 포기하진 않으려 합니다."

"흠."

화무겸이 다시 허리를 접어 보이자 강구량 부근에 무료한 표정으로 앉아 있던 육대장로의 얼굴에 비로소 활기가 떠올랐다. 오랜만에 재밌는 일이 생겼다는 생각이 든 것이다.

"장문 사형, 어린 녀석의 패기가 가상하니 허락하도록 합시다!"

"허락합시다! 허락해!"

"이거 간만에 재밌는 일이 생겼지 않은가!"

육대장로는 이구동성으로 강구량에게 떠들어댔다. 모두 화무겸의 의견을 지지하는 발언들이었다.

강구량 또한 화무겸의 다소 당돌한 제안에 구미가 당기는 걸 느꼈다. 한눈에 보기로도 크게 무학의 진경을 이룬 듯 보이는 화무겸의 진짜 무위가 궁금했다.

'건방진 말을 한 만큼의 실력은 있을 테지…….'

내심 흐릿한 미소를 보인 강구량이 천천히 고개를 끄덕여 보였다.

"좋다. 네 뜻대로 해보거라!"

파창!

두 개의 검이 반 토막 나 날아올랐다. 하나의 검에서 피어오른 매화 꽃잎을 감당할 수 없었기 때문이다.

"우와아!"

기다렸다는 듯 터져 나온 엄청난 함성.

마지막까지 화무겸의 검을 버티고 있던 홍연함과 관기운이 무릎을 꿇었다. 이미 검을 잃고 패배를 인정한 십여 명의 이, 삼대제자들보다 고작 일 다경을 더 견딘 게 그들의 최선이었다.

그만큼 압도적인 무력의 차이!

과거 화산의 후기지수들을 대표했던 삼검재의 시절이 가고 단 한 명의 화산검룡이 탄생하는 순간이었다.

스으!

검봉으로 만들어낸 매화 꽃잎을 흩어버린 화무겸이 망연자실한 표정을 한 홍연함과 관기운에게 손을 내밀었다.

"일어서거라!"

"화… 사형……."

"……."

"검의 길을 가는 자에게 있어 이까짓 패배쯤은 아무것도 아니다."

화무겸의 말을 들은 관기운의 눈시울이 붉게 물들었다. 그리고 홍연함은 고개를 폭 숙여 보았다. 자신의 못남과 돼먹지 못했던 오만함이 벌을 받은 것이란 생각이 들었기 때문이다.

'저럴 수가!'

강성연은 홍연함과 관기운을 일으킨 후 당당하게 조부 강구량에게 걸어가는 화무겸의 모습을 바라보며 일시 넋을 잃었다. 지금 그의 모습은 너무나 멋져서 얼마 전까지 느꼈던 분노나 원망조차 느낄 수 없을 정도였다.

한데 그때였다.

우연찮게 화무겸의 시선이 강성연과 맞닿았다. 찰나에 불과할 정도로 짧은 순간.

휙!

바로 고개를 돌려 외면하는 화무겸의 모습을 본 강성연의 눈가에 문득 눈물 한 방울이 맺혔다.

주륵!

강성연으로선 평생 처음으로 흘려보는 쓰라림이 깃든 눈물이었다. 그리고 그녀는 그걸 결코 용납할 수 없었다.

슥슥!

얼른 소매로 얼굴을 문댄 강성연의 눈 속에 깃든 건 차가운 독기였
다.

'화무겸아! 화무겸아! 네가 이토록 나를 괄시하고 몰인정하게 구는
구나! 지금은 네가 승리자이니 마음껏 오만하거라! 나는 후일을 기약할
터이니……'

강성연은 다시 아랫입술을 꼬옥 깨물었다. 한번도 자신이 원하는 걸
놓쳐 본 일이 없이 자란 그녀이기에 사련의 깊이는 소름 끼칠 정도로
깊고 어두웠다.

다음날.

새벽 일찍 화산 제자임을 나타내는 매화 문양이 새겨진 매화검을 차
고, 매화검수만이 입을 수 있는 세 송이 매화가 수놓인 무복을 걸친 화
무겸이 화산을 내려갔다.

곧 무림맹에서 열릴 정파비무대회, 일명 천하제일무술대회에 참석
해 당금 정파제일이라 불리는 사문의 위명을 천하에 떨치기 위함이었
다.

'추소산, 내 하나밖에 없는 친우여! 나는 자네와 맺은 삼년지약을 지
키기 위해 여태까지 최선을 다했다네! 자네 역시 그러했는가?'

화무겸은 문득 과거 형동에서 만나 검을 나눈 후 삼년지약을 맺은
추소산을 떠올리며 입가에 담담한 미소를 떠올렸다. 평생 처음으로 자
신에게 호승심을 불러일으켰던 절세의 검재가 얼마만큼 큰 성취를 이
뤘을지 자못 궁금했다.

그를 마음속의 지기로 생각하는 만큼 호승심 역시 일었다.

같은 길을 걷는 검자로서 당연한 일이었다.

한데 화무겸이 화산의 중턱쯤에 이르렀을 때였다. 문득 그의 눈살이 가볍게 찌푸려졌다. 저만치 멀리 보이는 강성연의 모습을 발견했기 때문이다.

"강 사매……."

강성연이 화무겸을 바라보며 입가에 여우 같은 미소를 매달았다.

"이번에 화 사형을 따라 무림맹에 놀러 가기로 결정했어요."

"허락은 맡은 것이냐?"

"물론이죠."

"흐음."

화무겸은 미심쩍은 시선을 던졌다. 과거 오악지회에 참가했을 당시 그처럼 큰일을 당했는데, 또다시 화산을 떠나게 했다는 걸 믿기 힘들었다. 그 같아도 사매 강성연을 자신과 다시 엮어서 여행을 보내진 않을 것 같았기 때문이다.

강성연이 발로 땅을 굴렀다.

"화 사형이 감히 날 의심하는 건가요?"

"어찌 내가 널 의심하겠느냐. 나는 단지……."

"단지 뭐요?"

"…아니다."

화무겸이 한발 뒤로 물러서자 강성연의 입가에 득의의 기색이 스쳐 짓다.

"그럼 당장 앞장서시죠."

"알겠다."

"호호, 정말 즐거운 여행이 될 거예요."

강성연이 언제 화를 냈냐는 듯 화무겸 곁으로 냉큼 달려와 달라붙었다.

'강 사매와 그가 다시 만난다면 또 어떤 사단이 날는지…….'

화무겸의 얼굴 한구석에 씁쓸한 기색이 떠올랐다. 그는 강성연의 도발로 인해 오악검파의 기재들과 홀로 격전을 벌여야만 했던 추소산을 생각하지 않을 수 없었던 것이다.

"화 사형, 무슨 생각을 그리 곰곰이 하는 거예요? 빨리 길을 재촉하지 않으면 아침밥을 먹기 전에 산 아래에 도달하지 못할 거예요."

'어쩐지 날 앞질러 기다리고 있다고 했더니, 잠도 자지 않고 먼저 나왔구나!'

화무겸의 얼굴에 다시 한 조각 의심의 기색이 스쳐 갔다. 강성연이 아무래도 윗전의 허락 없이 밤에 몰래 화산파를 빠져나왔다는 생각을 지울 수 없었다.

하지만 그는 강성연의 제멋대로인 데다 고집스런 성격을 잘 알고 있었다. 이제 와서 화산파로 다시 돌아가라 한다고 갈 성격이 아니었다.

"사매, 아침밥은 걱정할 필요가 없을 것이다."

"산 아래까지 경신술이라도 펼칠 생각인 건가요?"

"아니다."

"그럼요?"

"미리 주먹밥을 몇 개 싸가지고 왔다."

화무겸이 자신이 짊어진 봇짐을 한차례 두들겨 보였다. 담담한 미소를 입가에 매달고서.

*   *   *

동이 터오기 시작한 관제묘 앞.

추소산은 점차 주변이 밝아져 오는 모습을 힐끗 눈으로 살피고 입가에 가벼운 헛웃음을 담았다. 지금 이 시간부로 자신이 육지견을 깨끗이 놓쳤다는 걸 자인할 수밖에 없었다.

그는 밤늦게 묵고 있던 객점을 벗어나 개방의 총타가 있다고 알려진 눈앞의 관제묘를 찾았다. 언제 무슨 짓을 벌일지 모르는 육지견을 떼어놓고, 전날 인연을 맺은 바 있는 풍개 지화자를 만나려는 얕은 꾀였다.

그러나 육지견은 이미 추소산의 행동을 짐작하고 있었다. 그가 움직임을 보일 때까지 모른 척 시치미를 떼고 있었을 뿐이었다.

우연을 가장한 만남.

관제묘를 앞에 두고 육지견과 반갑지 않은 조우를 한 추소산은 새벽이 밝아오도록 원하지 않은 술래잡기를 할 수밖에 없었다. 그렇게 해서라도 육지견을 개방의 총타에 잠입하게 할 순 없다는 판단이었다.

물론 그건 어디까지나 추소산만의 생각이었다.

육지견이 추소산의 의도대로 술래잡기를 벌인 건 어디까지나 놀이에 불과했다. 천하제일의 경공술과 은신술을 지닌 도둑의 왕이 어찌 추소산이 숨는 장소나 의도를 모를 수 있겠는가.

그는 대충 시간을 보내며 추소산의 의도에 맞춰서 행동하다가 갑자기 뒤통수를 후려쳤다. 관세묘 부근에서 행적을 감추는 방식으로.

'후우, 그동안 육 노형의 천밀은공과 경공술을 곁눈질로 조금이나마 파악했다고 생각했는데, 그야말로 수박 겉 핥기에 불과했구나. 하긴 천하제일이라 불리는 은신술과 경공술을 어찌 조석지간에 쉽사리 훔칠 수 있을까?

추소산은 내심 쓰게 웃으며 고개를 가로저었다. 이미 지화자를 만나 사의를 표하려 했던 마음 중 상당 부분이 달아난 상황이었다.

한데, 바로 그때였다.

멀리 보이는 관제묘의 석문이 쿠쿵 하는 소리와 함께 열리더니, 한 떼의 거지들이 쏟아져 나오는 게 아닌가. 손에 손에 개를 잡고 뱀을 때릴 때 사용하는 타구죽봉과 동냥할 때 사용하는 쇠밥그릇을 들고서.

"우와아아아아!"

평생 본 것보다 많은 거지 떼를 바라보며 추소산이 손가락으로 뒷덜미를 긁적였다. 또 육지견이 사고를 쳤다는 생각밖엔 들지 않았다.

제22장

쉽고도 가장 어려운 규율

관제묘에서 뛰어나온 거지의 숫자는 줄잡아 서른여섯 명 정도였고, 최선두에는 한 명의 오결제자와 두 명의 삼결제자가 포대자루를 허리춤에 매달고 있었다.

개봉에 도착한 후 추소산이 봤던 거지들의 대부분이 백의개(개방에 든 지 삼 년이 되지 않은 거지)나 일, 이결을 한 개목(일반 개방도)이었음을 생각하면 꽤나 고수급들이 모습을 드러낸 셈이라 할 수 있다.

'도대체 그사이 육 노형이 무슨 짓을 저질렀기에……'

추소산은 눈살을 가볍게 찌푸렸다. 간담이 작은 자 같으면 벌써 크게 놀라 도망을 가던지, 안색이라도 창백하게 질릴 만한 상황이었다.

그러나 그는 태연히 자리를 지키고 있었다. 어쩐지 여기서 거지들을 피해 달아나면 육지건이 세워놓은 계획에 맞춰 춤을 추는 것에 불과하단 생각이 들었기 때문이다.

타탁!

탁탁탁!

죽봉으로 바닥을 두들기며 득달같이 달려든 거지들이 눈 깜짝할 새 추소산의 주변을 겹겹이 에워쌌다. 일단 그가 달아날 여지를 막아놓고 보자는 심산임에 분명하다.

진세가 완전히 갖춰졌다.

추소산은 그저 수수방관할 뿐이었다.

그러자 그가 아예 도망갈 의사를 보이지 않고 있음을 눈치챈 거지들 사이에서 최선두에 섰던 오결제자가 쑥 나섰다. 부스스한 머리에 더러운 외양, 얽은 자국이 가득한 얼굴을 한 삼십대 초중반가량의 중년 거지였다.

"본인은 개방 총타를 호위하는 의개당(義丐堂)을 맡고 있는 파면개(破面丐)라 하네. 소협은 어째서 본 방의 총타 주변을 밤새 기웃거린 것인가?"

'내가 밤새 관제묘 부근에서 육 노형과 숨바꼭질을 한 걸 알고 있었단 말이군.'

추소산은 과연 개방이란 생각에 미미하게 고개를 끄덕였다. 밤새 육 지견과 숨바꼭질을 하는 동안 단 한 명의 거지도 보지 못했는데, 자신의 행동을 손바닥 보듯 알고 있으니 놀라지 않을 수 없었다.

"그런 질문을 던지는 건 혹시 근래 큰 변고가 있었기 때문이 아닙니까?"

"그걸 어떻게……."

"역시 그 더러운 노적과 한패로구나!"

추소산이 던진 낚싯밥에 반응을 보인 건 파면개가 아니라 그의 뒤에서 있던 삼결의 삼, 사십대 거지들이었다.

보통 개방에서는 오결의 제자가 총타에 마련된 삼당의 당주를 맡고, 삼결은 각 지역의 타주나 각 당의 호법 직분을 맡는 게 관례였다. 오결의 파면개뿐 아니라 목소리를 높인 삼결제자 역시 녹록한 인물들은 아님에 분명했다.

그러나 직책이 깡패라 했던가!

당주인 파면개가 질책 어린 눈빛을 던지자 앞서 목소리를 높였던 삼결 거지들의 얼굴이 크게 침울하게 변했다. 개방의 엄중한 규율을 느낄 수 있는 모습이었다.

그들에게서 시선을 뗀 파면개가 추소산에게 눈살을 찌푸려 보였다.

"소협은 아직 본개의 질문에 대답을 하지 않았네. 그런데 오히려 질문을 하다니, 이건 무슨 경우인가?"

"그 질문에 반드시 대답을 해야 하는 거였습니까?"

"그렇진 않네. 하지만 그리하면……."

"아, 잘됐다!"

추소산이 크게 소리쳤다. 파면개의 뒷말은 완전히 파묻혀 버릴 수밖에 없었다.

"……."

인상을 잔뜩 긁어 보이는 파면개의 표정을 아랑곳 않고 추소산이 씩 웃어 보였다.

"역시 개방은 광명정대한 정파의 대방답습니다. 사람을 세력으로 강압하고 억지로 괴롭히려 하지 않으니."

"그건……."

"저는 귀하가 한 질문에 대한 대답을 하고 싶지 않습니다. 그러니

빨리 포위를 풀고 놔주시기 바랍니다."

추소산은 어깨를 활짝 펴고 말했다. 순간 파면개를 비롯한 주변을 에워싼 개방 거지들이 입을 벌린 채 할 말을 잊을 정도로 당당한 요구였다.

그러자 이번에도 침묵을 깬 건 파면개 뒤에 서 있던 삼결 거지들이었다.

팍!

한 삼결 거지가 수중에 들고 있던 타구죽봉으로 바닥을 내려치자, 그 옆에 서 있던 거지가 안색을 붉게 물들인 채 소리쳤다.

"이 개 후레잡놈의 녀석아! 네 녀석이 감히 본 개방을 우습게보고, 여기 의개당의 형제들을 싸잡아서 병신새끼로 보는 것이냐! 그러겠다면, 나 육구개(六口丐)님이 버릇을 고쳐 주도록 하마!"

"……."

추소산은 육구개의 쌍욕에 전혀 반박하지 않았다.

그냥 무시했을 뿐이다.

그게 육구개의 심사를 더욱 어지럽혔다. 화나게 했다. 그는 더 이상 상관인 파면개의 허락을 구하지 않고 바로 추소산에게 달려들었다.

패앵!

육 척이 조금 넘어 보이는 죽봉이 쏜살같이 추소산의 안면을 노리며 파고들었다.

그다지 빠르지 않은 속도.

추소산은 굳이 묵암검을 빼 들 필요성을 느끼지 않았다. 그렇다고 개방의 삼결제자의 공격을 무시할 까닭 역시 없다.

스으.

추소산의 발이 수류보의 변화를 밟았다. 신법만으로 죽봉의 일격을 피해내려는 의도였다.

그러나 육구개가 펼친 건 개방의 비전인 타구봉법의 기초가 되는 규화봉법이었다.

묘한 변화로 천하에 명성을 떨치는 타구봉법의 명성에 가려지긴 했으나 꽤나 빼어난 봉법이었다. 눈으로 보는 것처럼 변화가 단순할 리 만무하다.

추소산이 막 죽봉의 일격을 피하는 순간, 육구개가 크게 소리치며 봉끝을 흔들었다.

"미친개의 꼬리를 본다[狂狗見尾]!"

'미친개……?'

추소산의 아무렇게나 기른 머리가 크게 흩날렸다. 느닷없이 육구개가 그의 곁으로 다가서더니, 봉끝을 파도치듯 흔들며 자신 쪽으로 잡아당긴 탓에 벌어진 상황이었다.

파곽!

추소산은 자신의 머리를 급습한 죽봉을 어깨를 움츠렸다 퉁겨내는 것으로 막아냈다.

예상 밖의 일격!

추소산은 동요하거나 망설이는 우를 범하지 않았다.

그는 순간적으로 건곤권을 펼치며 육구개의 가슴속으로 파고들었다. 그의 봉법이 괴이하니 다시 또 다른 변화를 일으킬 틈을 주지 않고 제압하려는 의도였다.

"어……."

육구개는 추소산의 주먹에서 쏟아져 나온 내경을 몸으로 받고 입을 크게 벌렸다. 이미 정신을 잃은 것이다.

"개잡놈!"

그 자리에 쓰러져 내리는 육구개를 보고 또 다른 삼결제자가 크게 소리 지르며 달려들었다.

역시 육구개와 다름없는 규화봉법!

그 숨겨진 위력을 이미 한차례 경험한 바 있는 추소산이 얕잡아볼 마음이 있을 리 없다.

슥!

검갑째로 묵암검을 손에 든 추소산의 신형이 일순 빠르게 앞으로 쏘아져 갔다.

종상벽하.

삼결제자의 죽봉이 공중으로 날아올랐다. 그는 규화봉법의 변화를 채 사용해 볼 기회조차 얻을 수 없었다. 빠르기에서 결코 추소산의 지존검법을 상대할 수 없었기 때문이다.

투툭!

묵암검의 검봉이 곧바로 빈손이 된 삼결제자의 태양혈을 노렸다. 상대를 기절시킬 때 항상 사용하는 수법.

그러나 이번에 추소산은 뜻을 이룰 수 없었다.

실패했다.

파팍!

어느새 삼결제자 앞을 가로막아 선 파면개의 일권이 추소산의 묵암검을 막아냈다.

그가 사용한 건 파옥권(破玉拳). 역시 개방의 비전절기 중 빼어난 위력을 자랑하는 권법이었다.

추소산은 무리하지 않았다.

스으.

묵암검을 뒤로 빼낸 추소산이 이번에는 사수해구와 폐음소음을 동시에 펼쳤다. 이검연환 중 가장 변화가 종잡기 힘든 검초를 펼쳐 낸 것이다. 파면개가 어디까지 받아낼 수 있을지 확인해 보기 위함이었다.

그러자 파면개의 양 주먹이 연달아 강맹한 권력을 쏟아내기 시작했다.

파곽!

곽곽곽!

그는 추소산의 이검연환을 힘으로 받아내곤 계속 전진해 왔다.

파옥권 자체가 앞으로 전진하기만 할 뿐 후퇴를 염두에 두지 않은 성향을 지니고 있긴 하나 본디 성격이 굳건하지 않고선 보일 수 없는 모습이다.

추소산은 파면개를 물리치기 위해선 중상을 입혀야만 한다는 생각이 들었다. 물론 그 같은 상황은 추소산이 원하는 바가 아니었다.

슥!

순간적으로 추소산이 묵암검을 거두고 뒤로 한 걸음 물러섰다.

싸우고 싶지 않다는 뜻을 분명히 한 것이다.

파면개는 고집이 세고 거친 사내이긴 하나 바보는 아니었다. 추소산이 자신보다 훨씬 고강한 무공을 지니고 있음에도 양보했다는 걸 모를 리 없다.

그 역시 마치 기다렸다는 듯 파옥권을 거두고 한 걸음 뒤로 물러섰다.

설혹 죽음의 위협을 느낀다 해도 결코 싸울 때 뒤로 물러서지 않아 개방 내의 젊은 거지들로부터 일보쟁천(一步爭天)이란 존경을 받는 그로선 이례적인 일.

빙긋!

추소산이 기다렸다는 듯 검신을 밑으로 향하게 한 후 포권해 보였다.

"개방의 절기를 잘 보았습니다."

"소협이 원한다면 더 보여줄 의향이 있네만!"

파면개가 군데군데 빠진 눈썹을 치켜 올리며 늠름하게 소리쳤다. 보면 볼수록 못생긴 외양이나 기상만큼은 누구 못지않아 보인다.

추소산이 빙긋 웃었다.

"그건 사양하겠습니다. 개방의 유명한 타구진(打狗陣)을 상대할 자신은 없으니까요."

"개방이 많은 사람 수로 핍박했다고 말하려는 것인가? 그렇다면 소협은 결코 걱정할 필요가 없네. 소협의 상대는 나 혼자서 감당해 낼 터이니까."

양 주먹을 들어올리고 당장이라도 다시 손을 쓸 듯 을러대기 시작한 파면개에게 추소산이 고개를 저어 보였다.

"그게 아닙니다. 우리는 서로 외인이 아니니, 싸울 이유가 없다는 뜻입니다."

"외인이 아니라고?"

"저는 사실 귀방의 장로이신 풍개 지화자 노선배에게 전날 큰 은혜를 얻은 바 있습니다. 그래서 금번 낙양의 무림맹에서 벌어지는 정파 비무대회에 참가하기 전에 개봉에 들러 그분의 가르침을 받을 예정이었습니다. 그래서 귀방의 총타를 찾던 중 몇 가지 오해가 있었던 것 같습니다.”

“…….”

파면개가 눈살을 크게 찌푸렸다. 추소산은 일부러 설명 중 자신과 숨바꼭질을 벌였던 육지견에 관한 사항을 누락시켰다. 그가 개방의 총타에서 무슨 짓을 벌였는지 도무지 감이 잡히지 않았기 때문이다.

당연히 머리가 그다지 나쁘지 않은 파면개로선 추소산의 설명 중의 허점을 발견하지 않을 수 없다. 몇 가지 이해가 가지 않는 점은 반드시 짚고 넘어가야만 했다.

한데 그가 막 추궁을 시작하려 할 때였다.

추소산이 쏟아낸 내경에 내부가 진탕되어 쓰러져 있던 육구개가 동료 호법인 상가개(喪家丐)의 도움을 받아 기력을 되찾았다. 여태까지 일어난 일들을 똑똑히 귀로 듣고 있던 그는 말문이 트이자마자 미친 듯 소리 질렀다.

“모두 개소리다! 개소리야! 당주님은 결코 저 간교한 녀석의 말에 귀 기울이지 마십시오!”

“이 녀석아, 몸부터 추슬러라!”

상가개가 걱정스런 표정으로 만류했으나 육구개는 결코 들으려 하지 않았다.

“시끄럽다, 이 상갓집만 찾아다니는 거렁뱅이 녀석아!”

“…….”

배은망덕하게도 상가개의 별호를 들먹거린 그가 벌떡 자리에서 일어섰다, 자신을 부축하고 있던 상가개를 옆으로 밀어내고서. 그동안 입이 간질간질한데도 기혈이 막혀 말하지 못했던 걸 한꺼번에 쏟아내야만 했기 때문이다.

"당주님, 저 녀석은 밤새 총타 부근을 계속 염탐했습니다. 그건 총타 주변을 순찰하던 작은 거지, 큰 거지들이 모두 두 눈으로 똑똑히 확인한 사실입니다. 어찌 하늘 같은 대장로과 관계가 있다면 밤새 그 짓거리를 했겠습니까? 이건 누가 봐도 명명… 거 무시기더라……."

추소산이 얼른 도와줬다.

"명명백백을 말하고자 함입니까?"

육구개가 답답하던 속이 후련하니 터졌음을 깨닫고 얼굴에 헤벌쭉 웃음을 담았다.

"그래, 맞다! 맞아! 명명백백한 일로써 본 방의 원수인 그 노적과……."

"지랄한다!"

빈정이 상해 있던 상가개가 한마디 던졌다. 그러자 육구개의 안색이 잠시 붉게 물들었다.

"지랄이라니!"

"지랄이지 않고? 방금 전까지 욕하고 있던 녀석의 도움을 받고 좋아하는 게 지랄이지 않고 뭐가 또 지랄이더냐?"

"그건……."

육구개는 잠시 말문이 막히는 걸 느꼈다. 상가개의 말이 괘씸하긴 하나 완전히 틀린 건 아니었기 때문이다.

그때 추소산이 두 거지의 아옹다옹 싸우는 모습에 미소하며 말했다.

"본래 병법에 이르기를 적에게라도 배울 게 있으면 배우는 게 진정한 명장이라 했습니다. 그리고 적을 눈앞에 두고 자중지란이 일어나는 것만큼 어리석은 일은 없다고 했으니, 거기 두 분은 저 때문에 싸울 일이 아니라고 봅니다."

“그렇지! 그렇지!”

육구개가 크게 기뻐 소리 질렀다.

그는 사실 추소산이 말한 자중지란의 뜻을 잘 몰랐으나 어쨌든 자신에게 유리한 듯 보이자 무조건 맞장구를 쳤다. 이미 본래의 목적을 잊고 상가개를 눌러야 한다는 것만 중시하게 된 것이다.

그러자 역시 자중지란의 뜻을 모르고 있던 상가개가 한마디 툭 던졌다.

“육구개야, 그런데 너, 자중 뭐시기 하는 말이 뭔지는 알고 그리 기뻐하는 것이냐?”

“…응?”

육구개는 일부러 못 들은 척해 보였다. 의개당의 뭇 거지들 앞에서 다시 개망신을 당하고 싶진 않았기 때문이다.

‘후우, 이놈의 거지들은 항상 일을 만들기만 할 뿐 수습을 하지 못하니……’

육구개와 상가개의 말싸움을 바라보며 내심 나직이 한숨을 내쉰 파면개가 추소산 쪽을 바라보며 눈을 빛냈다. 결국 자신이 나서야만 잔뜩 어지러워진 사태를 종식시킬 수 있다는 생각이 들었다.

그래서 그가 막 크게 소리 질러 거지들을 진정시키고, 추소산을 재차 추궁하려 할 때였다. 갑자기 총타인 관제묘 반대편에서 한 명의 작은 거지가 가쁜 숨을 쏟아내며 달려오는 모습이 보였다.

‘저 녀석은……’

파면개는 한눈에 작은 거지의 정체를 알아봤다. 뭔가 큰일이 발생했음을 직감적으로 느낄 수 있었다.

그는 대뜸 신형을 날렸다. 추소산의 무공이 아무리 고강하더라도 이미 진세를 갖추고 있는 의개당의 거지들을 뚫고 달아날 순 없다고 생각했기 때문이다.

휘익.

파면개가 눈앞에 떨어져 내리자 한눈에 보기로도 잽싸고 영악스레 생긴 십오륙 세가량의 작은 거지가 반색하며 소리쳤다.

"의개당주님!"

"소걸개(小乞丐)야, 무슨 큰일이 생겼기에 개봉성 내를 떠나 총타까지 온 것이냐?"

"큰일입니다! 진짜 큰일이 났습니다!"

"무슨 큰일이 났다는 것이냐? 너는 숨을 한차례 돌리고 차근차근 말해보거라."

파면개의 차분한 한마디에 소걸개가 가쁜 숨을 크게 한차례 몰아쉬었다. 여기까지 전력으로 뛰어오느라 숨이 턱까지 차 오르기도 했을 것이다.

그렇게 파면개의 배려로 숨결을 진정시킨 소걸개가 마구 입을 놀려 대기 시작했다.

"밤새 개봉성 지부대인의 따님인 연지연 소저가 요 근래 개봉성 내를 횡행하고 다니던 색마(色魔)에게 납치당했다고 합니다!"

"뭐얏!"

파면개는 자신도 모르게 갈고리 같은 손을 뻗어 소걸개의 멱살을 잡았다.

"켁! 켁켁켁……."

소걸개가 죽는 소리를 질러댔다. 그러자 비로소 자신의 잘못을 눈치 챈 파면개가 얼른 소걸개를 놔줬다.

“미안하다.”

“…케엑, 켁!”

파면개에게 풀려나고서도 몇 차례나 숨 가쁜 기침을 토해낸 소걸개가 눈가를 소매로 훔쳤다. 한 방울 흘러내린 눈물을 재빨리 감춘 것이다.

소걸개가 이미 진정됐음을 눈치챈 파면개가 엄중한 기색으로 말했다.

“대충 숨통이 트였으면 얼른 말하도록 하거라.”

“예.”

대답과 더불어 소걸개가 자신이 새벽 동냥을 나섰다가 전해 들은 색마와 관련된 소문을 세세하게 보고하기 시작했다. 개봉성 제일의 정보통이란 명성에 걸맞게 소걸개의 보고는 나름대로 조리있고 명쾌했다.

소걸개의 보고가 끝나자 파면개가 양 주먹을 불끈 쥔 채로 안색을 딱딱하게 굳혔다.

그는 이미 근래 들어 개봉성을 횡행하기 시작한 색마의 정체를 탐문하여 대충 짐작하고 있었다.

그래서 계속 나름의 방비를 하고 있었다. 그런데 이런 식으로 큰일이 발생하니, 암담한 기분이 들지 않을 수 없었다.

‘찢어 죽일 노적! 설마 하니 방주님을 비롯한 여러 장로님들과 고수들이 본 방의 주력인 풍화당(風火堂)과 용개당(勇丐堂)의 거지들을 이끌고 총타를 떠난 걸 기화로 이런 식으로 본 방에 복수를 꾸밀 줄이야!’

파면개는 눈앞이 캄캄해지는 걸 느꼈다.

현재 낙양에서 벌어지는 무림맹의 정파비무대회와 북방 마교의 기묘한 움직임을 탐문하기 위해 총타의 고수들은 모조리 자리를 비운 상황이었다.

그래서 개봉에는 오직 평소 총타를 지키는 임무를 수행하는 의개당만이 남았을 뿐이다. 설마 하니 개방의 총타를 공격해 올 미친 무림 세력이 있을 리 만무하다는 상층부의 안이한 생각 때문이었다.

한데 이런 때를 노려 강적이 간교한 술책을 쓰기 시작할 줄이야!

총타의 방어 전반을 맡은 파면개로선 난감할 따름이었다.

하지만 그는 현 개방 방주인 협개 나원경의 세 제자 중 하나로 개방의 후개를 노리는 위치에 있는 사람이었다. 설혹 감당하기 어려운 곤경에 빠졌다곤 하나 침울해하거나 용기를 잃는 건 성미에 맞지 않았다.

스윽!

일시 생각을 정리한 파면개가 소걸개와 눈을 맞추기 위해 굽혔던 허리를 곧게 펴 보였다. 그가 당당해야만 의개당의 거지들 역시 그러하다는 걸 알고 있기 때문이다.

툭툭!

소걸개의 어깨를 한차례 두들겨 준 파면개가 듬직하게 웃어 보이며 말했다.

"수고했다. 꼭두새벽부터 분주하게 움직이느라 아직 동냥밥도 못 얻어먹었을 테니, 총타에 들러서 밥이라도 먹고 쉬거라."

"예이."

소걸개가 활짝 웃고는 관제묘 쪽으로 달려갔다. 아무리 영악해도 그 나이 때의 어린 거지에게 밥 먹고 푹 자는 것보다 좋은 건 없는 것이다.

소걸개의 뒷모습을 묵묵히 지켜보던 파면개가 여전히 추소산을 포위하고 있는 의개당의 거지들을 향해 소리쳤다.

"거지들아! 포진을 풀어라!"

"해진(解陣)!"

파면개의 말을 받아 그때까지도 서로를 노려보며 으르렁대고 있던 육구개와 상가개가 거지들에게 소리 질렀다. 그러자 타구진이 거짓말처럼 풀어졌다. 추소산에게 다시 자유가 주어진 것이다.

'저 아는 것 많은 녀석을 그냥 놔주면 안 되는 것인데⋯⋯.'

'구려! 저 녀석한테선 냄새가 난단 말야⋯⋯!'

한차례 추소산을 꼬나본 육구개와 상가개가 얼른 파면개에게 달려왔다. 그들 역시 귀가 막히지 않았으니 소걸개가 지껄인 말을 듣지 못했을 리 없다.

"당주님, 소걸개 녀석이 한 말이 사실이라면 그 노적 기련음마(祁連陰魔)가 노리는 건⋯⋯."

"이곳에는 거지들만 있는 게 아니다."

"읍."

파면개가 한마디 하자 먼저 말을 꺼낸 육구개가 얼른 손으로 자신의 입을 가렸다. 기련음마와 개방 간의 은원은 꽤나 깊고 은밀한 속사정이 있는지라 외인 앞에서 까발릴 만한 일은 아니었다.

상가개가 육구개에게 꼴좋다는 표정을 던졌다. 그는 여전히 도움을 주고 욕을 먹은 일을 마음에 두고 있었다.

'이 빌어먹을 거지새끼가⋯⋯.'

육구개가 상가개에게 눈을 희번득거렸다.

그 모습에 내심 고개를 가로저은 파면개가 추소산에게 다가갔다.

여전히 추소산의 정체나 의도가 의심스럽긴 했으나 기련음마와 관

계된 자는 아니란 판단을 내렸다. 오해를 풀고자 하는 마음이 없을 수
없다.

"크흠, 소협도 들었다시피……."

"이해합니다. 아무래도 풍개 노선배님은 후일 다시 뵈야겠군요."

"그래 주겠소?"

어느새 반존대로 바뀐 파면개의 말에 추소산이 대답 대신 미미하게
고개를 끄덕여 보였다. 그러자 파면개가 신형을 옆으로 비켜주었다.
빨리 떠나라는 뜻이었다.

슉!

추소산은 묵암검을 도로 등에 매달고 신형을 돌렸다. 그때 파면개가
느닷없이 크게 소리쳤다.

"나는 파면개 소일충이라 하오만?"

"제 이름은 추소산. 강서에서 온 추소산이라 합니다."

"강서의 추소산……."

파면개가 추소산의 대답을 되새김질하며 눈에 작은 이채를 만들어
보였다. 문득 몇 달 전 호남성의 형산에서 벌어졌던 보검쟁탈전에 포
함되었던 군웅들의 이름 중 하나가 이와 같다는 점을 깨달은 것이다.

'요 근래 호남성의 형산에 신룡 한 명이 등장했다고 하더니, 과연 명
불허전이로구나!'

파면개는 미미하게 고개를 끄덕였다. 자신이 추소산에게 무공에서
밀렸던 것도 무리는 아니란 생각이 들었다.

추소산이 관제묘가 있던 숲 속을 벗어났을 무렵이다.

갑자기 그의 앞에 얼굴 가득 얄궂은 미소가 깃든 육지견이 모습을

드러냈다. 몰래 숨어서 여태까지 추소산이 개방 거지들과 싸우는 모습을 훔쳐보고 있었던 것이리라.

"재밌으셨습니까?"

"그다지 재밌진 않았다네. 자네가 개방의 거지들과 소란을 피우는 동안 관제묘 안으로 숨어들어 갔는데, 늙은 거지들이 하나도 보이지 않더군."

"당연히 훔칠 만한 것도 없었겠군요?"

"그렇지. 거지 소굴에서 훔칠 만한 게 있을 리가 없는 것이었어."

육지견의 목소리에는 담담한 비탄이 깃들어 있었다. 도둑이 전혀 훔칠 만한 물건이 없는 곳을 털러 들어갔으니, 이보다 더한 비극이 있을 리 없다.

추소산의 입가에 픽 웃음이 깃들었다.

"당연한 말씀!"

"……."

육지견이 웃음 짓는 추소산을 밉살맞게 바라봤다. 자신의 불행을 즐거움으로 받아들이는 그가 조금 얄미웠던 것이다.

그때 추소산이 웃음을 거두고 말했다.

"육 노형, 기련음마에 대해 아는 바가 있습니까?"

"천하에 나쁜 놈이지."

한마디로 평가를 내린 육지견이 잠시 염두를 굴리곤 좀 더 심도 깊게 말했다.

"기련음마 염규원은 본래 개방의 거지였다네. 거지도 그냥 거지가 아니라 현 방주인 협개 나원경과 더불어 개방의 후개를 노리던 기재였지. 결국 후개는 거지답지 않게 공명정대하기로 유명한 나원경이 됐지만, 순수한 무공에 대한 재능만으로 보면 염규원이 더 나았다고 하더군."

"……."

"아마 염규원은 자신보다 무공과 재능이 떨어지는 나원경에게 밀린 걸 도저히 용납할 수 없었던 게야. 그래서 갑자기 삐뚤어져 나가기 시작했는데, 당시 법개(法丐)를 맡고 있던 지화자에게 그 사실이 발각되어 심한 벌을 받게 되었다네. 개방에는 특별히 지켜야 할 방칙이 없지만, 쉽고도 가장 어려운 게 하나 있었는데, 염규원이 이를 어겼기 때문이라네."

"쉽고도 가장 어려운……?"

"의(義)를 숭상하라! 개방을 천하제일대방이자 구파일방 중 일방으로 계속 유지하게 만들어준 단 한 가지의 방칙일세. 하지만 이 방칙을 지킨다는 게 얼마나 어려운 일인지는 자네도 알 수 있을 것일세."

추소산은 묵묵히 고개를 끄덕였다. 절대적인 다수로 자신을 포위해 놓고도 결코 머릿수로 상대하려 하지 않았던 파면개를 떠올리자 자연적으로 수긍이 갔다.

"그럼 의를 숭상하지 않은 기련음마 염규원은 그 후 어떻게 되었습니까?"

"녀석은 지화자가 내린 형벌을 피해서 기련산맥으로 달아났다네. 그리고 그 타고난 재능을 사도 쪽에 의탁해서 천하에 못된 색마가 되었지. 지난 삼십여 년간 그 못된 녀석에게 신세를 망치고 음기를 뽑혀서 죽은 부녀자의 숫자가 물경 수백여 명에 달한다네. 개방을 비롯한 정파에서 보낸 고수 역시 십여 명 이상 그의 손에 죽었고 말이야."

"개방과 기련음마 염규원 간에 원한이 생긴 것도 무리는 아니로군요."

“원수지.”

짤막한 한마디로 결론을 내린 육지견이 추소산에게 눈을 가늘게 떠 보였다.

“설마 하니 자네, 기련음마한테 달려들려는 건 아닐 테지?”

“개방의 풍개 노선배님한테는 과거 신세를 진 일이 있습니다.”

“기련음마는 무척 똑똑한 녀석이야. 녀석이 지금 이 시점에 개방 총타가 있는 개봉성에 온 것에는 다 이유가 있다고 할 수 있다네. 개방의 고수들이 동분서주하고 있는 지금 이 시점이야말로 개방 총타를 공격해서 지난날의 분함을 앙갚음할 수 있는 절호의 기회거든.”

“저 역시 그렇게 짐작했습니다.”

“그런데도 끼어들겠다?”

“물론입니다.”

추소산의 너무 쉽사리 흘러나온 대답에 육지견이 나직이 혀를 찼다. 그가 보는 추소산의 무위는 일반적인 강호 후기지수와는 차원이 달랐다. 이미 절정고수의 반열에 올랐다고 해도 그리 틀린 말은 아닐 터였다.

하지만 기련음마 염규원은 사파의 삼대고수 중 한 명으로 손꼽히는 인물이었다. 비록 삼대고수 중 으뜸이라 불리는 귀면사신 경일소와의 비교는 불가하다 하나 녹록히 볼 만한 상대가 절대 아니었다.

‘그렇지만 이 고집 센 녀석이 내가 말린다고 말을 들을 것 같지도 않고…….’

내심 염두를 굴린 육지견의 눈에 이채가 스쳐 갔다. 갑자기 한 가지 묘안이 떠오른 것이다.

“자네, 이 노형한테 경공 좀 배워야겠네!”

“예?”

“예는 무슨 예야! 천하제일의 경공을 가르쳐 주겠다면, 감사하게 고개나 숙여 보일 것이지!”

“그렇게만 하면 됩니까?”

“왜? 내가 제자라도 되라고 할까 봐?”

“…….”

추소산이 입을 굳게 다물자 육지견이 얼른 양손을 휘저어 보이며 소리쳤다.

“난 죽을 때까지 결코 제자를 둘 생각이 없다네! 나 혼자 해먹고 살기도 빠듯한데, 제자랍시고 업계의 경쟁자를 만들어서 뭘 하겠냔 말야!”

“그럼…….”

추소산이 말끝을 흐리더니, 냉큼 육지견에게 허리를 숙여 보였다. 그의 신묘절묘한 경공술은 여태까지 계속 탐내왔던 절기 중의 절기였기 때문이다.

‘크험, 자식이 좋은 건 알아가지고!’

추소산에게 한차례 거만한 눈빛을 던진 육지견이 손을 내밀어 소맷자락을 잡아끌었다. 아무리 주변에 아무도 없다지만, 이런 주변이 툭 터진 곳에서 자신의 평생 절기를 전수할 순 없지 않겠는가.

“일단 객섬으로 놀아가세!”

“예.”

추소산이 드물게 겸손한 표정을 하고서 대답했다.

＊　　　＊　　　＊

“하음…….”

전체가 꽉 막혀 있는 방 안.

한쪽 구석에 놓인 향로에서 피어오르는 분홍색 향연에 취한 여인이 전신을 가늘게 떨어 보였다.

평생 사내의 손길이 전혀 닿지 않았던 순결한 여인이다. 그런 여인을 찍어서 납치한 만큼 확실한 사실이다.

하지만 그런 여인이 분홍색 향연을 흡입한 순간부터 제정신을 차리지 못하고 있었다. 향연 속에 매우 강력한 최음 효과를 내는 성분이 포함되어 있었기 때문이다.

창백한 얼굴에 매부리코.

반백의 머리로 얼굴의 절반 정도를 가린 중년 사내의 입가에 음습한 미소가 떠올랐다.

“계집들이란 모두 똑같지. 길들이기에 따라서 좋은 소리를 내는 악기가 될 수도 있고 그렇지 못하게 되기도 하거든.”

누가 듣는 것도 아닌데 나직이 중얼거린 사내가 온몸을 괴롭게 비틀어대기 시작한 여인을 뚫어져라 쳐다봤다. 이젠 슬슬 때가 이르렀다는 생각이 든다.

스윽!

사내의 겉옷이 바닥으로 흘러내렸다. 그러자 드러난 다소 마른 듯하나 근육이 잘 발달된 몸.

겉으로 보이는 나이와 전혀 어울리지 않는 온몸의 근육을 크게 약동해 보인 사내가 여인 쪽으로 천천히 걸어갔다. 입가에 한 가닥 즐거운 미소를 매달고서.

"언제나 식사는 즐거운 법!"

덜컥!

굳게 닫혀 있던 문이 활짝 열린 순간, 연지연은 가녀린 어깨를 바들
거리며 떨었다. 방문이 닫혔다 하나 안에서 흘러나온 소리까지 막을
순 없다.

진득하면서도 사람의 마음을 자극하는 신음 소리.

교성.

마혈이 점혈되어 손가락 하나 움직일 수 없는 몸이 아니라면 연지연
은 자신의 귀를 손으로 막고 싶었다.

그렇게 해서라도 들려오는 소리로부터 멀어지고 싶었다. 그럴 수 없
었지만 말이다.

당연히 문 안쪽에서 모습을 드러낸 기련음마 염규원을 바라보는 그
녀의 눈에는 두려움과 공포가 가득 매달려 있었다. 이젠 자신의 차례
란 생각이 들었기 때문이다.

"나는… 나는……."

덜덜거리며 말을 제대로 잇지 못하는 연지연에게 염규원이 이를 드
러내며 웃어 보였다.

"예쁜이, 그렇게 떨 것 없다. 아직 네년은 써먹을 곳이 많으니까 말
야."

"그, 그게 무슨……."

"넌 개방의 총타에 불을 지른 후에 먹을 특별식이란 뜻이다."

"으음."

염규원의 말이 끝나는 걸 연지연은 듣지 못했다. 어느새 그의 손가

락을 떠난 지력에 수혈(睡穴)을 점혈당하고, 까맣게 정신을 놓아버린 것이다.

"…그러니까 지금은 짜증나게 질질 짜지 말고 푹 자두라구."

염규원의 기다란 손가락이 연지연의 볼을 슬슬 쓰다듬었다.

*　　　*　　　*

쾅!

개봉성 지부대인인 연심독은 탁자 위에 놓여 있던 벼루를 들어 눈앞에 부복한 무장의 머리에 내던졌다. 그가 바로 개봉부 전체의 경비를 책임지고 있는 경비대장이었기 때문이다.

강호를 주유할 당시 쾌절수도(快絶手刀)란 별호로 불리던 인한령은 미동도 하지 않고 머리로 날아든 벼루를 받았다. 그렇지 않으면 연심독의 분노가 더욱 크게 폭발할 것임을 그는 경험을 통해 잘 알고 있었다.

주룩!

벼루에 직격을 당한 인한령의 머리에서 핏물 한줄기가 이마를 따라 코끝으로 흘러내렸다. 확실하게 머리가 깨졌음을 보여주는 광경이다.

그러나 연심독의 분노는 평소완 달랐다. 여전히 가라앉을 기미를 보이지 않았다.

하나밖에 없는 무남독녀.

천금보다 귀하게 여겼던 연지연이 강호의 색마에게 납치되었다. 심중의 분노가 쉽사리 가라앉을 리 만무하다.

'이런…….'

또 던질 게 없는가, 이리저리 주변에 시선을 던지는 연심독의 모습을 곁눈질한 인한령의 안색이 슬쩍 변했다. 강한 척하기를 포기해야겠다는 생각이 문득 뇌리를 스쳐 갔다.

또다시 머리로 무언가 단단한 걸 받았다가는 소림사의 철두공(鐵頭功)이나 금정문(金鉦門)의 금정호두공(金鉦護頭功)을 연마하지 않는 한 살아남기 힘들 게 분명했다.

"대, 대인, 속하에게 한 가지 묘안이 있습니다!"

"묘안?"

주변을 살피던 연심독의 시선이 인한령을 향했다. 지금 같은 때야말로 묘안이란 게 필요한 법. 일단 관심이 가지 않을 수 없는 것이다.

연심독의 뜨거운 눈빛을 온몸으로 느끼며 인한령이 고했다.

"속하가 알기로 본래 기련음마란 색마는 강호의 대방인 개방과 큰 원한을 맺은 자이옵니다."

"개방? 그 매일같이 개봉의 저잣거리를 굴러다니며 밥을 빌어먹는 거렁뱅이들이 모인 곳을 말하는 것이더냐?"

"그렇습니다."

인한령의 대답이 떨어지기가 무서웠다. 그에게서 시선을 뗀 연심독이 앞서 눈독 들여놨던 목침을 손에 들었다.

인한령과 달리 강호무림에 관해서 아는 바가 꽤나 적은 그로선 당연히 보일 수 있는 반응이었다. 놀림을 당했다는 생각밖엔 들지 않았기 때문이다.

그러자 인한령의 얼굴에 더욱 다급한 기운이 떠올랐다. 연심독이 지금 어떤 생각을 하고 있는지 짐작이 갔다. 어떻게 해서든 또 다른 변명을 해야만 했다.

‘하지만 어떻게……?’

갑자기 머릿속이 하얗게 변하는 걸 느끼며 인한령은 절망했다.

그는 평소 무공을 애써 연마했을 뿐 언변이 좋다거나 머리가 비상하지 않은 편이었다.

눈앞에서 완전히 흥분한 연심독의 행동을 제지할 어떠한 것도 존재하지 않는 게 당연했다. 그냥 머리로 목침이 날아드는 걸 받아들일 수밖에 없는 상황에 처했다는 뜻이다.

그런데 갑자기 기적이 일어났다.

그의 머리로 목침이 날아들지 않았을뿐더러 연심독의 노발대발한 분노성이 터져 나오지도 않았다.

갑작스런 고요!

머리가 썩 좋지는 않지만 일류 수준의 무위를 지닌 인한령은 무언가 이상하다는 걸 느꼈다.

‘이건… 잘못됐다!’

생사의 관문을 몇 번이나 넘나들어 본 무인만이 느낄 수 있는 감각. 그에 인한령은 충실했다.

스웃!

인한령은 부복한 자세 그대로 신형을 돌려세웠다.

어느새 발도에 들어간 손의 움직임.

그러나 인한령은 자신의 뜻을 이루는 데 실패했다. 마치 그가 신형을 돌려세울 걸 짐작이라도 하고 있었던 것처럼 시커멓고 냄새나는 발 하나가 그의 도파를 먼저 점하고 있었다. 완전히 기선을 제압당한 것이다.

‘이럴 수가…….’

인한령은 눈을 크게 부릅떴다. 무인 특유의 감각에 따르긴 했으되, 결과가 이러할 줄은 몰랐다.

당연하다.

어찌 관부에 속한 무인이 나이조차 짐작키 어려운 늙은 거지의 발에 제압되는 일이 쉽사리 일어날 수 있으랴!

헤벌쭉!

그때 인한령을 향해 사람 좋은 거지처럼 웃어 보인 풍개 지화자가 눈 깊은 곳에서 안광을 번뜩이며 말했다.

"이제부터는 이 늙은 거지한테 맡기는 게 좋아."

"노인은……?"

느닷없이 난입한 지화자에게 인한령이 제압당하는 모습을 보았음에도 연심독은 크게 동요한 기색을 보이지 않았다. 대신 그는 의문에 찬 시선을 지화자에게 던졌다. 대답을 종용하는 것이다.

그러자 누런 이를 살짝 드러내 보인 지화자가 눈에 안광을 살짝 일으켜 보였다, 전시효과를 위해서.

"노개는 매일같이 개봉의 저잣거리를 굴러다니며 밥을 빌어먹는 거렁뱅이들이 모인 곳에서 나온 늙은 거지외다. 기련음마에 관한 건은 지금부터 개방에서 처리할 터이니, 대인은 심려할 필요가 없을 것이오."

'개방… 구결…….'

그제야 지화자의 허리춤에 매달린 포대자루의 숫자를 발견한 인한령의 눈에 외경의 기색이 떠올랐다. 비록 관부와 무림으로 나뉘어 있다곤 하나 개방에서도 유일무이한 구결 대장로를 몰라볼 수는 없었던 것이다.

연심독이 확인하듯 물었다.

"본관이 노인을 믿어도 되겠는가?"

지화자의 눈에 담긴 안광이 더욱 짙어졌다.

"기련음마가 멍청이가 아니라면 개방을 눈앞에 두고 허튼짓을 벌이진 못할 것이외다. 그리고 녀석은 아직 본 노개가 몰래 개봉성으로 돌아온 걸 모르고 있소이다."

"그게 도움이 되는가?"

"충분히!"

짤막한 대답과 함께 지화자가 신형을 돌렸다. 이제부터 과거 법개 시절, 단 한 차례 범했던 실수를 만회하기 위해 전력을 다해야만 했다. 더 이상 이런 곳에서 낭비할 시간 따윈 없다는 뜻이다.

제23장
천하를 희롱하는 자의 경공

　　추소산과 육지견이 객점으로 돌아왔을 때였다. 그들을 가장 먼저 반긴 건, 얼굴에 졸린 기색이 가득한 점소이와 영보 등을 비롯한 무당파의 사형제들이었다.

　　심상치 않은 모습.

　　추소산은 뭔가 문제가 발생했음을 직감했다. 그렇지 않고서야 어찌 자신을 바라보는 그들의 얼굴에 짜증과 원망의 기색이 가득할까?

　　"커험, 나는 먼저 들어가 있을 테니, 소산 현제는 천천히 일 보고 오시게나."

　　언제나와 마찬가지로 육지견이 자신만 사건의 중심에서 쏙 빠져나갔다. 귀찮음을 피하겠다는 심산임에 분명하다.

　　추소산이 히죽거리며 객점 안으로 향하는 육지견의 뒷모습을 물끄러미 바라봤다. 그가 빠진 이상 이제 모든 일은 추소산 혼자 감당해야 할 몫이었다.

'저런 사람을 의형으로 삼은 게 죄지.'

내심 고개를 가로저은 추소산이 무당파 사형제들과 눈인사를 나눈 후 시선을 점소이에게 던졌다.

"무슨 일이 벌어진 것이오?"

점소이가 눈가에 더덕더덕 붙어 있는 눈곱을 손가락으로 떼어가며 대답했다.

"손님이 맡기신 말이 새벽에 난동을 부려서 본 객점에 묵었던 손님들께서 많이 불편함을 호소하셨습니다."

"저녁에 여물 대신 콩을 주라고 했을 텐데, 내 말대로 하지 않은 것이오?"

"그게… 마침 콩이 떨어져서 질 좋은 귀리가 섞인 여물을 줬습니다만……."

"녀석은 성격이 괴팍해서 반드시 콩을 먹어야만 밤에 난동을 부리지 않는데, 소형제가 실수했군."

"……."

추소산의 자르는 듯한 말에 점소이가 입을 쑥 내민 채 침묵했다.

본래 그는 추소산의 말이 밤새 난리를 피우자 그걸 잔뜩 부풀려야겠다고 생각했다. 그래야만 수습에 나선 자신의 공로를 내세울 수 있을 테고, 덕분에 몇 푼의 은자를 뜯어낼 수 있다면 상큼한 하루의 시작이 될 터였다.

그래서 그는 새벽같이 객점을 빠져나가려던 무당파 사형제들을 붙잡고 우는 소리를 하던 참이었다. 순진하고 정직한 무당파 사형제들이 난처한 지경에 빠졌음은 물론이었다.

한데 느닷없이 모습을 드러낸 말의 진짜 주인 추소산이 이리 깐깐하게 나올 줄이야!

점소이는 자신이 새벽부터 은자를 뜯어낼 기회가 완전히 날아갔음을 인정하지 않을 수 없었다. 매우 슬픈 일이 벌어진 것이다.

'재수없는 날이다!'

점소이는 크게 실망한 표정으로 자신의 운수없음을 한탄했다.

그러나 추소산은 그를 본체만체하고 지나쳐 크게 안심한 표정이 된 무당파 사형제들에게 다가갔다. 그들의 순진한 모습을 보자니 입가에 저절로 미소가 번져 나왔다.

피식!

그러자 영경이 발끈한 기색으로 말했다.

"추 소협은 뭐가 그리 즐거운 거죠? 우리는 추 소협의 말 때문에 여태까지 발을 동동 구르고 있었는데⋯⋯."

추소산이 얼른 입가의 미소를 감췄다.

"그건 정말 죄송하게 되었습니다. 본래 제 말의 성질이 크게 나쁜 편인 걸 알고 있어서 항시 주의를 했는데, 묘하게 일이 꼬였습니다."

"확실히 추 소협의 말은 정말 성질이 나빠요. 우리 사형제들이 타고 다니는 말에도 나쁜 영향을 끼치니, 정말 걱정이군요."

"그놈의 타고난 성질이 그러니, 주인인 저로서는 그저 죄송할 따름입니다."

추소산이 연거푸 사과하자 영경 또한 더 이상 화를 낼 수 없게 되었다. 웃는 얼굴에 침 못 뱉는 것이다.

영보가 말했다.

"그런데 추 소협과 육 선배님은 새벽부터 어딜 나갔다가 오신 것인지요?"

"개방의 총타에 다녀왔습니다."

"개방……!"

영경이 놀라 목소리를 높이자 곁에 있던 영풍이 슬쩍 그녀의 소맷자락을 잡아당겼다.

"개방에서 우리 사형제들에게 도움을 요청한 일은 일단 추 소협 일행에겐 비밀로 하자."

영경은 영풍을 잠시 바라봤다. 무당파 사형제 가운데 그동안 추소산과 가장 사이가 가까웠던 사람이 영풍이다. 다른 사람도 아닌 그가 추소산에게 말을 아끼기를 종용하니, 이상한 생각이 들지 않을 수 없다.

'이상하기도 하지…….'

영경은 그저 입을 다물 뿐이었다.

그러자 두 사람의 눈치를 보고 뭔가 사연이 있음을 눈치챈 추소산이 설명하듯 한마디 덧붙였다.

"개봉에 도착하기 전에 밝혔듯이 저는 개방의 대장로인 풍개 노선배님과 인연이 있습니다. 그래서 간밤에 개방 총타를 찾았는데, 뜻을 이루지 못했습니다."

"풍개 노선배님께서 총타를 비우신 모양이로군요?"

영보가 확인하듯 묻자 추소산이 고개를 끄덕였다.

"그렇습니다. 이번 개봉행은 헛걸음을 하게 된 듯합니다."

"무량수불!"

영보는 도호를 한차례 외워 자신 역시 애석함을 느끼고 있음을 밝혔다.

그때 영보 곁으로 다가온 영풍이 말했다.

“영보 사형, 슬슬 일을 보러 가야 하지 않겠습니까?”

“일……? 무슨……?”

“그 일 말입니다!”

영풍이 살짝 말꼬리를 높이자 영보가 그제야 개방 총타의 고수들과 만나기로 한 일을 말한다는 걸 눈치챘다, 영풍의 의도와 함께.

“추 소협…….”

영보가 말을 꺼내자 추소산이 얼른 미소로 답했다.

“저 역시 육 노형과 따로 볼일이 있습니다.”

“그러시군요.”

“예.”

서둘러 객점을 떠나가는 무당파 사형제들을 힐끔 바라본 추소산이 눈에 이채가 스쳐 갔다. 우연찮게 개봉에 들른 그들 사형제에게 갑자기 생긴 볼일이란 게 뭔지 궁금했다. 잠시 마음에 갈등이 일었다.

한데 그때였다.

객점 안쪽에서 대령이 모습을 드러냈다. 또 밤새 술을 푼 백수빈이나 번뇌로 인해 잠을 설친 여연경, 잠꾸러기 소령과 달리 그녀는 새벽에 일어난 소란으로 평소보다 일찍 잠에서 깬 것이다.

“소산 오라버니!”

대령의 부름에 객점 쪽으로 고개를 돌린 추소산의 입가에 부드러운 미소가 떠올랐다.

“대령, 벌써 깼구나!”

“벌써 날이 모두 밝았는걸요.”

“그렇군.”

추소산은 미미하게 고개를 끄덕여 보였다. 과연 개방의 총타를 떠날 때만 해도 희뿌옇던 하늘이 이젠 완전할 정도로 밝아져 있었다. 곧 햇빛이 쨍쨍하니 들 것 같았다.

'여자들이 잠에서 깨기 전에 육 노형과 일을 끝마쳐야 할 것이다!'

순간 뇌리를 스친 생각대로 추소산이 움직였다. 대령에게 한걸음에 다가서 그녀의 어깨를 힘있게 부여잡은 것이다.

"소산 오라버니……."

놀란 표정이 된 대령의 얼굴이 가볍게 붉어졌다.

추소산이 심각한 표정으로 말했다.

"대령, 네게 부탁을 좀 해야겠다."

"뭐든 말씀하세요."

"한동안 육 노형과 시간을 보내야 할 것 같다. 그러니 네가 그동안 백 소저 등을 따돌려 줘야겠다."

"그건……."

"무척 힘든 일일 거란 건 나도 잘 안다. 하지만 내가 지금 믿을 사람은 너밖에 없구나."

문득 대령의 얼굴에 한 가닥 굳은 결의가 스쳐 지나갔다. 추소산에게 이와 같은 말을 들은 이상 목숨이라도 걸어야겠다고 마음먹은 것이다.

"소산 오라버니, 저만 믿으세요."

"믿으마."

추소산은 신뢰 어린 표정을 던지고 바람같이 신형을 객점 안으로 날렸다. 말과는 전혀 다른 행동이었다.

그러나 이미 대령의 귀에는 추소산이 방금 전에 했던 말만이 계속 울려 퍼지고 있었다. 이제 와선 추소산의 그 다음 행동이 어떠했는지 따위는 전혀 고려의 대상이 되지 않았다. 집중도의 차이가 달랐다.

'소산 오라버니가 나만을 믿는다고 했다!'

대령의 눈이 빛났다.

덜컥!

문을 열고 방 안으로 들어선 순간 추소산은 눈앞에서 희끗하고 움직이는 무언가를 발견했다.

'암습?'

추소산은 거의 본능적으로 묵암검를 빼서 앞으로 곧게 찔러 들어갔다.

종상벽하.

어떤 상황에서도 뒤로 후퇴하기보다는 공격에 나서는 성향을 그대로 드러낸 반격!

묵암검에서 일어난 검은 기운이 만들어낸 궤적을 피해 뒤로 물러선 육지견이 버럭 노성을 터뜨렸다.

"검을 사용해선 안 된다!"

'어째서?'

추소산은 자신을 암습한 사람이 육지견임을 보고 얼른 묵암검을 거둬들였다. 그가 자신을 해치기 위해 암습을 가했을 리 없다는 믿음 때문이었다.

슥!

묵암검에서 솟구친 검기가 거둬들여지자 육지견이 화난 표정으로 소리쳤다.

"지금부터 천하제일의 경공을 연마해야 할 사람이 검을 빼 들다니, 이 무슨 돼먹지 않은 짓이란 말인가!"

"방금 전의 그게 경공 수련을 위한 것이었습니까?"

"당연하지."

"그렇다면 경공이나 신법의 기본이 되는 구결 정도는 먼저 알려주시는 편이 낫지 않겠습니까?"

"누가 내가 익힌 경공을 자네한테 가르쳐 주겠다고 했던가!"

"그럼?"

"내가 지금부터 자네한테 가르쳐 주려는 건 경공과 신법 중 핵심이 되는 사항들이라네. 그것만 깨달으면, 삼류 보신경을 기본으로 한다 해도 천하제일의 경공대가가 될 수 있을 것이야. 그러니 자네는 빨리 손에 든 검 따윈 한쪽에 치워두라구!"

"……"

육지견이 다시 크게 소리치자 추소산이 두말없이 수중의 묵암검을 한쪽 침상 위로 던졌다. 육지견의 말처럼 오로지 경공만을 수련하기 위해서라면 검 따윈 오히려 방해가 될 뿐이란 판단이었다.

"육 노형, 그럼 다시 처음부터 부탁드리겠습니다."

"그렇게 나와야 내 좋은 아우지!"

육지견이 흐뭇한 표정으로 입가에 징그러운 미소를 떠올렸다. 역시 천하의 기재라 할 만한 깨날음이고, 난호함이란 생각이 들었기 때문이다.

"그럼 가겠네! 전혀 사정을 봐주지 않을 터이니, 자네는 전력을 다해 이 노형의 공격을 피해보게나!"

"그러겠습니다."

"그래야 할 것일세."

추소산은 입을 굳게 다물었다. 정신을 온통 육지견에게 집중하기 시작했음을 말해주는 광경이다.

슥!

육지견이 움직임을 보였다.

세상에서 가장 독특한 경공 수련이 시작된 것이다.

*   *   *

무당파 사형제들이 찾은 곳은 개봉성 중 가장 번화한 잡화로의 뒷골목이었다. 간밤 영풍에게 전달된 개방의 밀지가 이른 곳을 물어물어 찾아왔다.

냄새나고 지저분해 보이는 광경.

나름대로 여행 중에도 청결에 신경을 쓰고 있던 영경이 눈살을 가볍게 찌푸려 보였다. 더러운 주변의 모습은 둘째 치고 속을 뒤집어놓는 괴상한 냄새가 정말 견디기 힘들었다.

"사형들, 정말 이런 곳에서 개방의 고수들이 만나자고 한 건가요?"

"……."

영보가 영풍 쪽을 힐끔 쳐다봤다. 무언중에 대답을 촉구하는 것이다.

영풍이 말했다.

"물론입니다. 사형과 사매는 의심하지 마십시오."

"그렇다면야……."

영보가 말끝을 흐리자 영경 역시 더 이상 뭐라 하지 않았다. 지독한 냄새 속에서 말을 하는 것도 지독한 고역이었다. 될 수 있으면 입을 열지 않는 게 낫다는 판단이었다.

그렇게 시간이 지나갔다.

세 사형제의 안색이 점차 심해져만 가는 냄새 속에 누런 황색으로 변해갈 무렵, 흥얼거리는 연화락 소리가 멀리서 들려왔다. 필시 거지가 부르는 노랫가락.

영풍이 노래가 들려오는 쪽으로 난 골목 쪽으로 시선을 던졌다. 개봉의 뒷골목에서 이와 같은 노래를 아무렇지도 않게 흥얼거리는 사람을 만난다면 누구나 거지를 떠올리지 않을 수 없을 것이다.

"혹시 개방에서 온 분이십니까?"

"맞네."

짤막한 대답과 함께 어깨에 큼지막하고 묘한 냄새가 나는 고깃덩이를 들쳐 멘 늙은 거지가 골목 속에서 튀어나왔다. 개봉성 지부대인인 연심독 앞에 모습을 드러낸 바 있는 지화자였다. 연화락이 들려올 때만 해도 꽤나 멀리 떨어져 있었던 것 같은데, 그새 약속 장소에 이른 것이다.

지화자의 허리춤에 매달린 포대자루의 숫자를 세고 그의 정체를 간파한 영풍이 얼른 사형인 영보에게 눈짓을 했다.

"구결입니다."

"그렇구나!"

빨리 영풍에게 대답한 영보가 얼른 한 걸음 앞으로 나서 지화자를 맞았다. 그의 허리가 크게 접혀진다.

"무당파의 후배들이 풍개 노선배님을 뵙습니다!"

영보를 따라 영풍과 영경 역시 지화자에게 허리를 숙여 보였다.

“후배들이 풍개 노선배님을 뵙습니다!”

“후배들이 풍개 노선배님을 뵙습니다!”

극진한 인사를 받은 지화자가 얼른 손을 휘휘 저어 보이며 소리쳤다.

“됐네! 됐어! 이 늙은 거지가 힘이 필요해서 자네들을 불러들였는데, 어찌 이런 분에 넘치는 대접을 해주는 건가. 그런 허례 따윈 늙은 거지가 좋아하지 않으니, 허리는 그만 접어 보이는 게 좋아.”

“…….”

영보를 비롯한 영풍과 영경 등의 눈에 일순 가벼운 긴장이 스쳐 갔다. 어느새 그들의 접혔던 허리가 곧게 펴졌음을 눈치챘기 때문이다.

‘과연 개방의 대장로!’

영보는 내심 크게 감탄했다. 무당파에서도 자신을 비롯한 세 명의 칠성검수들을 한꺼번에 내력으로 압도할 수 있는 사람은 그리 많지 않았다.

기껏해야 서너 명 정도랄까?

그런 점에 있어서 지화자는 개방의 저력을 아주 간단한 방법으로 영보 등에게 보여준 것이라 할 수 있었다.

털푸덕!

어깨에 메고 온 큼지막한 고깃덩이를 바닥에 내려놓고 허리를 손으로 툭툭 두들긴 지화자가 고개를 절레절레 흔들었다.

“에구에구, 이젠 너무 늙어서 이만한 걸 메고 오는 데도 힘이 드니, 죽어서 무덤에 들어갈 때가 다 된 것 같구나. 아직까지 먹성은 그대로 인지라 한 끼에 밥을 두 그릇씩 먹고 있는데, 그 밥심은 어디로 다 갔는지…….”

‘저 고기는……’

문득 지화자가 내려놓은 커다란 고깃덩이에 호기심이 인 영경이 질문을 던졌다.

“노선배님, 그 고기는 무엇인가요?”

“엥? 이게 뭔 고긴지 모른단 말인가?”

“예.”

영경이 고개를 끄덕여 보이자 지화자가 나직하게 혀를 찼다. 세상에 가장 희한한 광경을 보거나 경험한 것 같다.

“쯧쯧, 세상에서 가장 맛 좋은 별미를 눈앞에 두고도 못 알아보다니, 정말 통탄스런 일이 아닌가!”

‘도대체 저게 뭐길래……’

영경의 표정이 뾰로퉁해졌다. 자신이 바보 취급을 당한 것 같았기 때문이다.

그래서 슬쩍 사형들을 곁눈질하니, 그들 역시 눈앞의 고기의 정체에 대해선 모르는 것 같다. 자신 혼자 모르고 있는 건 아니라 다행이란 생각이 들었다.

혀를 차기를 끝마친 지화자가 말했다.

“이게 바로 거지들이 가장 좋아하는 개고기일세.”

“그게 개고기라고요?”

“아무렴! 오늘 새벽에 개봉부 쪽을 걸어가는데, 이 싸가지없는 녀석이 어르신을 일반 거지인 줄 알고 계속 짖어대는 게 아니겠는가. 그래서 내 타구죽봉을 휘둘러서 냉큼 잡아온 게지. 근처에 개고기를 잘 삶는 집이 있으니, 거기다가 맡겨놓으면 오늘 저녁은 실컷 배 두들기며 먹을 수 있을 걸세.”

"아!"

영경이 기겁한 표정을 지어 보였다.

그녀는 무당파에서 한 마리의 흑구를 키우고 있었다.

개를 전문적으로 삶아 먹는다는 말을 듣자 속에서 헛구역질이 치밀어 올랐다. 비로소 코를 문드러지게 하던 주변의 내음이 개를 도살하고 털을 태울 때 나는 노린내임을 깨달은 것이다.

지화자가 그런 영경의 내심을 짐작하지 못했을 리 없다.

실룩!

코 평수를 넓히며 콧방귀를 뀐 지화자가 말했다.

"흥, 무당파에서 도학과 무학을 배우며 독야청청하는 자네들과 달리 우리 거지들은 평생 지랄맞은 개한테 쫓겨 다니고, 사람들한테 괄시를 받는다네. 가끔가다 눈먼 개를 잡게 되면 그날이 바로 잔칫날이니, 자네들의 마음을 상하게 했다면 미안하구만."

"어찌 후배들이 감히!"

"감히, 뭐?"

"후배들은 무당산에서 항시 소식만을 해왔습니다. 세사에 관해선 잘 알지 못하는 바이니, 노선배님께서 용서해 주시기 바랍니다."

구역질을 참느라 안색이 좋지 않게 된 영경을 대신해 지화자에게 사과한 사람은 영보였다.

그 역시 소식이 몸에 밴 도사였다.

개고기를 먹는다는 것에 역감을 느꼈지만, 세상 사람들이 모두 자신들과 같지 않다는 건 잘 알고 있었다.

개봉까지 함께했던 일행 중 육지견 같은 괴물만 봐도 충분히 짐작할 수 있고, 알 수 있는 일이었다. 뼛속 아주 깊숙한 곳까지.

그러자 지화자가 더 이상 트집을 잡지 않고 다시 입가에 헤벌쭉 미소를 담았다.

"뭐, 이 늙은 거지의 성질이 지랄맞아 실례했네. 대신 이번에 그 못된 기련음마 녀석을 잡으면 내 자네들과 삶은 개고기를 나눠 먹음세."

"그럴 필요까지는……."

"자네들은 반드시 이 늙은 거지와 개고기를 먹어야만 하네. 그렇지 않으면 진무각주인 신무 진인에게 오늘 일을 다 고자질하는 사태가 벌어질지도 모르니까 말씀이야."

지화자가 목소리를 살짝 높이며 신무 진인의 도명을 언급하자 영보가 더 이상 사양하지 못하고 입을 다물었다.

여전히 안색이 좋지 못한 영경이 거의 울 것 같은 표정으로 쳐다봤으나 소용없는 일이었다. 영보는 물론이거니와 영풍 역시 그녀의 애절한 시선을 외면하고 있었다. 지화자 같은 무림명숙이 마음먹고 신무 진인에게 험담을 한다면, 뒷수습을 한다는 게 결코 쉽지 않을 게 뻔했기 때문이다.

'흐흑!'

영경은 결국 속으로 울음을 터뜨리고 말았다.

그때 무당파 사형제들 간에 오고 가는 눈빛 교환을 재밌다는 듯 바라보고 있던 지화자가 본론을 끄집어냈다.

"그럼 이제부터 서신에서 밝힌 것처럼 기련음마란 녀석을 몰아넣어 잡을 방법에 대해 의논해 보세나."

"…예."

대답을 하면서도 영보 등은 자신들이 지화자가 하자는 대로 그냥 이끌려 갈 것임을 믿어 의심치 않았다. 개고기 따위로 완전히 제압을 당했으니, 더 말해 무엇 하겠는가.

*   *   *

퍼퍽!

추소산은 눈앞에서 별이 반짝이는 걸 느끼며 신형을 가볍게 휘청거렸다.

적지 않은 충격.

육지견은 결코 손에 사정을 두지 않았다.

한 대, 한 대를 맞을 때마다 온몸이 부서지는 것 같은 게, 목숨을 건 실전을 벌이는 것이나 다름없었다.

그러나 추소산은 결코 입 밖으로 신음을 흘리지 않았다. 만약 그가 한차례라도 신음을 흘리면 육지견이 신법의 속도와 변화를 느슨하게 할 것이고, 조금이나마 얻은 깨달음의 기회가 날아갈 것 같았다.

'하지만 육 노형도 진짜 아프게 때리는군. 평소에 나한테 감정이 꽤나 많았던 것 같아.'

추소산은 어금니를 사려 물고 안력을 집중했다. 눈앞에서 흐릿흐릿한 그림자를 남기며 움직이고 있는 육지견의 신법이 만들어내는 변화를 조금이라도 파악해야만 했다.

물론 그게 노력한다 해서 쉽사리 이뤄지는 건 아니다.

추소산은 다시 육지견의 발에 복부를 걷어차여야 했고, 순간적으로 건곤권을 펼쳐 반격하려던 자신의 본능을 억지로 자제해야만 했다.

슥!

추소산의 권각이 발동 걸리려는 걸 보고 얼른 뒤로 물러선 육지견이 확인받듯 말했다.

"자네는 결코 날 공격해선 안 되네. 오직 자네가 익힌 수류보만으로 내 공격을 피해내고, 내 움직임을 봉쇄해야만 하는 것이야."

"알고 있습니다."

"자네의 무식하게 강한 몸은 그걸 모르고 있나 본데?"

"공격을 받으면 자동적으로 반응하는 몸을 지녀서 죄송할 따름입니다."

"아니 다행일세."

육지견은 말을 하는 동안에도 결코 발을 놀리지 않았다. 그는 끝없이 좁은 방 안 이곳저곳을 오고 가며 추소산의 눈을 괴롭혔다.

움직임을 눈이 따르지 못하니 당연한 결과였다.

한데 그때였다.

계속 육지견의 움직임만을 쫓고 있던 추소산의 눈동자가 동작을 멈췄다. 그리고 작게 응축된 동공.

'당연한 결과?'

문득 추소산은 의문을 느꼈다. 자신이 그동안 육지견의 신법을 파악하기 위해 한 행동들 모두가 대단히 멍청한 짓이었다는 걸 깨달은 것이다.

그의 뇌리로 과거 악록산에서의 수련이 스쳐 지나갔다.

당시 그가 가장 중점을 뒀던 건 기관 매복을 한 호흡 만에 통과하는 것이었는데, 눈은 그다지 큰 도움이 되지 못했다. 눈으로 쫓기 전에 기관 매복이 먼저 발동하곤 했기 때문이다.

그럼 자신은 무엇에 의지해서 기관 매복을 통과했던가!

추소산은 그리 오래 걸리지 않아 해답을 도출해 낼 수 있었다.

손에 검이 들리지 않았던 탓에 잠시 잊고 있었던 대전제를 떠올린 것이다.

'어떤 상황에서도 자신의 감각을 믿고, 이용할 수 있는 건 모조리 이용한다!'

그때 추소산을 향해 다시 육지견의 권각이 파고들었다. 방금 전에 확답을 받은 탓인지 빠르기에만 치중한 다소 방심한 듯한 단조로운 변화.

파팍!

추소산은 건곤권을 펼쳐 육지견의 권각을 막아냈다.

또한 움직이기 시작한 보보(步步).

방어와 동시에 세 개의 분영을 만들어낸 추소산의 수류보를 본 육지견의 입꼬리가 슬며시 치켜 올라갔다. 드디어 추소산이 스스로 생각하고 움직이기 시작했다는 걸 눈치챘음이다.

'드디어 한 단계를 깨우쳤군. 과연 기재야. 하지만 그리 쉽사리는 안 되지!'

육지견의 움직임이 갑자기 두 배쯤 빨라졌다.

여태까지는 장난이었단 뜻?

추소산은 충분히 그럴 수 있다고 생각했다. 그렇다고 해서 기가 죽을 까닭은 없었다.

파파파파팍!

추소산은 순간적으로 건곤권과 수류보를 연동(連動)시켰다. 그렇게 함으로써 얻은 엄청난 속도로 육지견의 갑자기 빨라진 신법을 따라잡을 요량이었다.

형산에서 육지견의 뒤를 쫓기 위해 운진형이 신검합일을 펼쳤던 것에 착안한 대응책!

그러자 일시 추소산에게 파고들던 육지견의 몸, 주변에서 격한 돌개바람이 일어났다. 짧은 거리를 극한의 빠르기로 치닫자 일어난 일종의 무형지기였다.

촤촤촤촤!

순간 추소산의 양 소맷자락이 마치 돌개바람에 휘말리기라도 한 것처럼 산산조각났다.

육지견의 무형지기를 수류보와 결합시킨 건곤권으로 막아내느라 벌어진 일이었다.

단단하기가 금성철벽과 같은 추소산의 겉가죽과 달리 옷은 무형지기를 막아내기엔 역부족이었음이 분명하다.

'허……!'

육지견의 입이 가볍게 벌어졌다. 설마 하니 추소산이 이렇게 빨리 자신의 신법을 따라잡는 일이 발생할 줄은 몰랐다. 놀람이 이는 것도 무리는 아니다.

하지만 그가 놀라기에는 아직 일렀다.

또다시 일어난 변화.

스슥!

처음으로 추소산이 능동적으로 육지견을 노리며 파고들었다. 그가 건곤권에 막혀 밖으로 퉁겨져 나간 것과 거의 동시에 벌어진 일이었다.

"제길, 농담 아닐세……."

육지견의 신형이 순간적으로 좌우로 분산되었다. 그가 평생 단 몇 차례밖엔 사용해 보지 않은 일원이형보(一元異形步).

파팟!

짤막하게 터져 나온 기음.

추소산은 문득 자신의 가슴팍이 서늘해지는 걸 느꼈다. 어느새 육지견의 수도가 가슴과 옆구리를 스치고 지나간 것이다.

그러나 추소산 또한 그냥 놀고만 있었던 건 아니다.

일원이형보를 펼쳐 그에게서 몇 걸음 뒤로 물러서던 육지견이 미묘할 정도로 약간 보행을 흐트러뜨렸다. 왼쪽 발목을 발로 걷어차인 탓이었다.

"크허허, 천하의 모든 무공의 근원이 되는 건 보법이라! 보법에서 신법이 나오고 다시 경공을 이루니, 스스로의 무공과 신법을 결합할 수 있다면, 그것이 바로 천하를 희롱하는 자의 경공이 아니겠는가!"

'천하를 희롱하는 자의 경공……'

"소산 현제, 이제 눈으로 보기를 포기하고, 자신의 움직임 속에 보신경을 보듬었는가?"

"그건……."

잠시 대답을 뒤로 미룬 추소산이 어느 때보다 강하게 눈을 빛내며 말했다.

"아직 완전히 이루지 못했다고 생각합니다."

"완전히 이루지 못했다? 방금 전 내 밑천인 일원이형보를 따라잡고도 만족하지 못했단 말인가?"

"예, 적어도 몇 년은 계속 수련해야만 무공과 보신경을 하나로 할 수 있으리라 봅니다. 그때가 되면 비로소 천하를 희롱하는 자의 경공을 육 노형께 보여 드릴 수 있으리라 봅니다."

"그렇군! 그래!"

육지견은 고개를 끄덕여 보이며 문득 자신이 추소산을 너무 낮게 평가했다는 걸 깨달았다. 그의 그릇은 너무 커서 지금으로선 누구라 해도 감히 짐작조차 할 수 없으리란 생각이 들었다. 진짜 엄청난 자질이었다.

'앞으로 천하에서 행세깨나 하고 살던 무학의 명가들이 혼쭐날 날이 오고야 말겠구나! 정말 그럴 것이다!'

말을 잊은 육지견에게 추소산이 말했다.

"육 노형, 그런데 이렇게 되면 제가 배운 건 무공의 도리인 겁니까, 경공의 도리인 겁니까?"

"낸들 알겠는가!"

"그럼 제가 알아서 그냥 마음대로 생각하겠습니다."

"아무려나!"

육지견이 징그럽다는 표정을 추소산에게 던졌다. 방금 전에 자신의 속주머니 밑천을 홀랑 털렸다는 생각을 하니 괜시리 울화가 치밀어 올랐다. 결코 아깝다는 생각은 들지 않았지만 말이다.

삐걱!

추소산이 틀어박혀 있던 방을 나선 건 저녁이 다 되어서였다.

경공 대련 이후 금세 방을 빠져나간 육지견과 달리 그는 줄곧 건곤권과 수류보를 한데 섞는 연습을 홀로 묵묵히 행하고 있었다. 한번 얻은 깨달음을 즉각적으로 자신의 몸에 맞춰놔야 한다고 생각한 까닭이다.

결국 어느 정도 성과를 보고서야 방문을 연 추소산의 입가에 담담한 미소가 떠올랐다. 평소 사용하던 쌍수도뿐 아니라 한 자루의 검마저 빼 들고서 방문 앞을 지키고 있는 대령을 발견했기 때문이다.

"대령……."

추소산이 조용히 부르자 대령이 작은 어깨를 부르르 떨어 보였다.

뭔가 잔뜩 들어가 있던 기운이 빠져나가고 있었다.

'기합이 들어가 있었군.'

내심 고개를 끄덕이는 추소산에게 신형을 돌린 대령이 진심으로 반가운 표정으로 웃어 보였다. 마치 죽었던 낭군이 살아 돌아오기라도 한 것 같은 모습이다.

추소산은 뭔가 잘못됐음을 눈치챘다.

"너… 무슨 짓을 저지른 거냐?"

"……."

대답 대신 대령의 눈에 그렁하니 눈물이 매달렸다. 그러나 그것도 잠시뿐이었다.

슥슥!

얼른 소매로 눈가를 훔친 그녀가 비장한 표정을 하고서 말했다.

"소산 오라버니, 앞으로 절 볼 수 없게 되더라도 결코 슬퍼하지 마세요. 그리고 가여운 소령이를 잘 부탁드릴게요."

"대령……."

"그러니깐……."

대령은 말을 결국 끝마치는 데 실패했다. 갑자기 객점의 대문 저편으로부터 한눈에 보기에도 안색이 좋지 않아 보이는 백수빈과 여연경이 모습을 드러냈다. 그녀들은 잠시 주변을 살펴보더니, 추소산과 함께 있는 대령을 발견하고 노기등등하여 신형을 날려왔다.

"대령! 이 못된 것!"

"대령 소저!"

대령이 두 살기 어린 표정의 여인들을 보고 온몸을 부들부들 떨었다. 방금 전까지 보였던 의연하고 결연한 모습은 어디로 사라졌는지, 그녀의 얼굴에 남은 건 짙은 두려움과 공포의 그림자뿐이었다.

"소산 오라버니, 살려주세요!"

거의 모깃소리만 한 대령의 중얼거림을 듣고 추소산이 얼른 그녀의 앞을 가로막아 섰다. 대충 전후의 사정을 짐작할 수 있었기 때문이다.

슥!

추소산이 대령의 앞을 가로막아 서자 두 여인 역시 날려오던 신형을 멈춰 세웠다.

추소산을 사이에 둔 연적 관계.

백수빈과 여연경 중 누구도 추소산의 성미를 먼저 거스르고 싶을 리 없다. 그녀들은 묵묵히 입을 꾹 다문 채 추소산 뒤에 숨은 대령을 향해 살기만을 쏘아 보내고 있었다.

오돌오돌…….

등 뒤에서 느껴지는 대령의 떨림.

자신 외엔 그녀를 지켜줄 사람이 없음을 직감한 추소산이 눈을 빛내며 말했다.

"두 분에게 먼저 내력을 내신해 사죄 올리겠습니다!"

"……."

추소산이 꾸벅 허리를 숙여 보였다. 일단 여인들의 분노를 수그러뜨려야겠다는 판단이었다.

그러자 당황한 건 잔뜩 살기를 뿜어내고 있던 두 여인이었다. 추소산이 생뚱맞게 이렇게 나올 줄 몰랐기 때문이다.

"왜? 왜 대령을 대신해서 소산이 사과를 하는 거지? 저 못된 대령이 무슨 짓을 저질렀는지 알고 있는 거야?"

억지로 노기를 억누른 백수빈의 질문에 추소산이 잠시 염두를 굴리곤 대답했다.

"잘은 모릅니다. 하지만 저는 오늘 중요한 일이 있어서 대령에게 한동안 방 안으로 누구도 들이지 못하게 부탁했습니다. 그 때문에 어떤 일이 발생했다면 모든 건 제가 책임져야 할 일이라고 생각합니다."

"무슨 중요한 일이 있었던 건데?"

"그건 말할 수 없습니다."

추소산이 한마디로 질문을 일축하자 백수빈의 입술꼬리가 살짝 꿈틀거렸다.

"소산은 항상 나한테는 야박하게 굴면서 쌍령한테는 그렇지 않군 그래."

"수빈 누님, 본래 여동생들은 귀여운 법이잖습니까."

'수빈 누님이라…….'

백수빈은 추소산의 바뀐 호칭의 의미를 곱씹고, 간밤의 짜릿한 포옹을 떠올렸다. 문득 얼굴이 뜨뜻해지는 게 심중에 일었던 노기가 사르르 가라앉는 걸 느꼈다.

"뭐, 오늘 일은 소산의 얼굴을 봐서 그냥 넘어가도록 하지. 하지만 관대하고 대범한 나와는 달리 여 소저는 그렇지 않을 것 같으니 큰일이로군."

"대령이 도대체 무슨 짓을 했길래……."

추소산이 눈살을 가볍게 찌푸려 보이자 백수빈이 기다렸다는 듯 목소리를 높였다.

"대령, 나는 이미 네 잘못을 용서하겠다고 말했다. 하지만 여 소저는 오늘 네년 때문에 꽤나 많은 험고를 치렀으니, 냉큼 나서서 네가 한 짓을 털어놔야만 한다!"

"대령……."

추소산이 대령을 바라봤다. 그녀에게 진실을 듣고 싶어서였다.

그러자 대령이 각오한 표정을 한 채 추소산의 뒤에서 빠져나왔다.

"저기… 저는……."

추소산이 그녀에게 담담하게 웃어 보였다.

"이미 백 누님께서 네 잘못을 용서하겠다고 했다. 내 생각에 여 소저 역시 네가 진실로 잘못을 뉘우친다면 크게 탓하진 않으실 거라 생각한다."

'추 소협…….'

여연경이 추소산을 서운한 표정으로 바라봤다. 자신의 마음을 알고서도 저리 무심하게 말하는 그가 몹시도 원망스러웠다.

대령이 결국 용기를 내어 말했다.

"제가 정말 잘못했어요. 수빈 언니가 소산 오라버니를 찾기에 둘러댄다는 게 그만 여 소저를 들먹이고 말았거든요."

"여 소저를 들먹였다니, 그게 무슨 말이냐?"

"그게… 잘은 모르겠지만 여 소저와 소산 오라버니가 함께 개봉성 구경을 하러 나가는 모습을 본 것 같다고……."

"으음."

추소산은 비로소 사태의 전말을 깨닫고 내심 한숨을 내쉬었다. 그 말을 들은 백수빈이 어떤 행동을 취했을지 눈에 선했기 때문이다.

슥!

추소산이 손을 내밀자 대령이 움찔하며 어깨를 떨어 보였다. 자신이 한 짓이 얼마나 어처구니없는 일이었는지 알고 있는 것이다.

"네가 한 행동은 모두 나로 인해 기인한 일이다. 그러니 너의 잘못은 곧 내 몫이 된다."

"소산 오라버니……."

대령의 머리를 한차례 쓰다듬어 준 추소산이 백수빈의 몇 걸음 뒤에 서 있는 여연경에게 다가갔다. 그녀가 당했을 모욕에 대해 사과하기 위해서였다.

"여 소저, 동생과 누님을 대신해서 제가 사과드리겠소이다."

"……."

여연경은 바로 사과를 받아들이지 않았다. 사실 받아들이고 싶었으나 갑자기 좋은 생각이 떠올랐다. 위기는 곧 기회라 하지 않았던가.

'그동안 지켜본 바로 추 소협과 저들 하오문의 자매들이 맺은 인연은 꽤나 두터운 편이다. 그동안 쌓인 정을 단숨에 끊기는 어려울 게 분명해. 그러니 나는 다른 식으로 그를 공략해야 할 것이다.'

내심 중얼거린 그녀가 말했다.

"추 소협의 뜻은 잘 알겠어요. 하지만 마음으로만 받을 수밖에 없군요."

"여 소저의 뜻은?"

"추 소협의 관대하고 대범하신 백 소저는 개봉성의 한복판에서 절 모욕하셨습니다. 그리고 방금 전까지 제게 추 소협이 있는 곳을 대라고 계속 소리를 질러대셨어요. 어찌 쉽사리 제가 가슴속의 분노를 풀 수 있을까요?"

‘쪼잔한 년……’

백수빈이 추소산에게 자신이 한 행동을 고스란히 고자질하고 있는 여연경에게 눈을 흘겼다. 본래 자신이 한 행동에는 굉장히 관대하고 남이 한 짓에는 엄격한 그녀다운 반응이었다.

추소산의 뇌리로 백수빈이 여연경에게 한 행동이 선연하게 떠올랐다. 난감하기 이를 데 없는 상황.

여연경이 잠시 뜸을 들이다 자신의 내심을 털어놨다.

“그러니 진정 추 소협이 오늘의 일에 대한 책임을 지시려면 한 가지 제게 약조를 해주셨으면 합니다.”

“어떤 약조를 말하는 것이오?”

“앞으로 제가 부탁하는 세 가지 일을 들어주시겠다는 약조입니다.”

여연경의 말이 떨어진 순간, 백수빈이 그녀에게 삿대질을 해댔다.

“이런 후안무치한……!”

“흥!”

여연경은 아예 백수빈을 외면했다. 그녀가 어떻게 나올 줄 모르고 그와 같은 조건을 추소산에게 내민 것이 아니었기 때문이다.

추소산이 눈살을 가볍게 찌푸렸다.

“그 부탁은 조금 과한 것 같소이다……”

“결코 저는 추 소협에게 해가 되는 부탁은 하지 않을 거예요. 그리고 추 소협은 임의대로 제가 제시하는 부탁을 거부할 수도 있어요.”

“그건……”

“그래도 안 되겠나요?”

승부!

여연경은 추소산이 자신이 내건 조건을 거절할 수 없게 만들고서 눈을 빛냈다. 그녀가 그동안 파악한 추소산이라면 자신이 허락한 일을 성심성의껏 지킬 것임을 알고 있었기 때문이다.

백수빈은 내심 아차 했다.

그녀 역시 추소산의 성격을 파악하고 있었다. 여연경의 내심을 읽지 못했을 리 없다.

'죽일 년, 잘도 소산의 성격을 파악했구나!'

백수빈의 한탄 속에 추소산이 여연경에게 천천히 고개를 끄덕여 보였다.

"알겠소. 내 여 소저와 약조하겠소이다."

"우리, 손바닥을 세 차례 쳐서 약속하기로 하죠."

여연경은 득의로운 감정을 숨긴 채 추소산에게 말했다. 백수빈의 안색이 크게 일그러지는 모습을 보는 건 쾌감이나 다름없었다.

짝! 짝! 짝!

두 남녀의 손바닥이 마주쳐졌다.

이젠 돌이킬 수 없는 일이 되고 만 것이다.

꼬르륵!

대령이 뱃속에서 인 소리에 낯을 가볍게 붉히더니 갑자기 입을 가볍게 벌렸다.

"아, 소령이의 점혈을 풀어주는 걸 깜빡 잊었다!"

'아직도 뭔가 일이 남은 것인가?

추소산의 시선을 받은 대령이 조그만 목소리로 더듬거렸다.

"소령이가 하루종일 굶었어요."

"소령이가… 어째서……?"

"제가 마혈을 제압하고서 침상에 눕혀놨거든요."

“허!”

추소산은 앞으로 결코 대령에게 뭔가를 부탁하지 않아야겠다고 결심했다. 사고를 자주 치긴 하나 소소한 소령과 달리 대령은 뭔가 범위 자체가 다르단 생각이 들었기 때문이다.

역시 기막힌 표정을 짓고 있던 백수빈이 한마디 했다.

“이년아, 당장 달려가 봐!”

“…예.”

시무룩한 표정으로 대답한 대령이 추소산 쪽을 힐끔 보고는 소령이 묵는 방으로 달려갔다. 이제부턴 두 자매 간의 싸움이 시작될 건 불을 보듯 뻔한 일이었다.

제24장
의(義)를 행한다! 의를 행할 것이다!

　　　　　기련음마 염규원은 개방의 총타인 관제묘를 바라보
며 음사한 미소를 입가에 매달았다.

　삼십 년.

　거의 반평생이라 할 만한 기간 동안 그가 가슴속에 담아둔 사문 개
방에 대한 원망은 결코 평범하지 않았다. 지금에 와서는 폭발할 때만
을 기다리고 있는 화약고와 다름없었다.

　그럼에도 그는 계속 때를 기다려 왔다.

　기련산맥에 숨어든 후 고심참담 끝에 사파삼대고수의 반열에 오를
정도의 무위를 닦았고, 수많은 엽색 행각으로 엄청난 내력을 쌓아 올리
며 기다렸다. 그가 원한을 품은 개방이 천하제일대방이었기 때문이다.

　그러자 놀랍게도 기회가 왔다.

　어느 날 그의 은거지로 날아든 한 통의 밀지.

그 속에 쓰인 내용대로라면 현재 개방의 총타에는 절정급의 고수가 단 한 명도 없을 게 분명했다. 바로 그가 지난 삼십 년 동안 기다려 왔던 때가 온 것이다.

그럼에도 염규원은 서두를 필요가 없다고 생각했다. 밀지를 보낸 자에 대한 의구심을 느끼지 않을 수 없었을뿐더러 개방의 저력을 충분할 정도로 알고 있었다. 모든 일은 순서에 맞춰서 처리하면 될 터였다.

개방의 코앞인 개봉에 몰래 숨어든 염규원은 한동안 철저할 정도로 자신을 숨긴 채 거지들의 동향을 살폈다. 그리고 서서히, 그러나 확실하게 움직이기 시작했다. 확신이 선 이후의 일이었다.

'결국 개봉성 지부대인의 딸내미까지 납치했는데도 거지새끼들은 별다른 움직임을 보이지 않았다. 기껏해야 몇 명의 작은 거지들이 정보를 취합하려 뛰어다니긴 했지만, 고수급은 아예 씨가 마른 것처럼 보이지 않았어.'

염규원은 자신의 은신처에 처박아둔 연지연의 삼삼한 얼굴과 몸매를 떠올리며 침을 꿀꺽 삼켰다.

오랜 색마 생활 중에서도 그런 최상급의 여인을 구하기란 쉽지 않았다. 특히 구파일방에서 파견된 고수들의 추격 때문에 기련산맥에만 처박혀 있었던 지난 몇 년간은 구경조차 못해본 미모였다.

오늘밤 화끈하게 개방 총타를 뒤엎을 것이다. 그리고 방주에 오르는 후개만이 복용할 수 있는 만구환만 탈취하고 나면, 그녀와 더불어 화려한 잔치를 벌일 생각이었다, 뼈와 살이 타는 육욕의 잔치를.

후끈.

생각만으로도 가슴이 불타오른다는 건 이럴 때를 위해 준비된 말일 것이다.

색마의 노련함으로 아랫도리를 중심으로 불끈 치솟아오른 양기를
재빨리 수습한 염규원이 온몸의 근육을 슬슬 풀어줬다. 육욕을 풀기
전에 벌일 살육의 잔치에 대비하기 위함이었다. 모든 일에는 순서가
있으니까.

뚜둑!

목 근육을 풀어주는 걸 끝으로 준비운동을 끝낸 염규원이 천천히 숨
어 있던 장소에서 빠져나왔다. 때가 무르익은 만큼 일 처리는 확실하
고 빨리 하는 편이 좋았다.

'간다!'

염규원은 내심 크게 부르짖고 지축을 박찼다.

관제묘를 향해서.

다시 자신의 방으로 돌아온 추소산의 눈에 이채가 떠올랐다. 중간에
뭔가 조사할 일이 있다며 밖으로 나갔던 육지견이 침상에 앉아서 양
발을 까닥거리고 있었다. 입가에 매달려 있는 싱글벙글한 미소를 보니,
뭔가 한 건 올린 모습이다.

"제게 할 말이 있는 것 같습니다?"

"그런 것 같은가?"

"예."

추소산의 단순명쾌한 대답에 육지견이 재미없다는 표정을 지어 보
였다. 그가 자신에게 매달려 애원하거나 무릎을 꿇고 엎드려서 가르침
을 구할 거란 생각은 애초에 하지 않았다. 그래도 뭔가 그럴듯한 반응
을 기대했는데, 이건 좀 싱겁다.

"에잉, 그냥 관두련다!"

갑자기 변덕스런 평소 성격이 튀어나온 육지견이 침상에 벌러덩 드러누웠다. 언제나 자신의 마음 가는 대로 하고야 마는 사람다운 모습이다.

'어린애 같은 분…….'

추소산이 육지견을 바라보며 픽 웃고는 침상 옆에 있는 의자를 끌어다가 앉았다. 자신의 침상을 육지견에게 내주기로 한 것 같다.

그러자 침상에 누워 있던 육지견이 자리에서 벌떡 일어섰다. 추소산이 결국 자신에게 질문을 퍼붓지 않자 스스로 좀이 쑤셔 견디지 못하게 되었다. 바로 추소산이 노린 바였다.

"기련음마가 짱박혀 있던 곳을 찾아냈다네!"

"벌써 찾으셨습니까?"

"벌써?"

육지견의 노안에 의혹이 깃들었다. 그는 추소산에게 결코 자신이 뭐 하러 간다고 한마디도 한 적이 없었다.

추소산이 다시 입가에 미소를 담았다.

"육 노형은 겉으로 보이는 모습보다 세심하고 남을 위할 줄 아는 분입니다. 특히 저한테는 과분한 애정을 보이곤 하시죠. 갑자기 볼일이 생겼다면, 기련음마에 관한 건일 거라고 짐작하고 있었습니다."

"허허, 천하의 투왕이 이렇게 속마음을 다 들켜서야, 큰일이군! 정말 큰일이야!"

"덕분에 저는 육 노형을 더욱 좋아하게 되었구요."

"낯간지런 소리 따윌 하다니!"

버럭 소리를 지른 육지견이 자신이 조사한 기련음마의 은신처에 대해 늘어놓기 시작했다. 물론 추소산은 집중한 채로 침묵하기 시작했고.

콰득!

나무를 기본으로 하고 강철판이 겉에 덧대여진 문이 엄청난 힘에 의해 박살났다. 강렬한 내력이 깃든 주먹에서 뻗어 나온 암경의 위력이었다.

흠칫!

기련음마 염규원이 피워놓고 간 몽혼향에 취해 반쯤 정신을 놓고 있던 연지연의 눈꼬리가 파르르 떨렸다. 아직 처녀만이 느낄 수 있는 두려움까지 약 기운에 잃어버리진 않았다.

그녀는 나른하게 늘어진 수족을 어떻게든 움직이려 노력했다.

그게 지금 할 수 있는 전부였다.

하지만 그녀는 곧 절망해야만 했다. 몽혼향에 취한 데다 장시간 마혈이 짚여진 육체는 이미 죽어버린 것 같았다. 결코 미동조차 하려 하지 않았다.

'흐흑, 이럴 수가… 이럴 수가……'

연지연은 속으로 목 놓아 흐느꼈다.

타고난 미모.

개봉성 지부대인의 딸이란 지위.

그녀의 앞에는 화려찬란한 영광만이 놓여 있을 뿐이었다. 결코 그곳에서 벗어날 수 없을 거라고 생각했다. 한데 갑자기 이런 나락으로 굴러 떨어질 줄이야.

그녀는 자신이 혀를 깨물 힘조차 없음이 한스러웠다.

한데 그때 방 안을 가득 메우고 있던 몽혼향이 점차 옅어지기 시작했다. 향로가 꺼지고, 환기가 되기 시작한 것이다.

개봉부 자신의 방에서 밤중에 납치되어 온 후 처음 있는 일.

'도대체······.'

문득 연지연의 귓전으로 낯선 여인의 목소리가 파고들었다.

"귀하신 아가씨, 이제 악몽은 끝났으니 푹 쉬어요."

"······."

연지연이 기억하는 마지막 말이었다. 그녀는 혼혈을 제압당한 채 까마득히 정신을 놓아버렸다.

추소산과 함께 기련음마의 은신처를 급습한 백수빈이 아미를 살짝 찡그려 보였다. 하오문의 부문주로 강호의 가장 밑바닥을 철저하게 굴러다녔던 그녀가 보기에도 눈앞의 광경은 지나치게 처참했기 때문이다.

"죽일 놈! 하오문에서도 절대 금하는 마약에다가 순음지기를 골수까지 빨아먹는 채음보양을 이렇게까지 많이 하다니······."

백수빈은 정신을 잃은 연지연을 품에 안은 채 이를 악물었다. 화가 나서 견딜 수 없었다.

다행히 꽤나 화려한 침의를 걸친 품 안의 여인은 무사했으나 그동안 개봉에서 납치됐다고 알려진 십여 명은 비참한 최후를 맞은 뒤였다. 단 한 명도 살아남지 못하고 한 무더기의 백골로 화해 구석진 곳에 아무렇게나 쌓여 있었다.

같은 여인으로서 분노하지 않을 수 없다.

그녀가 극구 따라나서려던 여연경과 쌍령을 데려오지 않은 까닭을 눈치챈 추소산이 위로하듯 말했다.

"수빈 누님, 미안합니다. 이런 광경을 보게 될 줄 알았으면 혼자 오는 것인데……."

"소산이 하는 일인데 당연히 내가 도와야지. 소산이 여인들을 구하는 꼴은 내가 또 보지 못하니까."

"……."

오히려 자신을 위로하는 백수빈에게 추소산이 빙긋 미소 지었다. 문득 외강내유(外剛內柔)란 바로 눈앞의 여인을 두고 하는 말이란 생각이 들었다.

'그런데 이곳에 기련음마가 없다는 건, 벌써 개방 총타를 치러 갔다는 것일 테지……?'

추소산은 자신이 한걸음 늦었다고 생각했다. 하지만 그리 많이 늦은 것 같지도 않다. 기련음마가 최종적으로 노리고 있는 곳이 개방의 총타임을 알고 있기 때문이다.

"수빈 누님, 다시 한 가지 부탁을 드려야겠습니다."

"소산 혼자 그 죽일 놈을 찾으러 갈 작정은 아니겠지?"

추소산이 백수빈의 품에 안긴 연지연에게 시선을 던지고 말했다.

"누님은 그 소저를 맡아주십시오."

"나더러 뒤치다꺼리나 하라고?"

"부탁드립니다."

추소산이 빙긋 웃으며 살짝 손을 잡았다. 백수빈의 마음이 약해지지 않을 수 없다. 이상하게 손을 잡히자 당최 그의 부탁을 거절할 수 없는 마음이 되었다.

'망할! 이래서 사내는 안 만들려고 했건만…….'

내심 투덜거린 백수빈이 결국 고개를 끄덕이고 만다.

"빨리 와야 해! 조금이라도 늦으면 개봉성의 하오문도들을 몽땅 풀어서 난리를 피울 테니까!"

"그러죠."

"꼭이야!"

재차 당부하는 백수빈에게 살짝 고개를 끄덕여 보인 추소산이 바로 신형을 날렸다. 진짜 고수가 하나도 없는 개방 총타에 기련음마가 난입한다면 어떤 결과가 일어날진 불 보듯 뻔했기 때문이다.

땡그랑!

관제묘 주변에 몇 가지 간단한 기관을 설치해 놨던 파면개 소일충은 귓전을 울리는 소리에 촉각을 곤두세웠다.

"나가봐라!"

소일충의 명을 받은 육구개가 입술을 불쑥 내밀었다. 오늘만 같은 일이 벌어진 게 다섯 번째였다. 본래 기관이나 매복에 대한 조예가 없는 의개당의 거지들이 어설픈 솜씨를 부린 탓에 툭하면 저 같은 소음이 들려오곤 했다.

"당주님, 또 지나가던 개새끼나 바람이 줄을 건드렸을 겁니다. 매번 총타 밖으로 나가서 확인하는 건……."

"맞고 나갈 건가?"

"아닙니다!"

소일충이 한번 한다면 하는 성격임을 아는 육구개가 얼른 허리를 숙여 보였다. 그냥 한차례 나가서 총타 주변을 둘러보고 오는 편이 냄새나는 발에 걷어차이는 것보다는 낫다는 판단이었다.

"애들아, 가자!"

주변에 아무렇게나 널브러져 있던 의개당 제자 몇을 불러 일으킨 육구개가 관제묘 밖으로 신형을 날렸다. 상가개가 맡은 곳은 관제묘의 반대편이었다. 의개당의 거지들을 이끌고 나설 사람은 그밖에는 없었다.

그렇게 육구개가 관제묘 안에 마련된 기관을 해제하고 밖으로 나가는 문을 열었을 때였다.

퍼퍽!

흡사 수박이 깨지는 듯한 소리와 함께 육구개의 눈앞으로 뭔가 둥그스름한 것이 날아들었다.

'뭐……'

육구개는 거의 본능적으로 수중의 타구죽봉을 휘둘렀다. 뭔지도 모르는 물건을 대한 자가 당연히 보일 수 있는 반응.

퍼석!

둥그스름한 물건을 격타한 타구죽봉을 타고 주르륵 핏물이 흘러내려 왔다. 육구개에게 날아든 물건은 방금 잘린 사람의 머리통이었던 것이다.

"이……"

육구개의 잇새로 나직한 신음이 흘러나왔다. 그의 타구죽봉이 부순 머리의 주인은 관제묘 부근을 감시하고 있던 의개당의 거지 중 한 명이었다. 아무리 얼굴이 핏물로 더럽혀졌다곤 하나 못 알아볼 리 없다.

"흐흐, 거지를 죽이니, 거지가 뛰쳐나온다는 건가?"

"……"

육구개는 심중의 분노를 억누른 채 자신의 정면에 모습을 드러낸 회의인을 노려봤다. 그의 주변에는 온통 시체들로 가득했다. 관제묘 부근을 지키던 의개당 소속 거지들 모두가 어느새 몰살을 당한 것이다.

'기련음마가 사파삼대고수 중 한 명이라 하더니, 과연 대단하구나. 오늘 자칫하면 이 입만 산 거지의 생사를 장담치 못할지도 모르겠는걸……'

내심 긴장하며 중얼거린 육구개가 뒤에 도열한 의개당의 거지들을 향해 소리쳤다.

"의개당의 거지들아! 여긴 내가 맡겠다! 너희들은 얼른 안으로 들어가서 당주님께 노적이 나타났다고 고하거라!"

"호법님……"

육구개의 의도를 눈치챈 거지 중 하나가 눈에 눈물을 담았다. 삽시간에 스물이 넘는 거지들을 파리 떼마냥 죽여 버린 기련음마였다. 그를 홀로 막겠다는 건 죽음을 각오했다고밖엔 볼 수 없는 일이었다.

염규원이 피식 웃었다.

"지랄들 하는군! 내가 삼십여 년 전에 나원경과 후개를 다퉜던 사람이다. 개방 총타의 기관이나 비밀 통로가 얼마나 후졌는지 모를 것 같으냐?"

"노적! 감히 방주님의 존명을 함부로 거론하다니!"

육구개가 시간을 끌기 위해 결코 먼저 공격하지 않으리라던 자신의 설의를 잊고 염규원에게 덤벼들었다. 그를 비롯한 거지들에겐 신이나 다름없는 나원경의 이름을 함부로 거론하는 자를 결코 용납할 수 없었기 때문이다.

파앗!

그의 죽봉이 규화봉법의 절초인 풍구난교(風狗亂攪)를 펼치며 염규원의 가슴과 하단전을 동시에 노렸다. 동귀어진까지 각오한 초식이니 그 위력은 평상시보다 훨씬 강력했다.

하지만 그의 죽봉은 염규원의 옷자락조차 건들지 못했다. 그는 단 몇 걸음만으로 풍구난교의 변화에서 완전히 벗어났다. 마치 일부러 육구개가 봉의 변화를 그리 조절한 것 같은 광경이랄까?

"어……."

급히 죽봉을 뒤로 빼내는 육구개를 향해 염규원이 다시 입가에 조소를 만들어냈다.

"이래서 거지새끼들은 안 돼! 미리 내가 과거에 나원경과 후개를 다 뒀었다고 말해줬는데도 이런 규화봉법이나 펼치는 미련을 떨다니!"

"……."

순간 죽봉을 거둬들이던 육구개의 뇌리 속으로 핏빛 혈수가 크게 확대되었다. 염규원을 사파삼대고수에 꼽히게 만든 혈음수(血陰手)가 펼쳐진 것이다.

빠각!

죽봉이 두 동강 난 육구개의 입에서 피화살이 터져 나왔다. 머리를 직격한 혈음수를 사족앙천(四足仰天)을 펼쳐 가까스로 막아냈으나 완전치가 않았다. 혈음수의 내경이 벼락같이 튀어나와 가슴을 때렸다.

"크으으……."

뒤로 휘청거리며 물러서는 육구개에게 염규원이 그림자처럼 파고들었다. 이미 중상을 입은 그에게 다시 손을 써 완전히 죽여 버릴 심산이었다.

그러자 아직 떠나지 않고 있던 의개당 거지 몇이 염규원에게 달려들었다. 육구개를 구하기 위해 역부족임을 알면서도 몸을 던진 것이다.

"의를 행한다!"

"의를 행한다!"

우렁찬 외침을 토해내며 달려든 거지들의 죽봉이 염규원의 혈음수에 의해 산산조각났다. 그리고 단숨에 육떡이 되어버린 두 명의 거지.

거지의 피로 붉게 물든 자신의 쌍수를 가늘게 떨며 염규원이 이를 뿌드득 갈았다.

"평생 빌어먹다 뒈질 거지 놈들이 의는 무슨 놈의 의냐! 내 일수조차 막아내지 못하는 것들이!"

"…의를 행… 한다! 의를… 행할 것… 이다……!"

자신을 구하기 위해 기꺼이 목숨을 내놓은 거지들을 바라보며 두 눈에 눈물을 그렁하니 담은 육구개가 다시 죽봉을 손에 쥐었다. 방금 전까지 그와 웃고 떠들었던 거지가 죽으며 넘겨준 것이었다.

염규원의 눈에 핏발이 일어났다.

"그래, 의나 행하다가 뒈져라!"

"……."

염규원의 혈음수가 다시 파고든 순간 육구개는 눈을 크게 떴다.

여전히 그에겐 염규원의 일수조차 막아낼 무공은 없었다.

다만 자신을 위해 죽어간 거지들을 위해서라도 죽음만큼은 의연하게 받아들일 생각이었다.

하지만 그에겐 아직 죽음이 허락되지 않았던 것 같다.

스웃!

막 육구개의 얼굴을 박살 내려던 염규원의 혈음수가 갑자기 방향을 바꿨다. 느닷없이 관제묘 안쪽에서 그를 노리며 파고든 세 개의 죽봉을 막기 위해서였다.

파파팍!

염규원이 자신을 암습한 죽봉을 막아낸 건 혈음수가 아니었다. 개방도들이라면 대충 몇 초식씩 알고 있는 용음십이수(龍音十二手)였다. 위기의 순간이 닥치자 자기 무공의 근간을 이루고 있는 개방의 비전을 펼쳤음이다.

"감히 배신자 주제에 본 방의 비전을 펼치다니!"

벽력같은 노성과 함께 파면개 소일충이 모습을 드러냈다. 밖에서 들리는 파공성을 듣고 곧바로 밖으로 나선 탓에 육구개를 죽음의 위기에서 구해낼 수 있었다.

"당주… 니임……."

소일충의 모습을 확인한 육구개가 그 자리에 무너져 내렸다. 내상이 너무 극심해서 더 이상 버틸 수 없었던 것이다.

쿵!

소일충은 육구개에게 달려가지 않았다.

대신 염규원을 향해 파옥권을 펼치며 달려들었다. 그 같은 절정고수를 상대함에 있어선 선기를 제압하는 게 가장 중요하다는 걸 잘 알고 있었기 때문이다.

쉬악!

소일충의 파옥권이 번개 같은 빠르기로 염규원을 노렸다. 처음부터 전력을 다한 만큼 그의 주먹에는 과거 추소산에게 펼쳤던 것과는 근본적으로 다른 위력이 담겨 있었다.

번뜩이는 권영을 살핀 염규원의 눈에 한 가닥 살기가 번져 나왔다.

'파옥권을 익혔다는 건 후개의 가능성이 있다는 뜻일 터!'

염규원은 자신 역시 익히 알고 있는 파옥권의 변화를 수월하게 피해 낸 후 소일충의 가슴을 노리고 혈음수를 쏟아냈다. 반드시 죽이고야 말겠다는 의지가 담긴 살수.

그러나 염규원이 한 가지 간과한 사실이 있었다.

그와 마찬가지로 후개의 가능성이 있는 자가 결코 범상한 인재일 리 없다는 것이었다.

'걸려들었다!'

애초에 염규원이 충분히 파악하고 있는 파옥권을 일부러 펼쳐 허점을 드러냈던 소일충의 눈이 번뜩였다.

파옥권의 투로를 따르던 그의 권형이 순간적으로 지척천애권(指斥天涯拳)으로 바뀌었다. 개방에서도 그밖에는 익힌 자가 없을 정도로 어렵고 난해한 권법.

빠바바바박!

마음 놓고 자신의 시야 속에 훤히 드러난 소일충의 가슴을 부수려던 염규원의 눈살이 살짝 찌푸려졌다. 지척천애권에 반격을 당해 어쩔 수 없이 용음십이수를 펼쳐야만 했기 때문이다.

스슥.

개방에 뛰어든 후 처음으로 염규원은 뒤로 몇 걸음 물러섰다. 소일충의 지척천애권을 받아내며 일어난 반진력을 풀기 위한 자연스런 움직임이었다.

하지만 오히려 일보가량 앞으로 나선 소일충의 안색은 가히 좋지 못했다. 분명 그가 선기를 잡았고 반격 또한 염규원의 허를 찔렀는데, 놀랍게도 내상을 입고 말았다. 두 사람 간의 무공 격차가 그만큼 크다는 뜻이었다.

"개방에도 심기를 쓸 줄 아는 거지가 나타나다니, 이거 참 경사스런 일이로구나. 하지만 심기를 쓸 상대를 잘못 택했다. 무공 격차가 이렇게나 많이 나서야 어찌해 볼 수도 없는 게 아니겠느냐?"

"……."

소일충은 염규원의 놀리는 말에 아무런 대답도 하지 못했다. 입을 여는 순간 목구멍에서 뭉클거리는 핏덩이가 튀어나올 것 같았기 때문이다.

'노적의 무공이 이처럼 놀랍다니, 동귀어진조차 가능할지 모르겠구나!'

소일충은 절망스런 순간에도 포기하지 않고 염규원과 함께 죽을 생각을 했다. 그 같은 마두가 무공 또한 고절하니, 살려두면 얼마나 많은 개방의 거지들이 참화를 당할지 걱정되었다. 자신을 희생해서라도 그런 일만은 막아야만 한다.

한데 그때였다.

소일충에게 다시 조롱을 퍼부으려던 염규원의 표정이 살짝 변했다. 여태까지의 여유만만하던 모습과는 다른 느낌.

"역시 지나칠 정도로 간단하다 싶다 했지……."

"……."

염규원의 짤막한 중얼거림 속에 담긴 긴장감을 소일충은 느낄 수 있었다. 그런 냄새가 강하게 풍겼다.

'혹시… 개방의 어르신들께서 돌아오신 것인가?'

소일충은 자신의 예상이 맞기를 희망했다. 그렇지 않다면 오늘 그를 비롯한 의개당은 전멸을 할 게 분명했기 때문이다.

다행히도 그의 예상은 맞았던 것 같다.

“염규원, 이 죽일 놈아! 감히 이런 짓을 하다니!”

익히 귀에 익은 늙수그레한 목소리가 야풍을 타고 관제묘로 날아들었다. 대장로 지화자의 노기에 찬 일성대갈이었다.

“아아……!”

소일충의 얼굴에 반가운 기색이 떠올랐다. 개방에서 첫째, 둘째를 다투는 고수인 지화자라면 눈앞의 염규원을 이길 수 있을 게 분명했다.

바로 그때였다. 소일충과 같은 생각을 한 듯 염규원이 뒤도 돌아보지 않고 신형을 밖으로 뽑아 올렸다. 마치 도망이라도 치려는 것처럼.

“이런… 이런……!”

지화자는 무당파의 사형제들과 모종의 일을 처리하느라 개방 총타에 늦게 도착했다.

설마가 사람을 잡았다. 염규원이 이리 대담하게 총타를 칠 줄은 몰랐기에 그가 느끼는 당황감은 매우 컸다.

잠시 잠깐의 판단 실수로 의개당의 젊은 거지들이 거의 반수 이상이나 목숨을 잃었을뿐더러, 후개의 후보인 소일충마저 중상을 당했다. 후일 방주 나원경이 상심할 일을 생각하니, 벌써 가슴이 마구 답답해져 왔다.

그나마 다행이랄까?

일성대갈을 터뜨려 거의 죽음 직전까지 갔던 소일충의 목숨을 구할 수 있었다. 덕분에 염규원이 도망을 치는 빌미를 제공했으나 불행 중 다행이라 생각했다.

어차피 그의 눈에 뜨인 이상 도망친다는 건 있을 수 없는 일이었다. 이미 개봉성 전역에 거지들의 천라지망이 펼쳐져 있었기 때문이다.

영보가 눈앞의 참담한 모습을 보고 나직이 도호를 외웠다.

"무량수불! 앞서 징벌했던 기련십귀(祁連＋鬼)도 사악한 자들이었지만, 저 기련음마는 정말 용서할 수 없는 마두인 것 같습니다!"

"그래요! 이런 천인공노할 짓을 저지르다니!"

"……."

역시 분노에 찬 목소리를 내며 동조하는 영경과 달리 영풍은 침묵했다. 얼핏 봤을 뿐이나 기련음마 염규원의 무공이 상상을 초월한다고 느꼈기 때문이다.

그때 지화자가 평소와 달리 딱딱하게 굳은 얼굴로 말했다.

"이제부터 이 늙은 거지는 문호를 정리하려 하네. 자네들은 이미 기련십귀를 제거한 공이 크니, 더 이상 따라올 필요가 없네."

"어찌……!"

영보가 있을 수 없는 일이라는 듯 크게 소리쳤다. 하지만 지화자는 고개를 가로저을 뿐이었다. 염규원의 무공이 생각했던 이상이었다. 타파인 무당파의 후기지수들을 위험에 노출시킬 순 없는 노릇이었다.

"무당파에 내상 회복에 좋은 약이 몇 개 있다고 들었네. 자네들에게 부상당한 개방 제자들을 맡기겠네."

"맡겨주십시오!"

얼른 대답한 이는 영풍이었다.

지화자가 그에게 미묘한 미소를 한차례 던져 보이고 바로 비전의 취팔선보를 펼쳐 신형을 공중으로 뽑아 올렸다. 아무리 천라지망을 펼쳤다곤 하나 염규원의 무공은 소문 이상이었다. 인명 피해를 줄이기 위해선 한시라도 빨리 그가 나서야만 했다.

순식간에 야천으로 멀어져 가는 지화자의 뒷모습을 눈으로 쫓던 영보와 영경이 언짢은 기색을 영풍에게 던졌다.

"영풍, 어째서 그런 말을 한 것이냐!"

"그래요, 영풍 사형! 우리 무당파의 제자들이 협의를 위해 나서지 않는다면 후일 무당산으로 돌아가 사부님께 뭐라고 고할 수 있겠어요?"

영풍이 두 사람의 비난에 신경 쓰지 않고 자신의 소신을 밝혔다.

"사형, 사매, 우리 사형제에게는 이번 정파비무대회에 참가해서 사문 무당파의 위명을 떨칠 의무가 있습니다. 어찌 함부로 사명을 어기고 헛되이 위험을 무릅쓸 수 있겠습니까?"

"아무리 사명이 중요하다곤 하나……."

"사형, 우리 사형제가 어려서 특별 대접을 받으며 진무각에 들어간 건 어디까지나 이번 정파비무대회에 출전하기 위해서였습니다. 만약 화산파를 이번에도 꺾지 못한다면 무슨 낯으로 무당산을 다시 찾을 수 있겠습니까?"

"……."

영풍이 화산파를 언급하자 영보가 입을 다물었다. 항상 천하제일검파로 추앙받던 무당파가 화산파에 그 자리를 넘겨준 지 벌써 수십 년이 지났다.

이제 와선 소림과 더불어 양분하고 있던 구대문파 수좌의 자리조차 위태로워진 터였다. 무당파의 위아래 모두에게 화산파에 대한 경쟁심이 없을 리 없다.

영경이 영보와 영풍을 눈으로 살피고 내심 한숨을 지어 보였다.

'하아, 사형들은 무당파의 후기지수 중에서도 빼어난 인재들이다. 그런데도 이처럼 사명에 얽매여 중요한 순간에 이르자 아무것도 하지 못하는구나!'

그녀는 문득 괴물이나 다름없는 육지견을 간단하게 제압하곤 하던 추소산의 모습을 떠올렸다. 그의 바람과 같은 자유로움을 떠올리자 문득 입가에 부드러운 미소가 떠올랐다.

쌩쌩!

추소산은 귓전을 스치며 지나가는 바람을 느끼며 철마류의 달라진 속도를 즐겼다.

오늘 육지견의 도움을 받아 신법과 무공을 한데 결합시키는 데 주로 사용한 건 수류보였다. 한데 철마류 역시 영향을 받은 것 같다. 달리는 속도 자체가 이미 과거와는 달라져 있었다. 이렇게만 달리면 한 식경도 되지 않아 개방 총타에 도착할 듯싶었다.

추소산은 기회가 좋다고 생각했다.

아예 전력을 몽땅 뽑아내서 철마류의 속도를 극한까지 끌어내 봐야겠다는 판단을 내린 것이다.

쉬아악!

추소산의 달리는 속도가 단숨에 배가 되었다.

생각한 걸 바로 실천하는 건 추소산이 가진 가장 좋은 습관 중 하나였다.

한데 갑자기 주변에서 일기 시작한 소란은 무엇인가?

스슥!

추소산은 달리던 속도를 슬그머니 줄였다. 무슨 일이 생긴 건지 알아봐야만 했다.

'거지들······.'

추소산은 백여 장쯤 밖에서 휙 지나간 횃불에 비친 얼굴과 복장이 뭘 의미하는지 대번에 눈치챘다. 이미 개방의 총타에서 수없이 많이 봤던 광경이었기 때문이다.

그렇다면 어째서 야밤에 개봉성 외곽에서 거지들이 날뛰고 있는 것일까?

몇 가지의 가정을 떠올릴 수 있겠으나 추소산은 단 한 가지만 타당성이 있다고 생각했다. 자연스레 그의 입술로부터 한 사람의 별호와 이름이 흘러나온다.

"기련음마 염규원······!"

추소산의 중얼거림이 막 끝났을 때였다.

흡사 무덤가에서 종종 볼 수 있는 도깨비불처럼 이리저리 부유하고 있던 횃불 몇 개가 갑자기 사라졌다. 달빛조차 그다지 밝지 않은 밤인 만큼 거지들이 일부러 불을 껐을 리는 만무한 터.

추소산이 다시 지축을 차며 철마류를 펼쳤다. 염규원을 발견했다는 걸 깨달은 것이다.

염규원은 개방 총타인 관제묘에서 벗어나자마자 내력을 모아 연신 휘파람을 불어댔다.

자신의 위치를 개방의 거지들이 쉽사리 눈치챈다는 걸 알면서도 그리했다. 만약의 경우에 대비해 근방에 은신시켜 놓은 기련십귀를 불러들이기 위함이었다.

그러나 한참이 지났음에도 기련십귀는 모여들지 않았다. 평상시 그의 명에 능히 목숨을 걸던 충복들임을 감안하면 이건 크게 잘못된 일이었다.

'설마 기련십귀 전체가 이미 풍개가 이끄는 개방 고수들에게 당했다는 건가?'

생각하기 싫은 상상이었다.

만약 그렇다면 오늘밤 만구환을 탈취하고 전날의 복수를 하기는커녕 일신의 안위조차 장담치 못하게 될지도 모른다. 그런 일은 결코 있어선 안 될 터였다.

염규원은 휘파람 불기를 그만뒀다.

어차피 이 정도 휘파람을 불었으니, 기련십귀가 아직 무사하다면 자신의 위치를 찾지 못할 리 없다. 더 이상 휘파람을 부는 건 어리석은 일일 뿐이었다.

한데 그는 그런 생각을 조금 더 일찍 해야만 했다.

어느새 그의 앞으로 두 명의 거지가 모습을 드러냈다. 손에 손에 횃불을 든 거지들의 얼굴에 떠올라 있는 건 강렬한 신념과 의지였다.

당대 개방의 법규를 담당하고 있는 사대법개 중 가장 무공이 세다고 알려진 번천개(翻天丐)와 법구개(法句丐).

"법개들이군!"

두 거지의 허리춤에 매달린 포대자루가 여섯임을 눈으로 확인한 염규원의 입가에 싸늘한 조소가 떠올랐다. 당년 개방을 도망치기 전 법개와 쌓인 게 그에겐 제법 많았다.

스읏!

염규원은 법개인 번천개와 법구개가 자신의 죄목을 줄줄이 늘어놓고 죄를 받으라고 권고하기 전에 먼저 손을 썼다.

첫째로 과거에 그와 같은 일을 한차례 겪었기에 두 번 경험하고 싶지 않았고, 둘째로 시간이 부족했다. 이런 곳에서 개방에서 가장 꽉 막힌 자들을 상대로 언성을 높이고, 붙잡혀 있을 생각 따윈 추호도 없었다.

파파파파팟!

대뜸 염규원이 살기 어린 혈음수를 펼쳐 내자 두 명의 법개가 재빨리 좌우로 갈라섰다. 법개에 속한 자가 무공이 떨어질 리 만무하다.

그들은 각자 회선장법(回旋掌法) 중 회선무궁(回旋無窮)과 용호풍운봉구절(龍虎風雲棒九絶)을 펼치며 염규원을 압박해 들어왔다.

처음부터 최고의 절기를 펼쳐 낸 것!

하지만 염규원의 혈음수는 빨랐다. 빨라도 보통 빠른 게 아니라 그들의 예상을 훨씬 뛰어넘을 정도로 빨랐다.

퍼퍽! 퍽!

회선장법을 펼쳐 낸 번천개가 안색이 벌게져 뒤로 주춤거리며 물러섰다. 이미 회선무궁을 펼쳐 냈던 우장이 축 늘어진 게 심하게 골절된 것 같다.

하지만 그의 상세는 용호풍운봉구절을 펼친 법구개에 비하면 꽤나 경미한 편이었다.

삼 장이나 뒤로 퉁겨 나간 법구개는 아예 바닥에 주저앉아 혼절한 지 오래였다. 염규원은 혈음수에 담긴 힘을 삼 대 칠로 나눴는데, 그중 칠을 법구개에게 집중시킨 까닭이다.

"쿨럭! 쿨럭!"

번천개는 연신 기침을 토하면서도 결코 뒤로 물러서지 않았다. 법구개의 생사가 불투명한데 자신 혼자만 도망쳐 삶을 구할 생각이 없는 것이다.

염규원이 입가에 조소를 담은 채 말했다.

"도망가라. 손목이 부러지고 내상을 좀 당하긴 했지만, 혼자서라면 충분히 살아남을 수 있을 거다. 나는 그렇게 자비로운 성격이 못 되서 법개를 두 명이나 살려둘 마음은 없거든."

"…개방의 제자는 의를 행한다!"

"의?"

염규원의 눈에 살기가 담겼다.

"또냐! 또 삶을 구하지 않고 동료를 구하기 위해 달려들겠다는 거야!"

"개방의 제자는……."

"시끄러워! 그따위 개소리 때문에 나는 개방을 떠났다! 아니, 개방에서 쫓겨났다!"

"……."

"그렇지 않소, 사부!"

미친 듯이 소리쳐 번천개의 말을 끊은 염규원이 느닷없이 신형을 돌려세웠다. 그는 어느새 배후에 모습을 드러낸 지화자의 존재를 이미 간파하고 있었다.

지화자. 그의 얼굴에는 평소와 같은 해학은 전혀 보이지 않는다.

오히려 아련한 슬픔 같은 게 엿보인달까?

염규원의 말대로였다. 그는 지화자가 무공의 기초를 잡아주고 후개로까지 키우려 했던 평생 단 한 명밖엔 없는 제자였다. 이제 다시 그에게 사부라 불리니, 감정의 동요를 느끼지 않을 수 없다.

"이놈! 아직도 날 사부라고 생각하는 것이냐?"

"한번 사부는 죽을 때까지 사부잖소. 비록 날 매몰차게 버린 사부이긴 하지만 말이오."

"……."

지화자는 일시 말문이 막히는 걸 느꼈다. 제자 염규원을 바르게 이끌지 못했던 거야말로 그의 평생에 가장 유감스러운 일이었다. 회한이 없다면 말이 되지 않는다.

하지만 당시 개방 제일의 기재로 불렸던 염규원은 결코 용서받을 수 없는 짓을 자행했다. 천인공노할 마두에게 부상당한 동료를 버리고 홀로 생을 구한 것이다.

이는 의를 행한다는 개방의 유일한 방규를 어긴 것으로 마땅히 벌을 받아야만 했다.

그랬다면 다시 좋은 개방의 제자가 될 수 있었다. 물론 후개로 선택받지는 못했을 테지만 말이다.

염규원은 자신에게 내려진 징벌을 받아들이지 않았다.

오히려 그는 자신을 징벌하러 온 동료를 살해하고 개방의 제자이기를 거부했다.

기련산으로 달아난 그는 사음한 짓거리에 자신을 내던졌고, 뛰어난 무공 재질과 개방의 절예를 바탕으로 사파의 대마두가 되었다. 정을 버리고 사를 택한 것이다.

'규원아, 이 녀석아! 네 녀석이 날 사부로 생각한다면 어찌 그럴 수 있단 말이냐! 어찌!'

사랑한 만큼 분노는 극심했다. 믿었던 만큼 배신감은 배가 되었다. 절대로 용서할 수 없는 기분이었다.

하지만 아직 남은 이 미련은 무엇인가?

지화자는 염규원을 불타는 듯한 눈으로 바라봤다. 제자에게 마지막으로 기회를 주고 싶었다.

"네가 범한 죄는 너무나 막중하다. 열 번 죽는다 해도 그 죄를 다 감당할 수 없을 정도야. 하지만 네가 다시 사를 버리고 정으로 돌아오겠다면……."

"크큭큭큭! 사부, 그만 웃기시오! 아무리 농담이라지만 너무 심하지 않소이까?"

"농담이 아니다! 네가 진정 사를 버리고 정으로 돌아오겠다면, 이 사부가 방주와 강호의 동도들 앞에서 목숨을 내놓아서라도 용서를 빌겠다! 그러니……."

"농담 그만 하라고 했소!"

버럭 소리를 질러 지화자의 말을 끊은 염규원의 얼굴 근육이 부들거리며 떨렸다. 그리고 눈에 담긴 건 살기.

"내가 어째서 기련산을 벗어나 개봉으로 왔는지 아시오? 나는 지난날 내 것이 되어야만 했던 만구환을 훔쳐 먹으려고 했소! 그리고 그렇게 얻은 힘으로 개방의 거지들을 모조리 죽이고 박살 내는 거야! 날 여기까지 몰아붙였던 그 망할 빌어먹을 거지들 말이오!"

"이 녀석……."

"왜? 이제야 내가 제자가 아니라 사파의 대마두로 보이시오? 나는 이런 것도 할 수 있소이다!"

크게 격동한 지화자를 향해서 염규원이 혈음수를 쏟아냈다.

어떤 기미조차 보이지 않고 펼쳐 낸 일격.

지화자가 황급히 강룡십팔장의 첫 번째 초식인 항룡유회를 펼쳐 받아냈다. 그러나 이미 늦은 대응이었다.

퍼엉!

늦게 발동한 장력을 뚫고 들어온 혈음수에 가슴을 격타당한 지화자
가 신형을 휘청거리며 뒤로 물러섰다.

번천개와 법구개를 동시에 부상시켰던 힘이 한곳에 집중되자 무서
운 위력을 발휘했다. 심중에 심한 격동을 느낀 지화자가 내상을 입은
건 당연한 일이었다.

"음……."

지화자는 기혈이 뒤틀리는 걸 억지로 참고서 오히려 눈에 신광을 일
으켰다. 그가 이미 내상을 입은 걸 염규원에게 숨겨야만 했기 때문이
다.

그러자 염규원의 얼굴에 다소 놀라움에 찬 표정이 떠올랐다.

"역시 사부시구려. 내 십이성 공력이 담긴 혈음수를 받고도 그런 신
광을 일으킬 수 있다니!"

"내 몇 번이라도 받아주마!"

지화자는 고통을 참고서 염규원에게 한 걸음 다가섰다. 늠름하게 눈
썹을 치켜 올리는 모습이 자못 위협적이었다.

그러나 염규원은 삼십여 년 동안 사파의 수없이 많은 음모와 귀계
속에 살아남은 사람이었다. 지화자의 늠름한 표정 안쪽에 숨은 고통을
읽지 못할 리 없다.

"크크쿡, 사부, 날 위해 죽을 수도 있다고 하셔놓고, 내가 사부의 부
상을 업신여겨서 저 버러지 같은 법개들을 죽일까 봐 두려워하는 것이
오?"

"……."

지화자는 침묵했다. 그의 심후한 내력으로도 들끓는 기혈을 억누르

기란 그리 쉽지 않았기 때문이다.

그 모습을 본 염규원의 얼굴에 기괴한 표정이 떠올랐다.

기쁨? 후회?

염규원은 크게 고개를 좌우로 흔들어 보이곤 문득 하늘을 올려다봤다. 이젠 끝을 낼 때가 왔다는 생각이 들었다.

'이런 운명인가…….'

염규원이 다시 양손에 혈음수를 운기한 채 지화자에게 파고들었다.

제25장

강호묵검혈풍영(江湖墨劍血風影)

혈광만천(血光滿天)!

염규원의 장심을 중심으로 형성된 핏빛 장환(掌環)이 한차례 빙글거리며 돌다가 쏜살같이 지화자에게 파고들었다. 일격필살의 기세!

지화자는 염규원이 장환을 다룰 수 있을 정도의 고수가 된 것에 내심 경악했다. 자신의 몸이 정상이라 하더라도 이번 그의 일격을 감당해 낼 수 있을지 자신이 없었다.

하지만 그의 양 어깨에는 두 법개의 목숨이 얹혀져 있었다.

결코 뒤로 물러설 수 없는 게 당연하다.

"후웁!"

한차례 크게 숨을 들이킨 지화자가 다시 항룡유회를 펼쳐 냈다. 강룡십팔장의 초식 중 지근거리에서 가장 강력한 힘을 모을 수 있는 게 항룡유회였기 때문이다.

퍼엉!

지화자의 한쪽 팔이 그대로 부러져 나갔다. 그러고도 염규원의 장환은 기세를 늦추지 않았다. 조금 기세가 늦춰졌을 뿐 지화자의 가슴을 부수기 위해 파고들었다.

"사부, 이것으로 끝이오!"

"……."

지화자가 염규원의 광기에 찬 시선을 외면했다. 자신의 최후가 닥쳤음을 짐작한 것이다. 그때 귓전을 때린 한마디!

"허리를 숙이십시오!"

왠지 귀에 익은 목소리에 지화자는 반항하지 않고 따랐다. 극한에 몰린 사람이 자신의 눈앞에 내려뜨려진 밧줄의 종류를 따지지 않는 것과 동일한 심리가 작용한 것이다.

털푸덕!

지화자가 바닥에 엎드렸을 때다.

싯!

귓전을 울리는 소성과 함께 그의 위로 백색 그림자가 지나쳐 갔다. 그와 함께 밤의 어둠을 더욱 진하게 물들인 암흑의 검강!

"뭐……."

염규원의 광기에 젖어 있던 눈빛이 가볍게 흔들렸다.

눈으로 봐서 아는 게 아니었다.

평생 동안 여인에게서 빨아들인 방대한 양의 내공과 끊임없이 무공을 연마해 온 세월이 깨우쳐 줬다. 암흑을 몰고 파고드는 풍백의 회오리를.

콰쾅!

지화자를 노리던 염규원의 장환이 자신을 노리며 파고든 암흑의 검강과 격돌했다.

사방으로 휘몰아치기 시작한 검기와 기파.

염규원의 입에서 피화살이 터져 나왔다.

그뿐 아니다. 그의 양팔과 양다리가 모조리 피를 뿜으며 잘려 나갔다. 수류보와 결합한 풍백과 묵암검의 위력이 합치되어 벌어진 놀라운 위력이었다.

털썩!

염규원이 비참하게 바닥에 무너져 내렸다. 사지가 모조리 잘렸으니, 당연한 결과!

'이 정도 위력이라니……!'

추소산은 처음으로 경공과 결합시킨 지존검 연환검식의 위력에 내심 전율했다.

지화자의 목숨이 위급한 상황이었기에 전력을 다했을 뿐인데, 결과가 지나치게 처참했다. 무공을 연마한 후 처음으로 사람의 목숨을 해치게 된 것이다.

"크억……."

바닥을 온통 핏물로 물들이며 뻗은 염규원이 온몸을 부들부들 떨기 시작했다.

여태까지 여인들로부터 억지로 빨아들여 쌓은 사이한 내공이 흩어지며 체내의 경맥을 모조리 부수고 있었다. 그 고통이란 말로 형언키 어려울 정도였다.

그가 거의 절반쯤 미친 목소리로 울부짖었다.

"사부, 날 죽여주시오! 날 죽여주시오!"

‘사부?’

지화자와 염규원이 사제지간임을 모르고 있던 추소산의 얼굴이 가볍게 굳었다.

그때 염규원의 울부짖음을 듣고 힘들게 몸을 일으킨 지화자가 그에게 휘청거리며 다가갔다. 얼굴 가득 떠오른 처연한 표정.

‘사악하게 쌓은 내력이 흩어지기 시작했구나…….’

지화자의 얼굴을 알아본 염규원이 입 안 가득 피가래를 토해내며 외쳤다.

“사부, 난 개방의 거지들을 죽였소! 사부도 죽이려 했소! 그렇게 나쁜 놈이오!”

“알고 있다…….”

“그러니 죽여주시오! 죽여주시오!”

염규원의 목소리에는 아득한 절망감이 깃들어 있었다. 어둠 속에서 다시는 빠져나올 수 없는 자만이 느끼는 공포와 회한이었다.

지화자가 그런 염규원의 내심을 읽지 못할 리 만무하다.

잠시 운기해서 조금 내력을 모은 그가 염규원의 명문혈과 단전에 양손을 대고 진기를 주입하기 시작했다. 이대로 그를 죽게 내버려 둘 순 없다고 여긴 것이다.

“이게… 뭐 하는 짓이오!”

“입을 열지 말아라!”

“날 살리려는 거요? 날 진짜로 살리려는 거요!”

“입을 열지 말아라! 진기가 밖으로 새지 않느냐!”

“큭!”

일순 염규원의 눈가에 슬쩍 눈물이 배어 나왔다. 아주 잠시 동안.

“웃기지 마시오!”

버럭 소리를 지른 염규원이 지화자의 귓불을 입으로 깨물었다. 아예 살점을 뜯어버린 것이다.

“크으…….”

지화자의 입에서 핏물이 흘러나왔다. 간신히 모은 내력이 염규원의 돌발적인 행동 때문에 완전히 흩어져 버렸다. 귓불에 입은 상처는 그다지 대수로울 바가 아니었다.

“이놈아, 어찌 그러느냐!”

“…….”

결국 지화자로부터 쏟아져 들어오던 진기가 끊기자 염규원이 광기 어린 목소리로 소리쳤다.

“나는 이대로 죽을 테요! 이대로 죽을 거란 말이오!”

“이놈이…….”

지화자는 결국 말문이 막혀 입을 다물었다. 도저히 하나밖에 없는 제자를 다시 개방으로 돌아오게 하지 못할 것 같았다.

그러자 두 사제의 다툼을 묵묵히 지켜보고 있던 추소산이 갑자기 염규원에게 말했다.

“기련음마 염규원. 당신이 본래 개방의 제자였다는 걸 알고 있습니다. 그래서 처음엔 당신이 어째서 개방에 이처럼 큰 적대감을 가졌는지 몰랐는데…….”

“…….”

“사실 당신은 개방으로 돌아오고 싶었던 것이군요.”

“누가 그런! 너 빌어먹을 애송아, 개소리하지 말아라! 나는! 나는…….”

"아니면, 죽을 때조차 기련음마로서 죽고 싶은 것입니까? 당신은?"

추소산의 목소리는 그리 크지 않았지만, 강렬하게 염규원의 마음을 뒤흔들어 놨다. 여태까지 악과 광기만이 가득했던 그의 얼어붙은 영혼에 작은 생채기를 낸 것이다.

'싫다!'

문득 염규원의 심부 가장 깊숙한 곳에서 처절한 목소리가 울려 퍼졌다. 그리고 다시 느끼게 된 피가 몽땅 끓어서 증발하는 듯한 지옥의 고통.

"으아아아아아아아!"

소름 끼치는 비명을 터뜨린 염규원의 얼굴에서 빠르게 생기가 소멸하기 시작했다. 체내의 모든 내력이 흩어지자 정혈 자체가 고갈되기 시작한 것이다.

잠시 후.

발광을 멈춘 염규원은 갑자기 백 살쯤 더 먹은 듯 늙어 있었다. 억지로 자연의 섭리를 역행하는 사공을 익힌 자에게 찾아드는 후유증이었다.

그러나 그의 얼굴에는 오히려 평온함이 떠올라 있었다. 지독한 고통 속에서 무언가 마음속에서 놓아버린 것 같다.

"사부님, 개방의 제자로서 죽고 싶습니다!"

"네 잘못을 뉘우쳤느냐?"

"개방의 제자 된 자로서 의를 행하지 못했고, 사도에 빠져 수많은 동료들을 죽였습니다. 어찌 이 죄를 한번의 뉘우침으로 용서받을 수 있겠습니까? 하지만……."

잠시 말을 끊은 염규원이 추소산 쪽을 한차례 바라보곤 입술을 가늘게 떨어 보였다.

"역시 저는 개방의 제자로서 죽고 싶습니다. 삼십 년 전 받지 못한 징벌을 달게 받고 싶지만, 이 못난 제자에겐 더 이상 남은 시간이 없으니, 부디 사부님께서 선처해 주시기 바랍니다."

"이놈! 네가 진정 뉘우쳤구나!"

"예, 사부님! 예, 사부님!"

두 번에 걸쳐 지화자에게 대답한 염규원이 천천히 눈을 감았다. 회광반조로 인해 한차례 돌아왔던 숨결이 그 끝을 맞았음이다.

"이, 이 바보 같은 놈!"

지화자가 얼른 염규원의 시신을 멀쩡한 한 팔로 조용히 끌어안았다. 이제 그는 사파삼대고수에 속한 기련음마가 아니라 개방 제자 염규원이었기 때문이다.

'사부님……'

추소산은 지화자와 염규원, 다시 맺어진 두 사제지간의 마지막 모습을 물끄러미 바라보다, 문득 사부 단양을 떠올렸다. 갑자기 그가 무척이나 보고 싶었다.

*　　　*　　　*

툭툭!

개방의 거지답게 들판에 그냥 버려진 염규원의 시체를 한참 살펴보던 회의수사의 눈살이 가볍게 찌푸려졌다. 그의 예상보다 염규원의 시체가 심하게 훼손됐기 때문이다.

"쯧쯧쯧, 기련음마 정도면 당금 무림에서도 상당한 인물인데 이렇게 심하게 당하다니. 이름값에 비해선 너무 허무하고 멋없는 죽음이로군. 하긴 개똥밭을 굴러도 사는 게 낫다고, 세상에 멋있는 죽음이란 게 있을 리가 없는 것이겠지."

회의수사는 의미를 알 수 없는 말을 중얼거리곤 품에서 사각 모양의 침통 하나를 꺼내 들었다. 빨리 작업을 해두지 않으면 꽤나 힘들게 구한 고수의 시체가 무용지물이 될 수도 있다는 판단이었다.

그도 그럴 것이 염규원의 시체는 양 손발의 근맥이 잘리고, 내부가 완전히 뭉개진 데다, 피부 조직이 노화하다 못해 부패하고 있었다. 아무리 고수의 시체라지만 이렇게 심하게 망가진 상태론 곤란했다.

파팟! 팟팟!

침통에서 빼 든 침을 회의수사는 정성 들여 염규원의 시체에 꽂아갔다. 홀로 말장난을 하던 것과 달리 꽤나 신중해 보이는 손놀림이고 표정이었다.

그가 지금 펼치고 있는 침술은 과거 괴이한 사술로 유명했던 배교(拜敎)로부터 전해진 일종의 환혼침술(還魂鍼術)이었다.

과거 천하를 떠들썩하게 했던 배교의 사술인만큼 시술시 대단히 어렵고 심력의 소모가 극심했다. 조금만 부주의해도 실패하기 십상이니, 신중할 수밖에 없는 건 당연하다.

그렇게 잠시의 시간이 흘러 시침을 끝낸 회의수사가 염규원의 시체로부터 떨어져 나왔다.

주룩!

기다렸다는 듯 이마를 따라 땀 한줄기가 흘러내린다.

소매로 이마를 닦는 회의수사의 입가로 만족스런 미소가 스쳐 지나갔다. 시침은 꽤나 성공적이었다.

'이로써 십대사왕(十大邪王)이 여덟 명 모이게 되었다. 이제 남은 두 명만 더한다면……'

내심 조용히 뇌까린 회의수사가 잠시 주변을 서성거리다가 품 안에서 종이와 작은 붓을 꺼내 들었다. 임무를 끝마쳤으니 보고서를 작성하는 게 마땅하다.

한데 그가 꺼내 든 종이의 재질이 꽤나 낯익다.

과거 염규원이 은거해 있던 기련산으로 날아왔던 서신과 동일한 재질의 종이인 것이다.

보고 서신 육십구호.

기 일(一):

기련음마 염규원의 사체가 생각 외로 심하게 손상되긴 하였으나 작업은 성공적으로 끝났음.

기 이(二):

염규원을 죽인 무공에 대한 조사가 있어야 할 것으로 생각됨. 사파삼대고수 중 하나인 염규원이 일격에 죽을 정도의 검상을 입은 만큼 후일 위험요소가 될 소지가 다분함. 검상의 날카로움으로 볼 때 사라진 묵검(墨劍)과 관계가 있을지도 모름.

기 삼(三):

개방의 대장로 풍개 지화자에게 전달한 서신으로 인한 역추적이 우려되는 바이니, 당분간 개봉성 부근의 점조직을 폐쇄하겠음. 만약 급한 연락이 있으면 반드시 사람을 보내기 바람.

기 사(四) :

투왕 육지견의 행적 발견됨. 그가 가지고 있는 장보도는 후일 대비를 위해 반드시 회수해야 하는 만큼 시급한 처리를 요함.

작성자 : 혈유(血儒).

짤막하고 단순한 보고 형식의 글귀.

작성을 마친 회의수사 혈유가 하늘을 향해 나직이 휘파람을 불었다. 자기 멋대로 개봉성의 하늘을 날아다니고 있던 전서응을 불러들이기 위함이었다.

삐이익!

내력이 담긴 휘파람 소리는 꽤나 먼 곳까지 퍼져 나갔다.

*　　　　　*　　　　　*

"어떤 새끼가 밤중에 휘파람을 불어?"

백수빈은 멀리서 들려오는 휘파람 소리에 못마땅한 표정을 지어 보였다. 어렸을 때 들은 밤에 휘파람을 불면 뱀 나타난다는 말이 떠올랐기 때문이다.

물론 대성시인 개봉성의 한복판 대로에 갑자기 뱀이 나타날 리 만무하다. 혹여 나타난다 해도 백수빈이 두려워할 리 없고 말이다.

지금 그녀의 기분이 상한 진정한 이유는 따로 있었다. 방금 전 빠져나온 개봉부에서 당했던 썩 좋지 못한 대우와 모욕이 심경을 박박 긁고 있는 것이다.

개봉성 지부대인의 딸 연지연.

기련음마의 은신처에서 발견한 유일한 생존자인 그녀는 약효에서 벗어나자마자 또박또박 자신의 신분을 밝혔다.

백수빈으로선 봉을 잡았다는 생각이 들지 않을 수 없었다. 개봉성 지부대인 정도면 대단한 고위의 관료이고, 개봉은 하오문도에겐 황금이 굴러다니는 곳이나 다름없었다. 이번 기회에 연줄만 만들어놓을 수 있다면 앞으로 하오문이 얻을 수 있는 수익은 상상을 불허할 정도일 터였다.

하지만 개봉부에 연지연을 인계한 백수빈은 오히려 심한 검문검색에 시달려야만 했다. 색마에게 납치되었다고 알려졌던 연지연을 갑자기 구해서 데려온 게 수상하다는 말도 안 되는 트집을 잡힌 것이다.

백수빈은 이를 자신의 미모에 흑심을 품은 개봉부 무사들의 음모라는 걸 대번에 눈치챘다.

그렇지 않다면 어째서 일단 옷을 홀라당 벗어서 결백을 밝힌 연후에 따로 얘기하잔 말도 안 되는 요구를 했겠는가!

결국 백수빈은 자신에게 음탕한 눈길을 던지던 무사들에게 생긋 웃어주곤 아랫도리를 모조리 박살 내놨다. 이미 연지연을 이용해서 지부대인인 연심독과 연줄을 만들려던 생각은 구름 저편으로 사라진 지 오래였다.

'죽일 놈들, 예쁜 건 알아가지고…….'

백수빈은 나직이 툴툴거리며 거처로 삼고 있는 객점이 있는 방향으로 걸었다.

나중에 추소산이 일을 마치고 돌아오면 오늘 있었던 일을 말하고 마구 화를 내줄 생각이었다. 최소한 그 정도 투정쯤은 해야만 수지타산이 맞을 것 같았다.

한데 그녀가 막 거미줄처럼 뻗어 있는 골목 중 객점으로 향하는 방면으로 접어들었을 때였다.

타탁!

그녀의 발치로 돌멩이 하나가 떨어져 내렸다.

마른하늘에 날벼락도 아니고 갑자기 아무것도 없던 하늘에서 돌멩이가 떨어져 내렸을 리 없다.

백수빈은 두 번 생각할 것도 없이 옆으로 몇 걸음 이동했다. 이미 쌍수에는 소수한음공의 공력이 잔뜩 담겨져 있었다. 당장이라도 한음기를 내뿜을 수 있도록.

그때 문득 나직한 웃음소리가 백수빈의 귓전을 때렸다.

"허허, 소수한음공의 화후가 이미 칠성을 넘었으니, 이젠 부문주도 제 한 몸쯤은 제대로 간수할 수 있겠구려!"

'이 목소리는…….'

백수빈의 아미가 상큼하게 치켜 올라갔다. 목소리의 주인이 누군지 눈치챘기 때문이다.

"철 노야, 개봉에는 또 어쩐 일로 오신 거예요!"

"그야 부문주를 보고 싶어 왔지 않겠소."

대답과 더불어 골목을 이룬 고택가의 담장을 따라 야행복을 입은 중늙은이 하나가 모습을 드러냈다. 하오문주를 호위하는 삼대호법 중 한 명인 천면살수객(千面殺手客) 철호운이었다.

슥!

철호운이 그림자처럼 앞에 떨어져 내리자 백수빈이 아랫입술을 살짝 내밀어 보였다.

“삼 년 만이던가요?”

“삼 년에서 이 개월 정도 빠지는 것 같소이다.”

“그렇군요. 그런데 어째 철 노야는 신수가 예전보다 더 좋아지신 것 같네요?”

“근래에 장가를 들었소이다.”

“예?”

백수빈은 자신도 모르게 놀라 소리쳤다.

하오문 최고의 변장술사이며, 역대 최강의 살수로 일컬어지는 철호운은 평생을 독신으로 지내왔다. 여인의 정을 느끼게 되면 살수로서의 감각이 무디어진다는 게 이유였다.

한데 갑자기 장가를 들었다니, 백수빈이 놀란 것도 무리는 아니다. 그가 장가를 들었다는 건 더 이상 살수를 하지 않겠다고 선언한 것이나 다름없는 일이었기 때문이다.

철호운이 비죽거리며 웃어 보였다.

“역시 마음에 걸리더라니, 부문주는 역시 이 몸을 애모해 왔구려. 하긴 종종 던지던 뜨거운 눈빛이 뜻하는 바를 몰랐던 건 아니었지만……..”

“처를 과부로 만들고 싶은 건가요?”

“그럴 리가?”

철호운은 과장되게 양손을 흔들어 보이곤 뒤로 몇 걸음 물러섰다. 백수빈이 갑작스레 공격해 들어오면 냉큼 줄행랑을 놓을 작정이었다.

백수빈은 철호운에게 덤벼들지 않았다.

대신 담담한 표정으로 고개를 끄덕여 보였다.

“철 노야, 은퇴한 걸 축하드려요. 그동안 고생하신 만큼 본 문에서도 아마 합당한 대우를 보장해 드릴 거예요."

"노부는 아직 은퇴하지 않았소만?"

"장가를 드셨다고 하셨잖아요?"

"그랬지."

"그런데 계속 살수행을 하겠다는 건가요?"

"살수 짓은 하지 않을 것이오. 사람 죽이는 것도 이젠 슬슬 지겨워
졌으니까."

"그럼?"

"이제부터 부문주의 호위나 해볼 생각이외다. 앞으로 잘 부탁드리겠
소."

철호운이 살짝 한쪽 눈을 깜빡여 보이자 백수빈의 안색이 딱딱하게
굳었다.

말이 좋아 호위였다. 문주이자 오라비인 암왕 백상준은 악록산을 떠
난 그녀를 감시하기 위해 철호운을 감시역으로 보낸 게 분명했다.

'망할, 내 나이가 몇인데 아직도 어린애 취급이야!'

내심 하오문주이자 하나밖에 없는 혈육인 백상준에게 욕을 한 백수
빈이 문득 생각난 게 있는 듯 눈을 빛냈다. 철호운을 일단 떠봐야겠다
고 마음먹은 것이다.

"그런데 철 노야, 개봉성에는 언제 도착했죠?"

"이틀쯤 되었소이다. 부문주 근처에 있는 자들 중 고수가 꽤 많아서
그들의 신원을 파악하는 데 시간이 제법 걸렸지요."

"호오, 그럼 방금 전에 내가 개봉부의 잡것들한테 희롱을 당한 모습
도 봤겠군요?"

"앞으로 사내 구실을 못하게 된 가엾은 세 사내를 봤지요. 그래도

개봉부 소속 무사들인데, 부문주도 너무했더구려. 그렇게 두 개밖에 없는 물건을 사정없이 깨버리시면……."

"됐구요!"

백수빈은 목소리를 높여 철호운의 계속 이어지려는 낯 뜨거운 말을 끊었다.

본래 그런 말이라면 결코 남에게 뒤질 마음이 없는 그녀였지만 철호운에게만은 한발 양보할 수밖에 없었다.

어찌 제자가 스승을 이겨먹을 수 있겠는가!

그녀는 아직 청출어람(靑出於藍)은 힘들다고 인정할 수밖에 없었다. 철호운은 무공이나 변장술뿐 아니라 음담패설에 있어서도 여전히 강적이었다. 어떻게든 말꼬리를 잡아서 쫓아내려는 걸 눈치채고 아예 기회 자체를 주지 않는 것이다.

'후우, 이렇게 되면 소산하고 확 저질러 버린 후 오라버니한테 일방적으로 혼인을 통보하려고 했던 내 원대한 계획은 어떻게 되는 거야?'

백수빈은 내심 나직이 한숨을 내쉬었다.

겉으로 보이는 모습은 호탕하고 듬직한 사내대장부이지만, 암왕 백상준은 꽤나 세심하고 계산이 빠른 사내였다. 좋게 말해서 꼼꼼하고 나쁘게 말하면 손익계산에 철저했다. 천하 하오문도들의 우두머리이자 지하무림의 그림자 왕이 된 건 그런 철두철미함이 있었기 때문이다.

그런 그가 하나밖에 없는 여동생의 혼인 상대를 쉽사리 결정할 리 없었다. 하오문에 반드시 필요한 인재가 아니라면 어림 반 푼어치도 없는 일일 게 분명했다.

그래서 백수빈은 여태까지 추소산을 하오문에 끌어들이기 위해 꽤나 많은 노력과 지원을 아끼지 않았다. 그가 하오문에 들어와 큰 공을 세우기만 한다면, 백상준도 두 사람의 혼인을 인정할 수밖에 없을 거란 판단이었다.

한데 추소산은 하오문에 입문하기는커녕 악록산에서 몰래 도망치기까지 했다. 완전히 백수빈의 체면을 깎고 물을 먹인 것이다.

그와 같은 사정이 백상준의 귀에 들어가지 않았을 리 없다. 그가 갑자기 백수빈에게 자신의 호법 중 최강인 철호운을 보낸 게 이를 증명한다.

그러면 이제부턴 어찌해야 하는가?

잠시 고민하는 얼굴이 된 백수빈에게 철호운이 갑자기 묘한 손동작을 해 보였다. 술을 마시러 가자고 꼬실 때 자주 사용하는 동작이었다.

"부문주, 조금만 더 가면 거처로 삼은 객점이 나오지 않소이까? 슬슬 밤도 깊어가는데 빨리 가서 노부와 술이나 한잔하는 게 어떻겠소이까?"

"술요?"

"아직도 노부는 삼 년 전 동정호(洞庭湖)에서의 패배를 기억하고 있소이다."

술 얘기가 나온 것과 동시였다. 백수빈의 얼굴에서 고민의 기색이 눈 녹듯 사라졌다. 눈이 생생하게 살아나기 시작한 것이다. 자연스레 그녀의 입가에 교소가 매달렸다.

"호호, 그동안 내 주량은 더 늘었어요. 철 노야가 내력을 사용하지 않는 이상 날 술로 이기기란 무척 힘들 거예요."

"어이쿠, 거기서 주량이 더 늘다니! 아예 주귀가 되신 게 아니오?"

"나한테 처음으로 술을 가르쳐 준 사람이 누구였더라?"

"진심으로 후회하고 있는 중이외다."

"피이, 거짓말은! 그래도 도전하실 거죠?"

만약 철호운이 그렇다고 고개를 끄덕이면 물어뜯기라도 할 것 같은 표정이었다. 철호운은 다 늙어서 그런 꼴을 당하고 싶은 생각이 전혀 없었다.

"허허, 사내가 한번 칼을 뽑았으면 무라도 자르란 말이 있잖소. 내 이미 도전을 하겠다 했으니, 패배가 눈에 보인다 해도 물러서진 않을 것이오."

"그럼, 빨리 가죠!"

백수빈이 다소 흥분한 표정을 하고서 철호운의 소맷자락을 잡아끌었다. 그녀는 어느새 철호운이 자신의 호위가 된 까닭을 까맣게 잊고 있었다. 언제나와 마찬가지로 완전히 그에게 넘어가 버리고 만 것이다.

*　　　　*　　　　*

지화자는 극구 추소산이나 번천개를 비롯한 다른 거지들의 도움을 마다한 채 홀로 제자 염규원의 장례를 치렀다. 그러고 싶었기 때문이다.

기껏해야 개방의 전통대로 시체를 들판에 버리는 정도였지만, 이미 중상을 당한 노구에겐 꽤나 힘든 일이었다.

그는 몇 번이나 중간에 주저앉아 가쁜 숨을 몰아쉬어 가며 염규원의 시체를 개봉성 외곽으로 옮겼다. 피를 몇 번이나 토했음은 물론이었다.

결국 염규원을 거지답게 장사 지낸 지화자가 정신을 잃자, 추소산은 얼른 그를 안정시킨 후 개방의 총타인 관제묘까지 업어서 데려갔다. 등판 쪽으로 축축한 물기가 배어들어 오는 걸 그는 모른 척했다.

그렇게 관제묘에 도착했을 때였다.

개방을 대표하는 절정고수답게 어느새 내식을 다스렸는지, 지화자가 갑자기 조용한 목소리로 말했다.

"됐네! 이만 내려주게나……!"

"예."

추소산은 지화자를 업고 오는 동안 몇 차례나 냉열이 교차하는 걸 느꼈다. 지화자가 운기조식을 하며 내뿜은 내기의 영향 때문이었다.

이제 지화자의 목소리에 힘이 담긴 걸 확인하니, 마음 한켠이 조금 놓이는 걸 느꼈다.

스륵!

추소산이 대답과 함께 몸을 받치고 있던 손을 떼고, 슬쩍 허리를 기울여 보이자 지화자가 그의 등에서 풀쩍 뛰어내렸다. 보행이 가벼운 것이 이미 적지 않게 내상을 회복한 게 분명해 보인다.

지화자는 잠시 추소산의 얼굴을 눈으로 살폈다. 그가 예전에 자신이 봤던 대기의 그릇이 맞는지를 다시금 확인하고 싶었음이다.

'얼마 전 형산에서 벌어진 보검쟁탈전에서 눈에 익은 이름을 보고 설마설마 했거늘, 어찌 전날의 애송이 녀석이 몇 년 새에 이런 놀라운 고수가 되었더란 말인가! 내 그때 들었던 말을 믿지 않았건만, 진정 만검조종에 검선지로를 걷는 자가 세상에는 존재했더란 말인가?'

내심 염두를 굴리곤 모르겠다고 중얼거린 지화자가 갑자기 추소산에게 크게 허리를 숙여 보였다.

"노개 지화자가 개방과 어리석은 제자 녀석을 대신해서 추 소협의 은혜에 감사드리겠네!"

"이러지 마십시오!"

추소산이 놀라서 지화자에게 소리쳤다. 그가 갑자기 이렇게 나올 줄은 몰랐기 때문이다.

지화자가 고집스레 고개를 가로저어 보였다.

"만약 오늘 추 소협의 도움이 없었다면, 이 늙은 거지는 목숨을 부지하지 못했을 것이고, 본 방 총타의 다른 거지들 역시 위험해졌을 것일세. 어찌 추 소협에게 고마움을 품지 않을 수 있겠는가!"

"하지만 후배의 실수로 염 선배님이 돌아가셨습니다. 그건 정말로 후배의 책임이……."

"아니네! 그렇지가 않아!"

목소리를 높여 추소산의 사과를 중간에서 끊은 지화자가 입가에 가벼운 한숨을 매달았다.

"규원이 녀석은 본래 어렸을 때부터 기재가 탁월하여 본 방의 대업을 짊어질 만한 인재였다네. 하지만 이 늙은 거지가 바로 가르침을 주지 못해서 큰 실수를 저질렀고, 결국 돌아오지 못할 길을 걷고 말았네. 그게 이 늙은 거지 평생의 한이었거늘, 오늘 추 소협의 도움으로 잃어버렸던 제자를 다시 찾을 수 있었구만. 그 점 더욱 고맙게 생각할 뿐이네."

"……."

추소산은 제자를 죽인 자신에게 고맙다 하는 지화자의 말에 고개를 살짝 숙여 보였다.

난생처음으로 사람을 죽였다.

비록 실수로 기인한 일이었고 상대가 천인공노할 사파의 대마두였

긴 하나 마음속에 충격이 없을 리 만무했다. 염규원을 위해 눈물 흘리고 장사 지내던 지화자의 모습을 지켜보는 내내 추소산의 마음은 결코 편치 않았다.

한데 지화자가 너그럽게 용서해 줄뿐더러, 답답하던 가슴을 애써 풀어주니 한결 마음이 가벼워지는 것 같았다. 마음속의 짐을 어느 정도 덜게 된 것이다.

한데 그때 지화자가 눈을 한차례 깜빡이곤 말했다.

"강호묵검혈풍영!"

"예?"

"강호에 피바람을 일으키는 묵검의 그림자! 혹시 추 소협은 그런 말을 들어본 적이 없는가?"

추소산의 미간이 살짝 좁혀들었다. 과거 사부 단양에게서 그와 비슷한 얘기를 들었던 것도 같았기 때문이다. 잠시 염두를 굴리자 조금쯤은 기억이 난다.

"잘은 모르겠지만, 삼백 년 전쯤에 벌어진 혈천마교(血天魔敎)의 난과 관련된 말이 아닙니까? 몽고군이 중원을 짓밟을 당시 홀연히 나타난 혈천마교란 마도 세력이 묵검신마(墨劍神魔)란 절대고수를 중심으로 무림을 잠시 지배했던 시절이 있었다고 알고 있습니다."

"그 정도밖엔 모르는 건가?"

"예, 사부님께서 종종 과거 무림에서 벌어진 커다란 사건 중 몇 가지를 얘기해 주셨지만, 그 부분에 관해서는 말을 잘 해주지 않으셨습니다."

"그렇군."

지화자는 어째서 추소산의 만검 어쩌구 하는 사부가 혈천마교에 관해 언급을 회피했는지 짐작이 갔다.

그 시절이야말로 무림의 암흑기로 어떤 정파의 인사라 해도 머릿속에서 지워 버리고 싶은 기억이었다. 제자에게 그런 얘기를 재미로 들려주지 않은 건 능히 이해가 가는 대목이었다.

하지만 천하의 정보, 그것도 마도나 사파의 준동에 관한 사항에 대해서 가장 먼저 파악하는 임무를 띤 개방으로선 결코 그때의 치욕을 잊을 수 없었다.

당시 묵검신마가 이끄는 혈천마교에 의해 목숨을 잃은 개방 거지들의 숫자는 무려 수천에 이르렀고, 그중에는 고수급들이 다수 포함되어 있었다.

개방은 수많은 절기를 잃어버렸고, 세력 또한 크게 축소되었다.

언제나 강호의 정의와 국가의 국운을 위해 기꺼이 목숨을 바쳤던 개방이 반원 운동의 중심을 소림과 무당, 양파에 빼앗긴 건 그 같은 이유가 있었음이다.

해서 개방은 근래에 이르러서도 원이 멸망하며 역시 무림에서 자취를 감춘 혈천마교의 잔존 세력에 대한 경계를 늦추지 않고 있었다. 그같이 강성했던 세력이 흔적도 없이 사라진 원인이 아직 불명으로 남아 있었기 때문이다.

'그런데 어째서 추 소협의 검에서 묵검신마가 들고 다녔다고 알려진 절세묵검(絕世墨劍)의 냄새가 난단 말인가. 그의 무공이나 태도를 보면 결코 혈천마교나 묵검신마와 관계있는 자는 아닌데……'

그렇다. 갑자기 지화자가 전대의 비사를 추소산에게 언급한 건 바로 그의 등에 매달린 묵암검이 원인이었다.

제자 염규원을 일격에 항어불능으로 만들어놓은 추소산의 풍백은

매우 빼어난 검초였다. 꽤나 무공에 대해 박식하다 여기고 있던 지화
자로서도 어찌 그런 위력을 발휘했는지 짐작조차 못할 정도였다.

하지만 그래도 그 같은 위력이라니!

염규원의 장환을 가르던 암흑의 검이 보인 위력을 지화자는 똑똑히
기억했다. 머릿속에 명확히 박혀서 결코 지워지지 않을 화인이 된 것
같았다.

그같이 암흑의 검이 보인 인상적인 위력이나 겉모습은 구전되는 절
세묵검과 매우 흡사했다. 적어도 지화자가 알기론 그 같은 위력을 보
인 신병이기는 다시 없었다.

지화자는 몇 번이나 망설였다.

추소산에게 묵암검에 관해서 꼬치꼬치 캐묻고 싶은 마음이 굴뚝같
긴 하나 양심상 그럴 수 없었다. 어찌 은인에게 그런 무례를 범할 수
있단 말인가.

그때 추소산이 정중히 포권해 보였다.

"본래 끝까지 노선배님을 뫼셔야 할 터이지만, 오늘은 시간이 크게
늦었으니 이만 물러가 보도록 하겠습니다!"

"그, 그건……."

지화자는 목소리를 높여 안 된다 말하려다 얼른 말끝을 흐렸다. 아
직 그에게 이성이 남아 있음이었다.

추소산이 눈에 이채를 띠었다.

"후배에게 무슨 하실 말씀이 있으신지요?"

"으음, 아닐세."

"그럼."

지화자가 양손을 크게 휘저어 보이자 추소산이 다시 인사를 하곤 신

형을 돌렸다. 생각보다 너무 늦어서 백수빈과 쌍령이 걱정할 거란 생각을 하면서.

잠시 후.

관제묘를 벗어난 추소산은 개봉성 내를 걸으며 잠시 생각에 잠겼다. 오늘밤 처음으로 수류보와 풍백을 합치시켰을 때의 감각을 떠올리며 깊은 반성에 젖은 것이다.

'나는 묵암검이 지닌 놀라운 위력을 이미 형산에서 경험한 바 있었다. 충분히 조심했어야 했는데, 그러지 못한 건 내가 상대의 명성에 눈이 흐려졌기 때문이다.'

사실 추소산은 기련음마 염규원을 죽인 일을 후회하진 않았다. 그의 은신처에서 발견된 여인들의 유골을 발견했을 때 이미 마음속에 살기를 담고 있었기 때문이다.

그가 자책한 건 자신의 미숙함이었다.

아무리 생각해도 오늘밤의 승리는 묵암검의 위력과 크게 마음이 격동한 염규원의 실책에 기댄 바가 컸다.

육지견의 도움으로 경공과 무공을 합치시키는 법을 배웠는데, 제대로 사용해 보지도 못했다. 하루빨리 지존검 연환검식의 후 사초식인 풍림화산을 제대로 완성해야겠다는 생각이 드는 것도 무리는 아니다.

그렇게 추소산이 숙소로 삼은 객점에 거의 도착했을 때였다.

밤의 거리를 서성이고 있는 한 명의 여인이 보였다.

'응……?'

추소산은 흐린 달빛 아래 보이는 섬세한 몸매와 옷차림만으로 대충 여인의 정체를 간파했다. 그의 안력은 꽤나 빼어난 편이라 한번 본 것은 웬만하면 잊어버리지 않는다.

“슥!”

추소산은 한차례 신형을 날려 단숨에 여인 앞에 떨어져 내렸다.

“여 소저!”

“아!”

갑작스런 추소산의 등장에 놀란 여연경의 입술이 가볍게 벌어졌다.

한 폭의 월하미인도와 다름없는 모습.

평소와 달리 진면목을 드러낸 여연경의 옥용은 그야말로 황홀할 정도로 아름다웠다. 처음으로 그녀의 진면목을 확인한 추소산의 얼굴에 당황의 기색이 스쳐 갔다.

“이거, 실례를…….”

여연경이 얼른 말했다.

“추 소협은 착각하신 게 아닙니다.”

“그럼?”

“예, 이게 진짜 제 모습이에요.”

여연경이 미려한 옥용을 살짝 끄덕여 보이자 추소산은 내심 감탄을 터뜨렸다. 그만큼 지금 여연경의 미모는 백수빈, 쌍령 등과의 비교를 불허했다. 달리 강남제일미가 아닌 것이다.

‘됐다!’

자신을 바라보는 추소산의 모습을 살짝 곁눈질한 여연경의 입가에 흡족한 미소가 떠올랐다.

본래 미모를 이용해 사내를 유혹하는 유치한 짓까지는 하고 싶지 않았는데, 의외로 효과가 있자 내심 득의만면해졌다. 이젠 단번에 판세를 뒤집을 수 있다는 자신이 생겼다.

그때 자신의 신색을 눈치챈 추소산이 어색하게 웃고는 말했다.

"밤이 깊었습니다. 어찌 이 야심한 시간에 밖을 서성거리셨습니까?"

"달빛이 고와서……."

"달빛?"

추소산은 슬쩍 하늘을 올려다봤다. 그의 눈에 들어온 건 구름 사이로 삐죽이 꼬리를 드러낸 초승달이었다.

여연경은 얼굴이 달아오르는 걸 느꼈다. 다른 때보다 침침한 달빛이 더할 나위 없이 고맙다.

추소산이 입가에 미소를 담았다.

"정말 고운 달빛이군요."

"……."

"여 소저, 지금 저와 얘기를 좀 하실 시간이 되십니까?"

여연경의 눈에 이채가 스쳐 갔다.

"여기서요?"

"객점보다는 이곳이 편할 것 같습니다."

"뭔가 꽤나 중요한 일인 것 같군요. 추 소협은 말씀하세요."

여연경의 허락이 떨어지자 추소산이 잠시 잊고 있던 파도 현극빈과의 약속을 거론했다.

"현극빈이란 분을 알고 계십니까?"

"파도를 알고 계신 건가요?"

"전날 우연히 한차례 조우한 일이 있습니다."

추소산이 고개를 끄덕이자 여연경의 옥용에 불안의 기색이 스쳐 지나갔다. 그녀는 현극빈이 가끔 자신에 관계된 일에 있어선 물불을 가리지 않게 된다는 걸 알고 있었다.

추소산이 그녀의 짐작을 사실로 확인시켜 줬다.

"그때 저는 그분과 한차례 비무를 벌였는데, 여 소저를 무척이나 많이 걱정하고 있더군요."

"그래서요?"

"그분에게 반드시 여 소저를 만나게 되면 청빈장으로 돌아가게 하겠다고 약속했습니다."

'파도! 파도!'

여연경은 애꿎은 현극빈의 별호를 부르며 원망했다. 여태까지 옆에서 봐온 추소산의 성격이라면 결코 자신이 한 약속을 어기지 않을 게 분명했기 때문이다.

그러나 여연경은 곧 자신 또한 추소산과 한 약속이 있음을 떠올렸다. 세 번 추소산이 자신의 부탁을 들어주겠노라고 했던 말을 기억해 낸 것이다.

"저는 청빈장에 돌아가지 않을 거예요."

"그건……."

"그런 곤란한 표정을 지어도 안 돼요. 추 소협은 이미 제 부탁 세 개를 들어주겠다고 약속하셨으니까요."

여연경이 손가락 세 개를 들어 추소산의 얼굴 앞에서 흔들어 보였다. 그의 기억을 상기시켜 주기 위함이었다.

추소산은 물론 자신이 한 약속을 기억하고 있었다.

'약속은 약속이니까!'

내심 중얼거린 추소산이 말했다.

"그럼, 여 소저는 청빈장에 돌아가지 않는 것으로 한 번의 약속을 사용하신 겁니다."

"물론이에요!"

크게 목소리를 높인 여연경이 방긋 웃어 보였다. 만화가 한꺼번에 만발한 듯 어여쁜 표정을 하고서.

끼익!

여연경과 함께 객점에 들어선 추소산의 눈살이 가볍게 찌푸려졌다. 꽤나 늦은 시간임에도 불이 환하게 밝혀져 있는 객점의 주점 한켠에서 연신 술을 들이키고 있는 두 명의 주당을 발견했기 때문이다.

'백 소저와 함께 앉아 있는 사내, 예사롭지 않다!'

그때 문이 열리는 소리에 선잠이 깬 점소이가 추소산을 바라보며 하소연하듯 말했다.

"손님! 손님! 제발 좀 말려주십시오! 이러다가는 소인, 새벽에 일어나지 못하게 됩니다요!"

"……."

추소산은 점소이를 처연하게 바라봤다. 그의 얼굴에 내려앉아 있는 피곤과 짜증을 읽을 수 있었기 때문이다.

그때 평범한 술잔이 아닌, 대접으로 술 한 사발을 들이킨 백수빈이 추소산을 향해 활짝 웃어 보였다.

"여어! 왜 이렇게 늦은 거야?"

'술 냄새…….'

추소산이 내심 고개를 가로저었다.

제26장

정주(鄭州)에서의 만남

사흘이 지났다.

개봉성을 떠날 때가 된 것이다.

새벽같이 밖으로 나선 추소산은 눈앞에 보이는 큼지막한 사두마차를 바라보며 순수하게 감탄했다. 진정 믿기 힘든 일이 벌어졌다는 생각을 감출 수 없었기 때문이다.

"어떻게?"

추소산이 절반쯤 존경 어린 표정으로 질문을 던지자 철호운이 입가에 냉오한 미소를 매달았다.

"본래 세상사, 사람이나 짐승이나 똑같지 않겠소이까? 잘빠진 암말 몇 필 옆에 데려다 놓으면, 아무리 성격 더러운 말이라도 녹작지근하게 녹아내릴밖에 도리가 없는 게지요."

"그럼 저기 함께 매어져 있는 말들이?"

“지난 며칠 동안 개봉성 내외를 돌아다니며 고른 가장 잘빠지고 암내를 팍팍 풍기는 말들이올시다.”

“허!”

추소산의 시선이 사두마차의 가장 앞자리를 차지한 채 연신 콧김을 풍풍 내쉬고 있는 자신의 애마—일단 그렇게 부르기로 하자—에게 향했다. 그렇게 성질 더럽던 반항마 녀석이 고작 암말 몇 마리에 넘어가 얌전하게 마차를 끌게 된 게 도저히 믿겨지지 않았기 때문이다.

하지만 현실은 냉혹했다.

녀석은 추소산과 한차례 눈을 마주치고는 의기양양한 표정을 지어 보일 따름이었다. 이미 자신을 억압에서 구해준 주인 따윈 까맣게 잊고 잘빠진 암말들과의 생활에 푹 젖어 있는 모습이었다.

‘의리없는 녀석……’

추소산은 애마한테서 시선을 돌렸다. 이미 눈앞의 길들여진 녀석은 과거 자신이 아끼던 순수 반항마가 아니란 생각이 들었다.

그때 분주를 떨며 마차의 이곳저곳을 확인한 철호운이 객점 안으로 종종걸음으로 달려들어 갔다.

어젯밤도 그와 무지막지한 주투(酒鬪)를 벌인 백수빈을 깨우기 위해서였다. 오늘은 다른 때와 달리 아침밥을 일찍 먹고 바로 출발해야 했기 때문이다.

그 모습을 바라보며 고개를 가로저은 추소산의 눈에 이채가 떠올랐다. 지난 며칠간 코빼기도 보이지 않던 육지견이 입가에 싱글벙글한 미소를 매단 채 걸어오고 있었다. 뭔가 큰 거 한 건을 한 도둑의 모습이었다.

‘설마……’

추소산이 얼른 그에게 다가갔다. 혹시 작은 사고를 쳤으면 그냥 넘어가고, 큰 사고면 도망치게 할 요량이었다.

히죽!

육지견이 추소산의 얼굴만으로도 내심을 읽은 듯 웃어 보였다.

추소산이 말했다.

"무슨 일을 저지르신 겁니까?"

"아무 짓도 안 했는걸."

"그 거짓말을 저더러 믿으라고 종용하시는 겁니까?"

"그래 주면 안 될까?"

"싫습니다!"

추소산은 한마디로 딱 잘라 거절했다. 육지견같이 말장난하길 인생의 낙으로 여기는 사람에겐 그런 단호함이 필요했다. 자칫 잘못하면 하루종일 그의 말장난을 받아야 하는 불상사가 생길 수 있는 것이다.

과연 육지견의 얼굴에 서운한 기색이 스쳐 갔다. 추소산같이 재치있게 말을 받아주는 말싸움 상대를 만나기란 참 쉽지 않은 일이었다. 그가 평소와 달리 싸움을 회피하자 아쉬움이 남는 것도 무리는 아니다.

"흠, 그럼 그런 걸로 하지 뭐."

"뭘 그런 걸로 하겠다는 겁니까? 이제부터 제게 그동안 저지르고 다닌 일을 말해주서야 옳은 순서가 아닙니까?"

"싫네!"

육지견이 추소산을 흉내 내 말했다. 그러자 추소산이 어깨를 가볍게 으쓱해 보였다.

"그럼, 어쩔 수 없구요. 아직 식전이실 테니 밥이나 함께 하시죠."

"흠, 그러고 보니 배가 꽤나 고프구만."

"당연히 그러시겠지요. 밤새 잠은 안 자고 열심히 일을 하셨을 테니까요."

"푸헐헐, 사람도 참!"

육지견이 추소산의 어깨를 툭툭 때렸다.

조금 아플 정도로.

그때 슬슬 시끄러워지기 시작한 객점 쪽을 힐끔 바라본 추소산이 천천히 그쪽으로 걸어 들어갔다. 백수빈을 비롯한 여인들이 잠에서 깼으니, 이젠 밥을 먹게끔 중재를 해야만 했다.

*　　　*　　　*

'끌, 투왕 육지견도 모자라 하오문의 천면살수객 철호운까지 들러붙다니, 이리되면 이 노개가 끼어들 자리가 없지 않은가……!'

지화자는 객점 안으로 사라지는 추소산과 육지견의 뒷모습을 보고 바로 달려온 소걸개의 보고를 받고, 내심 끌탕을 쳤다.

지난 며칠간 그는 조사에 여념이 없었다. 제자인 염규원이 기련산을 떠나 개봉에 온 것과 자신에게 전달된 익명의 서신 간에 모종의 관련이 있으리란 생각이 들었기 때문이다.

그러나 놀랍게도 조사는 미궁에 빠져들었다.

개방의 놀라운 정보력을 생각하면 정말 믿기 힘든 결과였다. 상대가 황궁의 정보 조직인 동창이나 지하무림을 좌지우지하는 하오문이라 해도 이럴 순 없는 일이었다.

결국 지화자는 상대를 있는 그대로 인정하기로 했다. 모든 일은 거기서부터 시작해야만 실수가 적다는 걸 그는 오랜 경험상 알고 있었다.

그렇게 다시 세심한 부분으로부터 조사가 시작됐고, 지화자는 그중 한 방향을 추소산 일행으로부터 찾기로 결심했다. 아무리 생각해 봐도 그 밖에는 전혀 단서가 될 만한 것이 없었다. 자신이 직접 나설 때가 된 것이다.

그런데 투왕 육지견에 하오문주의 삼대호법 중 가장 성질이 더럽고 무공이 세다고 알려진 천면살수객 철호운이라니!

추소산 주변을 맴도는 인물들 중 그 둘은 누구라 할 것 없이 지화자라 해도 함부로 손을 대기 힘든 거물들이었다. 적어도 정보계의 입장으로 보면 그러했다.

잠시 염두를 굴린 지화자의 눈에서 안광이 흘러나왔다. 때마침 무당파의 사형제들이 떠올랐기 때문이다. 그들을 이용하면 얼마든지 추소산에게 다가갈 수 있었다.

슥슥슥…….

품에서 꺼낸 누런 황지에 재빨리 몇 자를 휘갈겨 쓴 지화자가 소걸개의 머리를 한차례 쓰다듬어 줬다.

"네가 한 번 더 수고해야겠다."

"예."

소걸개가 더러운 얼굴에 어울리지 않게 총명한 눈을 반짝이며 얼른 지화자가 건네준 황지를 품에 쑤셔 넣었다.

*　　　*　　　*

두두두두!

개봉성을 떠나 기운차게 달리는 네 필의 말이 끄는 마차에 몸을

실은 여섯 명의 남녀 중 한 명인 백수빈은 얼굴 가득 오만상을 다 썼다.

분명 해장이 될 만한 걸로 아침을 먹었는데, 지난 며칠간 쌓인 주독이 폭발했는지 쉽사리 속이 가라앉지 않았다. 마차가 한차례씩 요동을 칠 때마다 죽을 맛이다.

"아우욱, 속 쓰려……!"

결국 더 이상 참지 못하고 백수빈이 자신의 아랫배를 손으로 부여잡았다. 추소산이 눈앞에 앉아 있어 조금 얌전을 떨어보려고 했는데, 도저히 안 되겠다.

여연경이 눈살을 가볍게 찌푸려 보였다.

"그렇게 좀 적당히 술을 마시지, 그렇게 죽기 살기로 마셔대니……."

"시끄럽고!"

여연경의 말을 한마디로 일축시킨 백수빈이 마부석 쪽에 앉아 있는 철호운을 바라보며 이를 갈았다.

"으득! 비겁하게 술을 마시면서 내공을 운용하다니!"

"그럼 수빈 언니도 내공을 운기해서 주독을 밖으로 몰아내면 되잖아요!"

소령이 보다 못해 한마디 했다. 백수빈이 속앓이를 하는 모습을 더 지켜보기 괴로웠기 때문이다.

딱!

백수빈의 손가락이 소령의 넓은 이마를 격타했다. 내력이 담기지 않은 일격이나 아픔이 없을 리 없다.

"아파! 아파!"

소령은 나직한 비명과 함께 자신의 이마를 두 손으로 감쌌다. 벌써 맞은 자리가 퉁퉁 부어오르고 있었다. 다소 호들갑스럽긴 하나 거짓으로 아파하는 건 아니다.

백수빈이 퉁명스레 말했다.

"울어? 한 대 더 맞아서 그 툭 튀어나온 이마가 두 배쯤 부풀어 오르게 해주랴?"

"싫어요!"

소령은 더욱 자신의 이마를 감싸며 입을 꾹 다물었다. 그러자 백수빈이 입가에 심술맞은 미소를 매달았다.

"흥, 쪼끄만 계집애가 용모에만 신경을 쓰기는. 그럴 시간에 무공에나 관심을 기울일 것이지."

"……."

"술을 마시는 데 있어서 내공을 사용하는 건 진정한 주도를 모르는 자들이나 하는 짓이야! 비겁한 자들의 소치라구!"

마부석 쪽을 향해서 크게 소리를 지른 백수빈이 다시 이맛살을 찌푸렸다. 여전히 속이 쓰려서 견딜 수 없는 것이다.

추소산은 그런 백수빈을 보며 절로 입가에 웃음이 번져 나오는 걸 느꼈다. 그녀의 술에 대한 애착이 집착에 가깝다는 생각이 들었다.

그때 육지견이 느닷없이 백수빈 쪽으로 상체를 기울였다. 그리고 백수빈의 아랫배 쪽을 향해 쑥 뻗어진 손.

백수빈의 얼굴에 질색하는 기색이 떠올랐다.

"이 미친 늙은이가 뭐 하는 짓이야!"

육지견이 얼른 백수빈에게서 떨어져 나오며 태연한 표정으로 말했다.

"백 소저가 너무 힘들어하는 것 같아서 노부가 대신 손을 좀 봐주려

했을 뿐이오.”

“손을 보긴 뭘 손봐!”

백수빈이 육지견의 뺨을 향해 손을 날렸다.

휙!

육지견은 물론 아무렇지도 않게 백수빈의 손을 피해냈다. 처음부터 이럴 줄 알고 있었던 것 같은 대응.

“크흘, 이제 백 소저의 속도 조금 풀렸겠구려.”

“뭐…….”

얼굴에 잠시 의혹을 담았던 백수빈이 눈살을 가볍게 찡그려 보였다. 과연 속이 확 풀렸음을 깨달았기 때문이다.

‘저 죽일 늙은이가 나로 하여금 일부러 내력을 운용하게 만들게 하려고 화를 내게 만들었구나!’

육지견을 다시 공격하진 않았으나 백수빈의 그를 바라보는 표정은 결코 곱지 않았다. 그로 인해서 속 쓰림이 해소되긴 했으나 이런 식으로 자신의 의지가 조종되는 건 결코 원하는 바가 아니었다.

그때 추소산이 갑자기 자리에서 일어섰다.

“응, 자네 어디 가려고 하는 건가?”

육지견이 묻자 추소산이 마부석 쪽을 손가락으로 가리키며 대답했다.

“계속 철 노야님께만 신세를 질 수는 없는 노릇이지 않겠습니까?”

‘흥, 새벽에 했던 얘기를 끝내자는 뜻이로군.’

육지견은 내심 흉악하게 웃어 보이곤 추소산에게 히죽 웃어 보였다.

“자네 혼자선 심심할 테니, 나도 같이 감세.”

"육 노형까지 그러실 필요는 없습니다."

"허허, 사람도 참!"

육지견은 추소산의 말을 상큼하게 무시하고 그의 뒤를 따라 몸을 일으켰다.

마부석에서 철호운을 억지로 내쫓자마자 육지견이 먼저 입을 열었다.

"역시 내가 그동안 뭘 하고 다녔는지 궁금한 것이겠지?"

"하나도 궁금하지 않습니다."

"하나도?"

"예."

추소산은 앞에서 달리고 있는 말에게서 시선조차 떼지 않았다. 아예 육지견을 무시하고 있는 것이다.

육지견이 그런 무시를 감내할 성격의 소유자일 리 없다.

탁!

육지견이 추소산의 옆구리를 팔꿈치로 찔러 넣었다. 그렇게 해서라도 자신 쪽을 돌아보게 만들어야만 했다.

"아픕니다."

"아프라고 때렸으니, 아파야 당연하지 않은가!"

"흠."

추소산이 다시 시선을 앞쪽으로 돌리려 했다. 그러자 육지견이 결국 참지 못하고 말했다.

"그래그래, 내 졌네! 졌어!"

"말씀하십시오."

"허락인가?"

"허락이라기보다는 동정심이라 하겠습니다. 제가 아니면 누가 육 노형이 한 일을 감탄하며 들어주겠습니까?"

추소산은 끝까지 냉정했다.

'냉혹한 놈!'

육지견이 속으로 추소산을 욕하고 품속을 더듬어 목갑 하나를 끄집어냈다. 거무튀튀한 색깔에 꽤나 볼품없어 보이는 모양이 고물상에 내다 팔면 서푼도 받기 힘들 것 같다.

"이게 뭐 같은가?"

"육 노형이 훔칠 만한 보물로는 보이지 않군요."

"그래, 분명 겉모양으로만 보면 그렇지."

"속모양은 엄청난 보물인가 보군요?"

"열어보게!"

육지견이 대뜸 수중의 목갑을 추소산에게 내밀었다. 얼굴에 담긴 건 뭔가 칭찬을 바라는 악동의 모습이었다.

'진짜 나한테 칭찬을 듣고 싶었군.'

추소산이 내심 고개를 절레절레 흔들고 말을 몰던 고삐를 한 손으로 쥐었다. 목갑을 열기 위해서였다.

그런데 막 추소산이 목갑의 뚜껑에 손을 댔을 때다.

피피핑!

목갑의 뚜껑이 열리는 것과 동시, 검은색 침 세 개가 추소산의 손을 노렸다. 얼핏 보기로도 극독이 발라져 있음을 알게 하는 모습.

추소산은 재빨리 다섯 개의 손가락을 벌려 침의 공격을 피해냈다. 지존검 연환검식을 펼치기 위해 순식간에 수십, 수백 개의 변화를 만들어낼 수 있는 순발력이 발휘된 것이다.

툭!

추소산의 손가락이 목갑을 강하게 때렸다. 혹시라도 또 있을지 모르는 기관에 대비함이었다.

그러자 육지견이 얼른 마차 밖으로 날아가는 목갑을 낚아챘다. 손을 사용하지 않고 넓은 소맷자락을 휘두르는 걸 보니, 그 역시 목갑에 장치된 기관을 완전히 파악한 것 같진 않아 보인다.

"역시 그렇군!"

목갑을 다시 수중에 넣자마자 내부를 이리저리 확인해 본 육지견의 만면에 득의로운 미소가 떠올랐다. 추소산이 기관에 당할 뻔했던 일 따윈 이미 깡그리 잊어버린 듯하다.

'날 이용했던 건가?

추소산이 눈살을 가볍게 찌푸리며 말했다.

"육 노형, 장난이 지나친 것 아닙니까?"

"장난?"

육지견이 추소산을 빤히 바라봤다. 그가 왜 그런 말을 했는지 이해할 수 없다는 듯 순진무구한 모습이다.

추소산이 목갑을 손가락으로 가리켰다.

그제야 육지견이 추소산의 말을 이해한 듯 웃어 보였다.

"허허, 내가 자네를 이용해서 목갑의 최후 기관을 파훼한 게 마음에 들지 않는 모양이로군?"

"마음에 들 리가 없지 않습니까?"

"그래 봤자 자네한테는 전혀 힘들지 않은 일이었지 않은가? 그냥 이 늙은 형을 위해 한번 힘을 썼다고 생각하게나."

"그렇게 생각하면 되는 겁니까?"

"그런 것이지."

뻔뻔스레 고개를 끄덕여 보인 육지견이 목갑 속으로 손을 쑥 집어넣더니, 익숙하게 속에 든 또 하나의 목갑을 열었다. 비로소 목갑 속에 담긴 물건의 정체가 밝혀지는 순간이었다.

"크헉!"

육지견은 자칫 손에 들고 있던 목갑을 떨어뜨릴 뻔했다. 작은 목갑의 문이 열린 순간 일어난 가공할 악취에 속이 몽땅 뒤집어지는 걸 느꼈다.

추소산은 냄새만으로도 목갑 속에 담긴 물건의 정체를 눈치챘다. 과거 한차례 그와 유사한 종류의 냄새를 경험한 바가 있었기 때문이다.

'하지만 천구환보다 악취의 강도가 열 배는 더 심한 것 같다. 그렇다면 그보다 더 좋은 효과의 영약이란 뜻인가?'

개방의 후개가 방주에 오를 때 복용하는 만구환의 존재에 대해 아는 자는 그다지 많지 않았다. 개방에서도 고위에 속한 자들만이 아는 사실이니 당연하다.

추소산이 미간을 살짝 좁혀 보이자 육지견이 재빨리 목갑을 닫고는 있는 대로 욕을 해댔다.

"빌어먹을 거지 녀석들! 망할 거지 녀석들! 감히 이따위 걸로 나 육지견을 속여먹다니!"

"결국 개방 총타에 숨어들어서 한 건 하셨군요? 개방 비전의 영약을 훔쳐 오셨으니."

"개방 비전의 영약?"

"냄새가 천구환보다 더 진한 걸 보니, 약효 역시 대단할 것 같습니다."

“엥? 자네 개방의 천구환을 복용한 적이 있는가?”

“예. 예전에 내상을 당한 적이 있었는데 풍개 노선배님의 배려로 천구환을 복용해서 무사할 수 있었습니다.”

“자네가 풍개에게 진 신세란 게 그런 것이었구만?”

“예.”

“흠, 그럼 이 빌어먹을 게 진짜 만구환이란 건가?”

‘만구환? 천구환보다 냄새가 열 배는 심하더니, 이름조차 그러하구나!’

육지견은 추소산의 침묵 속에 수중의 목갑을 바라보며 고개를 갸웃해 보였다.

사실 그는 요 며칠 새 부산해진 개방 총타에 숨어들어 가서 기회를 엿보다가 염규원이 그토록 가지고 싶어했던 만구환을 훔쳐 왔다. 아무리 생각해도 개방 총타에서 돈이 될 만한 물건은 그밖엔 없어 보였다.

그런데 어렵사리 훔쳐 낸 영약이 이리 지독한 냄새를 풍기니, 기분이 썩 좋을 리 없었다. 아무리 기사회생의 영약이라 해도 복용하고 싶은 마음이 싹 사라지는 것이다.

‘그렇다고 소림의 대환단과 바꾼 영약을 이대로 버릴 수도 없고…….’

내심 만구환을 훔치는 대신 놓아둔 대환단이 무진장 아깝다 생각을 하며 육지견이 다시 목갑을 추소산에게 내밀었다.

“이거, 그냥 자네가 가지게!”

“예?”

“이미 예전에 천구환을 먹은 일이 있으니 만구환의 냄새도 참아낼 수 있을 게 아닌가? 거지한테 이걸 다시 돌려주긴 싫으니, 자네가 복용해서 내력이나 키우게나."

"감사합니다."

추소산은 두말 않고 목갑을 받아 들었다. 후일 지화자를 만나면 돌려줄 생각이었다.

그런 추소산의 내심을 읽지 못할 육지견이 아니다. 그가 오금을 박듯 한마디 던졌다.

"대신 절대 거지들한테 돌려줘선 안 되네!"

"그건……."

"내 그걸 훔쳐 오면서 그 자리에 소림의 대환단을 놔두고 왔네. 만약 자네가 그걸 다시 돌려준다면 아깝게 대환단 하나만 날려 버린 셈이 되지 않겠는가!"

"소림의 대환단이 있으면서 또 개방의 만구환을 훔치신 겁니까?"

"개방 총타를 털었다는 데 의미가 있는 것이네!"

"음……."

추소산은 결국 침음을 토해냈다. 소림사에서 대환단을 훔칠 땐 또 뭘 놔두고 왔을지 심히 궁금했기 때문이다.

'…그냥 넘기는 게 좋을 것이다! 육 노형에 대해선 많이 알면 알수록 복잡해질 뿐이니!'

추소산은 짧게 생각을 정리했다. 그의 자신에 대한 정리가 결코 작은 게 아니니, 작은 흠 정도는 그냥 모른 척 넘어가 주는 것이 낫겠다고 타협을 본 것이다.

닷새가 지났다.

개봉성에서 모습을 감췄던 무당파 사형제들이 다시 추소산 일행과 합류한 건 정주를 눈앞에 둔 관도였다.

어차피 천하무림의 모든 이목이 낙양의 무림맹으로 향하고 있었다. 길을 가다 보니 점차 무림인들이 많아졌고, 무당파 사형제들 역시 만날 수 있었다.

히히히힝!

헤어졌던 친구들을 다시 만난 추소산의 말이 투레질을 하며 마구 날뛰었다. 기쁨의 표현이라기보다는 그동안 세 마리나 되는 암말을 얻은 자신의 능력을 과시하는 것 같았다.

추소산은 추하다는 생각을 하며 녀석의 고삐를 살짝 잡아당겼다. 그렇게라도 해서 진정을 시키지 않으면 마차를 뒤집어놓을 수도 있다는 판단이었다.

말을 진정시키는 추소산의 모습을 발견한 영경이 얼른 말 머리를 돌려 다가왔다.

"추 소협, 이렇게 다시 만나게 되는군요!"

'항상 쌀쌀맞더니, 웬일이지?'

추소산이 그녀에게 담담히 미소 지어줬다.

"개봉에서 갑자기 헤어지게 되어서 걱정이 됐는데, 무탈하시니 반갑습니다."

"말도 없이 객점을 떠나서 죄송하게 생각합니다. 당시엔 피치 못할 사정이 있었던 관계로……."

"굳이 설명하실 필요는 없습니다."

"……."

추소산의 말을 들은 영경이 얼굴에 미안한 기색을 드러냈다. 무당파 사형제들은 개방 총타에서 의개당 거지들의 치료를 도운 후 바로 개봉을 떠났는데, 그 같은 사정을 구파일방에 속하지 않은 추소산에게 설명하긴 힘들었다.

그때 그녀 곁으로 사형인 영보와 영풍이 다가왔다. 혹시라도 그녀가 추소산에게 쓸데없는 소리를 할 것을 염려한 것이다.

영풍이 추소산에게 반가운 표정으로 포권해 보였다.

"추 소협, 이렇게 다시 뵙는군요. 하긴 천하 무림인들이 지금 모두 낙양의 무림맹으로 향하고 있으니, 당연한 일인가요?"

"그렇겠지요."

"저희 사형제들은 정주에 도착해서 하루쯤 유숙할 생각인데, 추 소협 일행은 어찌하실 생각이십니까?"

"정주에 도착하면 밤이 늦을 것 같으니, 저희 역시 그리해야 할 것 같습니다."

"그럼 함께 가시지요. 어차피 목적지가 같으니, 따로 갈 필요는 없지 않겠습니까?"

"그러시지요."

추소산이 흔쾌히 허락하자 영경의 얼굴에 살짝 기쁨의 기색이 스쳐 갔다. 추소산과 헤어진 후 종종 그를 떠올렸던 터라 육지견과 다시 함께해야 한다는 점을 간과하고 만 것이다.

그때 특유의 말빨로 마차 안에서 여인들과 노닥거리고 있던 두 늙은이 중 한 명인 육지견이 마차 창 쪽으로 고개를 쑥 내밀었다. 익히 들어본 바가 있는 고리타분한 목소리에 확인할 필요를 느꼈음이다.

"호오, 이게 뉘신가? 무당파의 칠성검수들이 아닌가! 특히 참하게 생긴 영경 도장이 무척이나 반갑구만그랴!"

“아… 아……!”

잠시 잊고 있었던 육지견의 괴악스런 얼굴을 발견한 영경의 낯빛이 급속도로 굳어졌다. 그의 얼굴과 목소리를 접한 순간부터 갑자기 심한 두통이 밀려오고 있었다.

휘청!

말 위에서 크게 신형이 흔들린 영경을 보고 영풍이 놀라 말을 몰아왔다.

“영경 사매!”

“으응?”

영경이 그제야 자신의 실태를 깨닫고 수중의 고삐를 급하게 잡아챘다.

푸륵!

말이 갑작스런 변화에 놀라서 앞발을 크게 들어올렸으나 영경은 낙마하지 않았다.

이미 그녀는 바짝 긴장하고 있었다.

*   *   *

평범한 남색 무복과 얼굴 전체를 가리는 방립.

그 두 가지로 자신의 황홀한 미모를 감춘 우약연은 마도라 할 수 있는 신성천교의 총단을 몰래 빠져나왔다. 오행마단의 무사 한 명이 그녀의 탈출을 도왔다.

그리고 석 달 만에 그녀가 모습을 드러낸 곳은 하남성의 성도 정주였다.

본래 그녀는 낙양을 향해 출발했는데, 초행이다 보니 몇 번이나 길을 잘못 들어 어쩔 수 없이 성도를 찾을 수밖에 없었다. 그곳에서 낙양까지 가는 건 일도 아니라는 사람들의 말에 기초한 결정이었다.

정주에 도착한 우약연은 시내를 천천히 거닐었다.

신성천교의 신녀로서 경전을 많이 공부한 그녀인지라 사람들이 열심히 살아가는 모습을 보는 것만으로도 꽤나 좋았다. 그네들의 생활상을 보고 들으며 자신이 공부한 경전의 어귀를 다시 한차례 생각해 보는 기회가 되었기 때문이다.

그렇게 그녀가 막 시장통을 빠져나와 대로에 이르렀을 때였다.

대로를 오고 가는 사람들을 급박한 표정으로 살피고 있는 꽤나 추레한 복장의 두 남녀가 눈에 띄었다.

'어째서?'

우약연은 자신이 두 남녀에게서 시선을 멈춘 것에 대해 스스로에게 자문했다. 무슨 특별한 일이 있기에 자신이 관심을 가진 것인지 궁금했음이다.

그녀는 곧 해답을 얻었다.

두 남녀 중 사내가 갑자기 우람한 덩치의 젊은 무사에게 달려가는 광경을 목도한 것이다.

'저들은 무인들을 구하고 있었구나!'

우약연은 자신의 어찌할 수 없는 무벽을 떠올리며 입가에 씁쓸한 미소를 담았다. 본능적으로 무인을 구하는 자를 알아보기까지 하니, 이건 병이라 할 수도 있겠다.

한데 막 멈췄던 발길을 옮기려던 우약연의 눈살이 살짝 찌푸려졌다. 보지 않았어도 좋을 광경을 봤음이다.

퍼퍽!

자신의 바짓가랑이를 붙잡고 늘어지던 사내를 몇 번이나 발로 짓밟은 젊은 무사가 바닥에 침 한 모금을 내뱉었다.

"카악, 퉤! 아침부터 재수없으려니까!"

"으으……."

무사에게 밟힌 사내의 입에서 죽을 듯한 신음이 흘러나왔다. 일반인이 무공을 익힌 무인에게 얻어맞았으니 무사할 리 만무하다.

사내와 함께 있던 여인이 놀라 달려왔다.

"이보시오! 이보시오! 도와주지 않으려거든 그냥 가기나 하지, 어찌 사람을 때린단 말이오!"

무사의 눈이 여인을 향한다.

"네년도 이 빌어먹을 놈과 한패더냐?"

"그렇소! 내가 그분의 아내 되는 사람이오!"

여인은 초라한 행색에 비해 제법 미색이 있어 보였다. 초라하고 얼굴도 못생긴 사내에 비하면 까마귀와 봉황의 차이라고 할 수 있을 듯하다.

'멍청한 자식이 제법 예쁜 여편네를 두고 있었지 않은가!'

여인의 위아래를 게슴츠레한 눈으로 훑어본 무사의 한쪽 입술꼬리가 살짝 치켜 올라갔다.

"그거 잘됐다! 마침 네년의 서방놈이 이 소패왕(小霸王) 간유붕님의 바짓자락을 더럽혔으니, 네년이 대신 배상해 줘야겠다!"

"무슨 바짓자락을 더럽혔다고 그러시오!"

여인이 억울한 표정으로 소리치자 간유붕이 자신의 바짓자락을 슥

내밀어 보였다. 사내가 흙 묻은 손으로 붙잡고 늘어져서 조금 때가 묻은 부분을 보여준 것이다.

일시 여인은 말문이 막혔다.

간유붕이 입가에 웃음을 담고 말했다.

"흐흐, 왜 갑자기 말을 못하는 것이냐?"

"배상은 하겠습니다만……."

"은자 열 냥이다!"

간유붕이 차갑게 말하자 여인의 얼굴이 새파랗게 질렸다. 당시 사인 가족이 한 달 동안 배불리 먹을 수 있는 돈이 은자 한 냥 정도였다. 열 냥이라는 돈은 일반인들에겐 거금이라 하지 않을 수 없었다.

"어, 어찌 옷 한 벌의 값이 그렇게 비쌀 수 있단 말입니까!"

"내 옷을 더럽힌 값이 은자 다섯 냥, 이 몸의 앞길을 막고 귀찮게 한 죗값이 또한 은자 다섯 냥이다!"

"그건… 그건……."

"하지만 네년이 수중에 가진 돈이 없다면 내 다른 방식으로 값을 치르게 해줄 수도 있다."

"그게 뭐요?"

"그야 뻔하지 않느냐! 네년의……."

간유붕이 말끝을 살짝 흐리며 입가에 징그러운 미소를 떠올렸다.

누구라도 뭘 생각하는지 알 수 있을 듯한 모습.

그때 잠시 까무라쳐 기절해 있던 여인의 남편이 갑자기 비틀거리며 몸을 일으키더니 간유붕에게 욕설을 터뜨렸다.

"이, 이 더러운 놈아! 어디서 감히 남의 아내에게 수작을 걸려는 것이냐!"

'이 후레잡놈이!'

간유붕의 눈에 살기가 감돌았다. 잘만 하면 오늘밤 눈앞의 여인과 즐거운 시간을 보낼 수 있을 것 같은데, 남편이란 놈이 방해가 된다.

간유붕은 아예 여인의 남편을 죽여 버려야겠다고 마음먹었다. 하룻밤만 데리고 놀려던 마음을 바꾼 것이다.

쉬악!

간유붕의 주먹이 내경을 담고서 앞으로 뻗어나갔다.

살기를 품은 일격.

자신의 아내 앞을 가로막아 선 사내는 눈 하나 깜빡하지 않았다. 죽어도 아내를 지키겠다는 일념이었다. 대신 그의 아내가 찢어지게 비명을 질렀다.

그러자 기적이 일어났다.

그는 간유붕의 주먹에 죽지 않았다. 죽지 않았을뿐더러, 상처조차 입지 않았다. 오히려 거의 절반쯤 죽어서 대로 한복판에 나뒹군 건 주먹을 휘두르던 간유붕이었다.

"크헉, 누, 누가……."

간유붕은 대로를 엉금엉금 기며 우는 소리를 냈다. 느닷없이 날아든 돌멩이에 얼굴 한쪽이 피투성이가 됐으니 그런 소리를 내는 것도 이해가 간다.

'제법이로구나!'

어처구니없을 정도로 치졸하고 악랄한 간유붕을 보고 손을 쓰려던 우약연의 눈에 이채가 스쳐 갔다.

어느새 그녀의 시선은 돌멩이가 날아온 방향을 살피고 있었다. 자신보다 먼저 손을 쓴 자가 누군지 확인하기 위함이었다.

바로 그때였다.

대로 한켠을 지나가던 사두마차 옆에 붙어 있던 세 필의 말 위에 앉아 있던 세 명의 도사 중 한 명이 말안장을 박차고 뛰어올랐다. 어젯밤 정주에 도착한 추소산 일행 중 돌멩이를 던져 간유붕을 응징한 영경이었다.

영경은 돌멩이를 던져 간유붕을 쓰러뜨린 후 바로 신형을 날렸다. 혹시라도 간유붕이 다시 일어나서 죄없는 두 부부에게 다시 패악을 떨까 봐 걱정이 됐기 때문이다.

휘익!

그녀는 십 장이나 되는 거리를 무당파의 비전신법 중 하나인 제운종(梯雲縱)을 펼쳐 단축했다. 마음이 다급하여 문파의 절기를 함부로 대로에서 펼쳐 보인 셈이다.

대로를 오고 가던 사람들 틈에 끼어 있던 무림인들이 놀라 일제히 목소리를 높였다. 경탄이었다.

"무당파의 제운종이다!"

"무당파의 검협이 나타났구나!"

영경은 간유붕 앞에 떨어져 내린 후 안색을 가볍게 붉혔다. 이렇게 많은 사람들 앞에서 본신의 무공을 펼친 건 처음이었다. 이제 스물을 갓 넘긴 처녀로서 부끄러움이 없을 수 없다.

그때 간유붕이 무당파 검협의 등장을 눈치채고 바닥을 엉금엉금 기기 시작했다. 자신이 죄없는 부부에게 행한 짓이 얼마나 추한 것이었는지 알고 있었던 것이다.

영경이 그를 그냥 내버려 둘 리 없다.

파팍!

한걸음 만에 그의 앞을 가로막아 선 영경의 발이 진각을 일으키며 대로의 청석에 한 뼘가량의 족적을 만들어냈다. 바로 간유붕의 코앞에서 벌어진 일이다.

"크……."

간유붕은 도망치는 걸 포기할 수밖에 없었다.

평생 처음으로 내가고수의 진각을 봤다. 그 앞에서 도망을 칠 수 있으리란 생각이 들 리 만무하다. 그는 그저 얼굴을 바닥에 박고 처분을 기다릴 뿐이었다.

영경이 그 비굴함을 대하고 어깨를 가볍게 떨어 보였다. 내심 깊숙한 곳에서 혐오감이 치솟아오른다.

"힘없는 약자들한테는 그리 당당했던 자가 어찌 지금은 쥐 죽은 듯 조용하단 말인가! 네가 무림인이고 사내대장부라면 지금 당장 일어나서 자신의 결백을 밝히거나 빈도에게 달려드는 게 좋을 것이다!"

"그, 그럴 수 없소이다! 그럴 수 없소이다!"

"이런 못난……!"

영경이 간유붕에게 수장을 들어올렸다. 무당파 비전의 면장(綿掌)의 공력이 자연스레 발동한다.

그때 갑작스런 사매의 행동을 미처 제지하지 못한 영보와 영풍이 앞뒤로 신형을 날려왔다. 그녀가 혹시라도 사람을 상하게 할 것이 걱정됐음이다.

"우와!"

다시 몇 차례 함성이 터져 나왔다. 영경이 펼친 제운종만으로도 놀랐던 사람들에겐 그녀보다 고수인 영보와 영풍의 놀라운 경공을 본 것이 일생의 자랑거리가 될 것임에 분명했다.

그렇게 영경 앞에 도착한 두 사형제의 얼굴에 씁쓸한 기색이 스쳐 지나갔다. 서로를 끌어안고 서럽게 울고 있는 초라한 행색을 한 부부의 모습이 너무나 처참해 보였기 때문이다.

영보가 한숨을 내쉬는 동안, 영풍이 영경에게 다가갔다.

"영경 사매, 그쯤 했으면 충분하니 그를 그만 놔주도록 하자!"

"영풍 사형은 저 가엾은 부부의 모습이 보이지 않는지요? 이 더러운 놈을 그냥 놔두면 후일 또 죄없는 사람들에게 패악을 떨 것이니, 이번 기회에 단단히 벌을 주어야만 한다고 생각합니다!"

"그럼 어떤 벌을 주려느냐?"

"그건……."

"설마 하니 저자를 죽일 셈은 아닐 테지?"

영풍이 눈빛을 차게 가라앉히자 영경이 얼굴에서 흥분된 기색을 지웠다. 이런 눈빛의 영풍이 얼마나 엄하고 무서운지를 그녀는 누구보다 잘 알고 있었다.

영풍의 눈빛이 다시 부드럽게 변했다.

"안타깝게도 세상이란 본래 이렇다. 남보다 강한 자가 약자를 못살게 굴고 괴롭힌다. 이를 막기 위해 우리 같은 정파의 제자들은 애써 자신을 닦고 무공을 연마하지만, 그들과 똑같이 굴어선 안 되는 것이다."

"그건 어째서지요?"

"그리하는 순간 우리 역시 그들과 똑같은 자들이 되기 때문이다."

영풍의 말을 들은 영경의 고개가 밑으로 살짝 숙여졌다. 영풍의 말이 틀린 것은 아니나 그녀의 가슴은 결코 수긍할 수 없었던 것이다.

그때 뒤늦게 사두마차 쪽에서 한 명의 청년이 걸어왔다. 마부석에 앉아 있던 추소산이었다.

추소산은 그때까지도 눈치를 보느라 움직일 생각을 하지 못하고 있던 간유붕에게 천천히 다가갔다.

'뭘 하려는 걸까?'

우약연은 겉으로 빼어남이 그대로 드러나 보이는 무당파 사형제에게서 시선을 떼고 추소산을 바라봤다.

이미 상황이 거진 종결된 시점.

이제 와서 추소산이 뭘 하려고 나섰는지 그녀는 궁금했다. 그런 궁금증을 가진 건 그녀뿐이 아니었다. 영경을 비롯한 무당파 사형제들 역시 은연중 추소산 쪽을 주시하고 있었다.

그런 주변의 관심을 아랑곳 않고 간유붕 앞에 도착한 추소산이 대뜸 그의 코앞에 뭔가 새카만 물건을 던져 주었다.

툭!

추소산이 던져 준 새카만 물건은 일종의 단약이었다.

한눈에 보기에도 꽤나 위험해 보이는 단약을 본 간유붕의 눈알이 이리저리 굴러다녔다. 자기 스스로는 아무것도 할 수 없는 불안감 때문이었다.

추소산이 권하듯 말했다.

"그걸 지금 당장 삼키는 게 좋을 것이오."

"이, 이건……?"

"먹으면 반드시 착하게 살아야만 하는 단약이오."

"……."

"세상에 그런 게 어딨냐고? 당신은 내 말을 믿는 게 좋을 것이오. 이

단약을 복용하면, 이후 만약 욕을 하거나 내력을 일으키려 하면 온몸의
경맥이 가닥가닥 끊겨서 반신불수가 되오. 그러니 착하게 살 수밖에
없을 게 아니오?"

추소산은 말을 끝내자마자 손을 뻗어 간유붕의 턱을 잡아 억지로 벌
렸다. 단약을 강제로 복용케 하려 함이었다.

"으읍!"

간유붕은 죽기 살기로 단약을 복용하지 않기 위해 노력했다. 평생
그렇게 심하게 저항한 적이 없을 정도로 최선을 다했다.

하지만 툭하고 추소산이 목젖을 때렸을 때였다.

꼬르륵!

단약이 그의 식도를 타고 쑥 내려가고 말았다. 돌이킬 수 없는 일이
벌어지고 만 것이다.

제27장
자신의 마음자리가 가리키는 대로 행한다

“사, 삼켰다! 삼켜 버렸다!’

간유붕은 미친 듯이 소리치며 바닥을 데굴데굴 굴러다녔다. 평생 착하게 살아야만 한다는 게 그에겐 가장 큰 형벌이었던 것 같다.

그런 간유붕을 지그시 바라보던 추소산이 한마디 했다.

“그렇게 날뛰어도 독성이 돌 수 있소이다.”

“크윽……!’

간유붕의 광태는 바로 진정되었다. 그 같은 사람치고 자신의 목숨 소중히 여기지 않는 자가 없는 것이다.

추소산이 말했다.

“당신은 지금 당장 내력을 운기해 보시오!’

“나, 날더러 자살을 하라는 것입니까?’

“아직 약성이 완전히 돌지 않았으니, 지금 당장은 내력을 운기한다

해도 바로 목숨을 잃지는 않소이다. 당신도 자신이 먹은 독약이 진짜인지, 거짓인지 정도는 확인하고 싶을 게 아닙니까? 기회는 바로 지금이니 망설일 것 없소이다.”

“…….”

간유붕은 침을 한차례 삼켰다. 추소산의 말을 듣고 보니, 과연 지금이 아니면 자신이 복용한 독약의 진가를 파악할 수 없을 것 같다.

‘그래, 이럴 때 망설이는 건 사내대장부가 아니다!’

방금 전 영경의 앞에서는 집을 살짝 가출했던 사내대장부가 다시 간유붕의 마음속으로 돌아왔다. 참 편리한 사내대장부인 것이다.

불끈!

간유붕이 내력을 운기했다. 그러자 단전에서 한 가닥 미약한 진기가 일어났고, 기다렸다는 듯 지독한 격통이 뱃속 전체를 헤집기 시작했다.

“꾸억!”

다시 바닥을 데굴데굴 구르기 시작한 간유붕을 보고 추소산이 입가에 가느다란 미소를 떠올렸다. 그의 예상과 동일한 결과를 본 탓이다.

“아직 독성이 녹지 않아서 그 정도 고통으로 끝나는 것이오. 실제로 독성이 온몸에 퍼지고 난 후에는 그 열 배쯤 되는 고통이 닥쳐올 것이오. 그러니 당신은 앞으로 절대 무공을 사용해선 안 되고, 남에게 욕을 해서도 안 될 것이오.”

“크으…….”

간유붕은 내력을 흩어버린 후 두 눈 가득 눈물을 담았다. 남의 여인에게 눈독을 들여 욕심을 부린 게 무척 후회되긴 했으나 이미 늦어버렸다. 이제부터 그는 남은 인생 전체를 매우 착하게 살아야 할 판이었다.

어깨를 축 늘어뜨린 간유붕을 떠나보낸 추소산에게 영경을 비롯한 무당파 사형제들이 다가들었다. 그들 중 영풍이 낯빛을 가볍게 굳힌 채 힐난하듯 말했다.

"어찌 사마외도처럼 독을 사용할 수 있단 말입니까!"

"독 따윈 사용하지 않았습니다."

"그렇지만 방금 전에……."

"그건 내상약 중 하나인 소산단(燒散丹)이었습니다. 내상 치료에 꽤 탁월한 효능을 지녔기는 하나, 복용 후 하루가 지날 때까지는 결코 내력을 운용해선 안 되지요. 내력을 운기하면 심한 복통을 느끼게 되니까요."

"……."

영풍은 입을 굳게 다물었다.

여전히 추소산이 사람을 속이는 행위가 마음에 들진 않았으나 딱히 힐난을 계속할 명분이 없었다. 이미 사매 영경은 감탄의 기색을 지어 보이고 있는 것이다.

"과연 추 소협이군요! 정말 대단하세요!"

영경의 칭찬에 추소산은 그저 담담한 미소로 답례할 뿐이었다. 육지견에게 소산단을 몇 개 받아둔 게 꽤나 큰 도움이 되었다.

그때 아내의 품에 안겨서 간유붕을 혼내주는 추소산을 뭔가를 노리는 표정으로 지켜보던 사내가 정신을 놓아버렸다. 마음이 놓이자 간유붕에게 당한 부상을 더 이상 견뎌내기 힘들어졌음이다.

"상공! 상공!"

여인이 남편을 끌어안고 나직이 흐느꼈다.

우연히 구해준 획가(獲嘉) 출신의 가연후, 연호랑 부부 때문에 추소산 일행은 하루 더 정주에서 머물게 되었다. 심한 부상을 당한 사람을 그냥 놔두고 가는 건 협객의 도리가 아니라는 영경과 여연경의 강력한 주장이 통했음이다.

결국 전날 묵었던 객점으로 다시 돌아간 일행은 각자 자신이 좋아하는 일을 하며 무료한 시간을 보내게 되었다.

의술에 남다른 조예가 있다고 주장하는 육지견과 철호운이 중상을 입은 가연후를 치료하는 동안 다른 사람들이 할 일은 아무것도 없었다. 그냥 주루에 앉아 있거나 주변 거리를 할 일 없이 거닐 뿐이었다.

덜컥!

굳게 닫혀 있던 객실의 문이 열린 건 저녁이 다 되었을 무렵이었다. 몇 가지 치료 방법을 가지고 서로 티격태격하던 두 늙은이들의 얼굴에는 꽤나 만족스런 표정이 떠올라 있었다.

"어르신들……."

겁이 담긴 표정을 한 연호랑의 얼굴을 살핀 육지견이 근엄하게 고개를 끄덕여 보였다.

"연 부인, 부군은 무사하시네. 며칠 정양해야 할 테지만, 곧 건강을 회복할 테니 너무 염려 마시게."

"흐흑!"

연호랑이 감격의 눈물을 터뜨렸다. 고향을 떠나 멀고 먼 타관의 대성시에 왔는데, 남편이 생사를 장담할 수 없는 중상을 입어 여태까지 마음 고생이 심했음이다.

얼른 연호랑을 안아주려는 육지견의 어깨를 철호운이 살짝 잡아챘다.

“굳이 이 상황에서 육 형이 연 부인을 위로해 주지 않아도 될 것 같구려.”

“그래도 사람이 사는 곳엔 인지상정(人之常情)이란 것이 있는데…….”

“언제부터 그런 곳에 인지상정이란 말이 쓰였소이까? 혹시 연 부인의 부군에게 변고라도 생겼으면 모를까, 육 형의 행동은 다소 성급한 것 같소이다.”

“그런 철 형도 내심 새장가를 들고 싶은 마음이 있는 것 같소만?”

“어찌 이 철모한테 그런 망발을 하는 것이오!”

철호운이 육지견에게 살짝 살기를 쏘아 보냈다. 그러자 육지견이 얼른 얼굴을 굳혔다.

아무리 방금 전까지 계속 말장난을 하던 사이였지만, 상대는 하오문 역대 최강의 살수였다. 이런 식의 살기는 결코 장난이 되지 않는다.

“해볼 텐가?”

“그럴 텐가!”

두 사람 사이에 짧은 긴장이 스쳐 지나갔다.

그때 두 늙은이의 주책과 대결에 안절부절못하고 있던 연호랑에게 추소산이 다가왔다. 그가 부드럽게 말했다.

“두 분은 그저 농담을 즐길 뿐입니다. 연 부인은 개의치 마시고 객실 안으로 들어가서 부군과 대화라도 나누십시오.”

“그, 그래도 될까요?”

“물론입니다.”

추소산이 입가에 담담한 미소를 담고는 여직 서로에 대한 긴장을 풀지 않고 있는 두 노인 사이로 끼어들어 갔다.

파팟!

두 노인이 흡사 불에라도 덴 것처럼 좌우로 퉁겨져 나갔다. 추소산이 끼어들며 손가락으로 만들어 보인 검결지(劍訣指)가 사혈을 노리자 대경한 것이다.

"자!"

추소산이 객실의 문을 열어주자 연호랑이 살짝 고개를 숙여 보이곤 걸어 들어갔다.

자신의 볼 위로 떨어지는 뜨거운 눈물을 느낀 가연후는 힘겹게 눈을 뜨고 아내 연호랑을 바라봤다.

예전에 비하면 많이 수척해진 얼굴이나 그 미모는 크게 변한 것이 없다. 여전히 평범한 축에도 못 드는 자신에 비하면 지나치게 아름답다.

"부인……."

가연후는 떨리는 손을 뻗어 아내의 손을 꼭 부여쥐었다. 뜨거운 기운이 손바닥을 타고 전해져 온다.

"상공, 깨셨군요."

연호랑은 얼른 눈가에 맺혀 있던 눈물을 소매로 훔쳤다. 혹시라도 남편이 자신의 눈물을 볼세라 걱정이다.

가연후의 눈가에 역시 눈물이 맺혔다. 고향 획가를 떠나온 지 벌써 한 달이 넘어가고 있었다.

그동안 두 부부가 겪은 고통과 어려움은 이루 말할 수 없었다. 본래 낙양의 무림맹을 찾아가려 했으나 이르지 못하고 정주에 도착했으나 여태까지 이룬 바가 전혀 없었다.

“부인, 이 못난 사람 때문에 당신의 고생이 너무 많구려.”

“상공, 어찌 그런 말씀을 하십니까. 상공께서는 획가의 수많은 사람들을 구하기 위해 고생을 자처하고 계시는걸요. 소첩은 그런 상공이 자랑스러울 뿐입니다.”

“부인이 이해해 주니 고마울 뿐이오.”

가연후는 아내의 손을 더욱 꼭 쥐었다. 마음속의 고마움을 그리밖엔 표현할 길이 없는 것이다.

문득 연호랑이 말했다.

“상공, 소첩의 못난 생각에 우리 부부를 구해준 분들은 그동안 계속 찾아 헤맸던 강호의 협객들인 것 같습니다.”

“강호의 협객이라…….”

가연후는 자신을 치료하는 내내 계속 아옹다옹 다투던 육지견과 철호운을 떠올리며 얼굴에서 식은땀을 흘렸다. 아무리 에누리한다 해도 그들에게서 협객의 모습을 발견하긴 결코 쉽지 않은 일이었다.

연호랑의 얼굴에 놀란 표정이 떠올랐다.

“상공, 무슨 땀을 그렇게 흘리십니까!”

“아니오. 아무것도…….”

말끝을 흐린 가연후가 곰곰이 생각한 후 말했다.

“확실히 부인의 말이 일리가 있는 것 같소. 오늘 우리를 구해준 사람들 중에는 천하에 명성이 자자한 무당파의 고수들도 포함되어 있었던 것 같으니 말이오.”

“소첩이 보기에 무당파의 도사 분들보다도…….”

“응? 무당파 고수들보다 더 대단한 인물이 있었단 말이오?”

“예, 그런 것 같습니다.”

연호랑은 작게 대답하며 문득 추소산의 얼굴을 떠올렸다. 그의 부드러우면서도 강인한 눈빛을 떠올리자 왠지 마음 한켠에 강한 믿음이 생겨났다.

그때 객실 밖, 주루 쪽에서 꽤나 와자지껄 웅성거리는 소리가 들려왔다. 낮에 있었던 일로 무당파의 검협이 세 명이나 정주성을 찾았다는 소문이 돈 탓에 주변의 무림인들이 잔뜩 몰려왔다. 소란이 이는 것도 무리는 아니다.

저녁 무렵부터 모여들기 시작해 순식간에 객점의 주루를 거의 대부분 차지한 채 들어선 무림인들의 숫자는 대략 삼십여 명이 넘었다.

모두 정주성 부근에서 행세깨나 하는 무관의 관주나 표국(鏢局)의 국주, 이름 높은 무사들이었다. 모두 무당파의 칠성검수란 이름이 불러들인 자들이었다.

당연히 입에 침을 바른 말이 오고 가지 않을 수 없다.

"하하하하! 이런 곳에서 무당파의 칠성검수를 만나다니, 정말 일생의 영광입니다!"

"아무렴, 그렇고말고요!"

"일생의 영광이라기보다는 삼생의 영광이라 함이 더 옳지 않겠소이까?"

"하하, 그랬던가요?"

사람을 앞에 놓고 하는 입바른 소리에 무당파 사형제들의 안색이 크게 상기되었다.

무당파의 칠성검수!

어떤 곳에 가더라도 당당히 행세할 수 있을 만한 이름이다.

그러나 무당산을 내려온 후 바로 만난 추소산 일행 때문에 무당파 사형제들은 항상 남들의 시선을 잡아끌지 못했다. 워낙 추소산을 제외한 다른 일행의 행태가 다채롭고 화려해서 평범한 도사 복장의 그들 따윈 조용히 묻혀 버리기 십상이었다.

한데, 정주에서 처음으로 무당파의 이름이 통하고, 칠성검수의 명성이 칭송되어졌다. 주변의 눈에 빤히 보이는 호들갑과 대접이 나쁘게 느껴지지 않았다. 사실 솔직히 말해서 은근히 기분이 좋았다.

'아무리 당대에 이르러 화산파의 이름이 유명해졌다 하나 역시 무당파는 무당파다!'

'아직 무당파는 죽지 않았다!'

영보와 영풍, 영경은 못하는 술까지 한잔 마시곤 만면에 미소를 만들어 보였다.

왠지 취해 보이는 모습.

술에 취한 것이 아니라 분위기에 취했음이다. 그들은 각기 다른 이유로 추소산을 비롯한 다른 일행이 정주의 밤거리를 구경 나간 걸 무척 섭섭하게 생각했다. 이와 같은 모습을 보여줄 수 없다는 건 무척이나 애석한 노릇이었기 때문이다.

그때 그런 무당파 사형제들의 모습을 눈으로 살피며 살짝 눈살을 찌푸리는 사람이 있었다. 번잡스런 주루의 중심과 떨어져 구석 자리를 잡고 앉아 있던 우약연이었다.

그녀는 이곳에 모여든 대부분의 무림인들과 달리 무당파 사형제들을 보러 찾아온 것이 아니었다.

우연히 정주 시내를 거닐다가 낮에 있었던 활극의 주인공들의 얘기를 마구 떠들어대는 무림인들을 발견하고 뒤를 따라왔을 뿐이다. 가연후, 연호랑 부부가 걱정되었기 때문이다.

당연히 마치 뭔가 대단한 위인이라도 된 것처럼 추킴을 받고 있는 무당파 사형제들의 모습이 마음에 들 리 없다. 항상 존성전의 고요 속에 거했던 그녀에게 이런 소란스러움은 꽤나 고통스런 것이었다.

'무당파가 정파를 이끄는 몇 안 되는 대파라 들어 내 눈여겨봤더니, 그저 평범한 소문파의 제자와 그리 다를 바가 없구나.'

우약연은 그냥 자리만 차지하고 있을 수 없어 주문한 소채를 젓가락으로 집어 들며 내심 고개를 가로저었다.

신성천교의 경전 중 이런 구절이 있다.

—좋은 일은 반드시 남이 모르게 할 것이며, 오른손이 한 일을 왼손이 모르게 하라!

눈앞에 보이는 무당파 제자들의 모습을 우약연이 크게 인정할 수 없는 건 당연했다. 그들이 만약 신성천교의 제자였다면 속되다, 심하게 꾸짖기부터 했을 터였다.

그때 주루의 바로 위에 위치한 객실의 문이 열리더니, 익히 눈에 익은 부부가 모습을 드러냈다. 가연후, 연호랑 부부였다.

'다들 무사했었구나……'

우약연의 입가로 잠시 부드러운 미소가 스쳐 갔다.

가연후는 눈앞에 보이는 수많은 무림인들을 잠시 황홀한 표정으로 바라봤다.

어찌 그렇지 않겠는가!

그는 이곳 정주에 이르기까지 가끔씩 만나는 무림인마다 붙잡고서 통사정했다. 근래 들어 산서성(山西省)과 하남성의 경계를 휘젓고 돌아다니기 시작한 흉악한 마적단(馬賊團)에 의해 위기에 처한 고향 획가를 구해주기를 원했던 것이다.

그러나 돌아온 건 싸늘한 조소와 회피, 음흉한 수작뿐이었다. 누구 하나 의협을 내세워 가연후의 청을 들어주려 하지 않았다. 그게 강호의 인심이었다.

그런데 그가 그렇게 고생하며 찾아다녔던 무림인들이 눈앞에 가득했다. 그것도 얼굴 하나하나가 범상치 않아 보이는 것이 무공을 모르는 사람이 보기에도 고수급이 대부분인 것 같았다.

'하늘이시여! 그렇게 이 가연후에게 시련을 주시더니, 오늘에서야 기원을 들어주시었구려!'

감격한 눈빛으로 천지신명께 연달아 축원을 올린 가연후가 부인 연호랑의 도움을 받아 한 걸음 한 걸음 나무 계단을 밟고서 주루로 내려왔다.

두 볼이 발그스름해져 있던 영경이 그 모습을 발견하고 활짝 웃어 보였다.

"벌써 일어서 거동할 수 있게 되셨군요!"

"예예, 덕분에 살았습니다."

가연후가 얼른 허리를 굽신거려 보이자 영경을 비롯한 무당파 사형제들의 얼굴이 더욱 붉그스름해졌다. 어느새 실제로 가연후를 치료한 건 육지견과 철호운이었다는 사실은 그들의 뇌리 속에서 깡그리 지워져 남아 있지 않았다.

그러자 때를 기다렸다는 듯 주변에 있던 무림인들이 더욱 크게 환성을 터뜨렸다.

"우와와, 과연 무당파의 협이 천하를 진동하는구나!"

"과연 무당파인 게지!"

가연후는 주변에서 터져 나온 외침에 후끈 가슴이 달아올랐다. 지금이야말로 부탁을 하기에 가장 좋은 때라는 걸 본능적으로 깨달은 것이다.

털썩!

가연후가 영경 앞에 오체투지하듯 엎드렸다.

오랜만에 기분이 잔뜩 고양되어 있던 영경으로선 당황할 수밖에 없는 상황.

가연후가 절규하듯 소리쳤다.

"무당파의 검협들이시여! 부디 흉악한 마적단에게 약탈을 당할 위기에 처한 불쌍한 자들을 구해주십시오!"

"마… 적단?"

영경이 이맛살을 찌푸렸다.

산적도 아니고 마적?

거의 대부분의 삶을 무당산에서 보낸 그녀로선 마적단이란 게 뭔지 당최 감이 잡히지 않았다. 당연히 눈앞에 엎드린 가연후의 피 끓는 심정 역시 마음에 와 닿지 않는다.

그때 언제나처럼 가장 먼저 사태를 파악한 영풍이 움직임을 보였다.

슉!

그는 얼른 영경의 앞을 가로막더니, 손을 뻗어 바닥에 엎드려 있던 가연후에게 소맷자락을 뻗었다.

흔들!

바닥에 엎드려 있던 가연후의 몸이 가볍게 흔들렸다. 전혀 무공을 익히지 않은 그가 부드러움의 극치인 무당기공에 저항할 수 없는 건 당연하다.

억지로 일으켜 세운 가연후의 어깻죽지를 영풍이 살짝 부축했다. 그의 다리에 전혀 힘이 느껴지지 않아 다시 쓰러질까 두려웠기 때문이다.

"무당파의 도사는 만승지존(萬乘之尊)인 황제가 아닙니다. 어찌 오체투지를 한단 말입니까?"

"거, 검협님, 부디… 부디……."

"일단 숨이 찬 듯하니, 의자에 앉으십시오. 얘기는 차후에 듣겠소이다."

"……."

영풍이 부드럽게 말하며 사람들이 거의 없는 주루의 외진 모퉁이로 가연후를 데려갔다.

누가 보더라도 무당파의 협객다운 행동.

그러나 연호랑은 가연후의 숨 가빠하는 표정과 갑작스런 침묵을 보고 일이 남편의 생각대로 돌아가지 않을 거란 걸 눈치챘다. 이대로 천재일우의 기회를 날려 버릴 순 없다는 생각이 들었다. 자신이라도 나서야만 했다.

질끈!

아랫입술을 모질게 깨문 그녀가 앞으로 나섰다. 여태까지 무당파의 협을 칭송하느라 여념이 없던 정주 무림인들에게 연신 허리를 숙여 보이기 시작한 것이다.

"협객님들, 부디 저희를 도와주십시오! 이번에 출몰한 마적단들은 그냥 약탈만 하고 돌아가는 자들이 아닙니다! 벌써 십여 개가 넘는 마을이 잿더미만 남고 불탔고, 수많은 부녀자들이 납치되었습니다!"

"……."

"그들이 지나간 자리엔 죽음만이 가득합니다! 그러니 제발 도와주세요! 제발……."

연호랑은 말을 채 끝맺지 못하고 입술을 바르르 떨었다. 두 눈 가득 맺힌 눈물을 쏟지 않기 위해서였다. 정주로 향하기 전 지나쳤던 몇몇 마을의 처참한 모습을 떠올리자 무섭고 두렵고 서러웠다.

그러나 그녀의 호소를 들은 무림인들은 언제 자신이 협을 떠들었냐는 듯 고개를 옆으로 돌리기 바빴다. 아무도 호응하는 사람은 없었다.

일반적인 녹림의 산적과 마적단의 차이!

그 무서움을 무림인들은 꽤나 잘 알고 있었다. 함부로 한 여인의 호소에 목숨을 걸겠다고 나서기란 쉽지 않은 일이었다.

'요 근래 산동성과 하남성의 경계를 떠돌고 있는 마적단이라면, 음산파와 더불어 사파이세(邪派二勢)로 꼽히는 혈문(血門)을 등에 엎은 천패단(天狽團)인가?'

'그렇다면 천패단 자체도 무섭지만, 혈문의 복수를 어찌 감당한단 말인가!'

'이런 건 그저 모른 척 한쪽 눈을 질끈 감는 게 좋다! 그런데 무당파의 검협들이 나서자 하면 어쩌지?'

정주 무림인들은 속으로 염두를 굴리며 은근슬쩍 무당파 제자들을 곁눈질했다. 눈치를 봤다. 만약 무당파가 협의 이름을 내세우며 나서겠다 하면, 모른 척 발을 빼기가 쉽지 않을 것이기 때문이다.

영보는 주변의 시선이 일시 자신에게 집중되자 큰 부담을 느꼈다.

벌써 두어 잔 마셨던 술의 취기는 증발되어 흔적도 남아 있지 않았다.

'휴우, 어찌 이번 여행에는 자꾸 이런 난처한 일만 꼬여든단 말인가! 우리 사형제는 하루라도 빨리 낙양에 도착해서 정파비무대회를 준비해야 하건만……'

영보가 내심 한숨을 짓다 한켠에서 가연후와 뭔가 얘기를 나누고 있는 영풍 쪽을 바라봤다.

이 같은 때야말로 그의 냉철한 머리가 필요하단 생각이 들었다. 자신으로선 결코 이 같은 상황에서 마땅한 판단을 내릴 수 없었다.

그때 영보의 이런 마음을 읽기라도 한 것인가!

영풍이 가연후에게서 떨어져, 자신을 애써 외면하고 있던 정주 무림인들에게 매달리고 있던 연호랑에게 다가갔다.

슥!

남편과 마찬가지로 거의 절반쯤 바닥에 엎드려 있던 연호랑을 살짝 일으켜 세운 영풍이 부드러운 표정으로 말했다.

"연 부인, 자세한 상황은 부군을 통해 설명 들었습니다. 무당파는 결코 강호에서 협을 펼치길 주저치 않으니, 그만 눈물을 거둬주십시오."

"도, 도사님, 저희를 도와주시겠다는 말씀이신지요?"

"물론입니다. 빈도 영풍의 이름을 걸고 반드시 획가를 침범한 마적단을 막기 위해 힘을 보탤 것인즉, 연 부인은 안심하십시오."

"아아, 감사합니다! 감사합니다!"

연호랑이 연신 영풍에게 허리를 조아려 보였다. 남편인 가연후가 간유붕에게 얻어맞아 죽을 위기에 처했을 때조차 보이지 않던 모습이었다. 그만큼 그녀는 진심으로 기뻐하고 있었다.

그러자 근처에서 안타까운 표정을 짓고 있던 영경이 꽤나 감격한 표정으로 영풍을 바라봤다.

"영풍 사형, 소매 역시 사형의 뒤를 따를 것이에요!"

"사매까지 나설 필요는 없다."

"그렇지만 사형 혼자서 마적단을 상대한다는 건 무모한 일일 텐데, 어찌……."

"하하, 사매도 농담이 꽤나 심하구나. 내가 결코 검선이나 무적이 아닐진대, 어찌 혼자 마적단을 상대할 수 있겠느냐?"

"그럼 어찌하시려고?"

웃음을 멈춘 영풍이 눈을 빛내며 말했다.

"우리가 무엇 때문에 지금 낙양에 가고 있는 것이냐?"

"그야 무림맹에서 열리는 정파비무대회에 참석하려고……."

반사적으로 대답하던 영경의 얼굴이 크게 밝아졌다. 그녀는 그제야 영풍이 어떤 생각을 하고 있는지 눈치챈 것이다.

"영풍 사형의 생각을 알겠어요! 사형은 바로 낙양으로 달려가서 무림맹에 이와 같은 사실을 알려서 마적단을 상대하려는 것이지요?"

"바로 그렇다. 이번 정파비무대회의 다른 명칭은 천하제일무술대회이다. 얼마나 많은 천하의 영웅들이 낙양에 모여들겠느냐! 그들을 규합할 수만 있다면 흉악한 마적단이라 해도 그리 어려운 상대는 아닐 것이다."

"그렇군요."

영풍에게 다시 활짝 미소를 지어 보인 영경이 급하게 돌아가는 주변 상황에 얼떨떨한 표정이 된 연호랑의 손을 살짝 붙잡고서 위로하듯 말했다.

"지금 낙양 무림맹에는 엄청난 강호의 협객들이 가득합니다. 그곳에서 영웅들을 규합한다면 일은 쉽사리 풀리게 될 테니, 연 부인은 너무 걱정하지 마세요.”

“그러면 바로 획가로 가지 않고 낙양에 먼저 가서 다시 사람들을 모아야 한다는 말인가요?”

“예, 아무래도 마적단 같은 세력을 제압하려면 한두 사람으로는 힘들 테니까요.”

“……”

연호랑이 갑자기 안색을 딱딱하게 굳힌 채 입을 다물자 영경이 살짝 미간 사이를 좁혀 보였다.

“또 뭔가 문제가 있는 건가요?”

“그게… 그러니까……”

연호랑은 마음속에서 휘몰아치고 있는 말을 쉽사리 풀어내지 못해 답답한 표정이 되었다.

결국 그녀의 시선이 남편 쪽을 향할라치자 영풍이 슬그머니 그녀의 앞을 가로막고 미소를 던졌다.

“연 부인, 사매의 설명대로입니다. 빈도가 이미 약속을 했으니, 부인은 결코 염려할 필요가 없습니다. 어차피 부군의 상처는 적어도 한 달이나 두 달쯤은 요양이 필요한 상황이니, 낙양까지 우리와 함께 가시는 게 좋을 듯합니다.”

“도사님의 말씀은 고맙습니다. 하지만 그렇게 되면……”

“빈도의 말대로 하십시오!”

“……”

영풍의 목소리에 은근히 강압의 기운이 담기자 연호랑이 반항하지 못하고 다시 입을 다물었다. 연약한 아녀자에게 이런 상황 하에서 영풍의 뜻을 거스를 힘이 있을 리 만무하다. 아무리 속이 까맣게 타 들어가고 있다 해도 말이다.

그러자 흡족한 표정이 된 영풍이 다시 입가에 미소를 띠었고, 자신의 뜻을 영보와 정주 무림인들에게 세세하게 전달했다. 영보와 정주 무림인들이 다시 화기애애한 분위기를 되찾았음은 물론이다.

한데 그때였다.

언제 돌아왔는지 객점의 문가에 서서 영풍의 설명을 귀담아듣고 있던 추소산이 차가운 한마디를 던졌다.

"마적단을 모르는 것인가, 아니면 겉으로만 의협을 내세우는 것인가?"

'이런!'

영풍의 낯빛이 가볍게 굳어졌다. 추소산이 던진 한마디야말로 그가 지금 이 순간, 가장 듣고 싶지 않은 말이었다. 하지만 그는 일단 버티기로 했다.

"추 소협, 그게 무슨 말씀이시오?"

"마적단을 몰랐다는 뜻으로 받아들이겠소."

짧게 대답한 추소산이 주루로 성큼성큼 걸어 들어왔다. 그는 딱히 내력을 일으키지 않았고, 기세 역시 끌어올리지 않았다. 한데 주루의 중심에 몰려 있던 무림인들은 마치 약속이라도 한 것처럼 좌우로 물러서고 있었다. 마음속 한켠에 조금이나마 남아 있던 양심이 추소산의 한마디에 진동을 일으켰음이 분명하다.

영풍 앞에 도착한 추소산이 말했다.

"나는 어렸을 때 마적단이 휩쓸고 간 마을을 본 일이 있소이다. 말그대로 지옥이었소. 살아남은 사람은 단 한 명도 없었고, 여인들은 강

간당하고, 먹을 게 부족할 땐 아이들이 솥에 삶아졌소. 그게 바로 마적
단에 당한 마을의 현실이오.”

“그러니 한시바삐 낙양으로 가서…….”

“아직도 그런 소리를 하는 것이오!”

목소리를 높여 영풍의 말을 중간에서 끊은 추소산이 눈에 힘을 담고
서 말했다.

“마적단은 항시 관군과 주변의 강대한 무림 세력을 피해 움직이는
영악하고 비열한 자들이오. 그래서 보통 관의 대규모 토벌대가 몰려갈
때쯤, 그들의 목표가 됐던 마을이나 성읍은 이미 초토화로 변해 버리곤
하오. 어찌 무림맹에서 다시 무림인들을 규합할 때까지 획가의 주민들
이 버틸 수 있겠소.”

“그렇지만 보통 마적단의 규모는 수백이 넘소이다. 어찌 한두 명의
협사만으로 그들을 대적할 수 있겠습니까?”

“확실히 한두 명의 협사만으론 마적단을 대적하긴 힘든 게 사실이
오. 하지만 지금 이곳에 모인 무림인들이 전부 달려간다면 무림맹에서
대규모의 토벌대가 도착할 때까진 마적단의 예봉을 막아낼 수 있을 것
이오.”

“그건…….”

영풍은 오랜만에 말문이 막히는 걸 느꼈다. 무당파의 수많은 기재들
중에서도 가장 지모가 있고, 언변이 탁월하다 알려진 그로선 꽤나 보기
드문 일이었다.

영경이 그런 영풍을 안타까운 표정으로 바라봤다. 그녀는 얼른 영풍
이 추소산의 말을 반박해 주길 바라고 있었다. 아니, 어쩌면 그의 말에
따라주길 바랐다. 그래야만 무당파의 협이 결코 겉으로 내보이는 것뿐

임이 아님을 확신할 수 있을 것 같았다.

하지만 영풍은 그녀의 기대를 저버렸다.

"추 소협의 말은 정론이오. 솔직히 빈도는 추 소협의 말에 반박할 도리가 없소이다. 그리고 애석하게도 그에 따를 수도 없소이다."

"정론이나 따를 수 없다?"

"그렇소. 빈도와 사형제들은 사문의 명에 따라 정파비무대회에 참가해야만 하기 때문이오."

"알겠소이다."

추소산은 영풍을 비난하지 않았다. 다만 고개를 한차례 끄덕여 보이곤 연호랑을 부축해 가연후 쪽으로 걸어갔을 뿐이다. 더 이상 나눌 말이 없는 것처럼.

그게 영풍의 가슴속에 수치심을 남겼다. 평생 지울 수 없는 상처가 새겨진 것이다.

'또 저 사람인가?'

영풍을 중심으로 한 정파 무림인들이 한 여인을 기만하는 모습을 우약연은 차분한 표정으로 지켜봤다. 그들이 하는 행동이 너무 유치해서 작은 관심조차 느낄 수 없었다.

기만!

그것은 그녀의 삶, 그 자체였다.

사생아로 태어나 존귀한 신녀가 되었고, 정해진 운명에 순응하며 살라 강요받았다. 어찌 평범한 음모와 속임수에 마음이 움직일 수 있겠는가.

그녀는 기만의 끝이 어찌 될지만 보고 자리에서 일어서려 했다.

한데 갑자기 모습을 드러낸 추소산이 단 한 마디로 주루에 모여 있던 자들의 기만을 깨부쉈다. 그는 사회적으로 약속되어진 은밀한 약속을 아무렇지도 않게 허물어뜨린 것이다.

두근!

우약연은 처음 검을 들었을 때처럼 가슴이 뛰는 걸 느꼈다. 지금 추소산이 한 행동이야말로 그녀가 계속 꿈꿔왔던 일탈이었기 때문이다.

쪼륵!

어느새 차갑게 식어버린 찻물의 마지막을 다구에 따르며 우약연이 점소이를 손짓해 불렀다. 차 한 주전자를 다시 시키고, 방 하나를 잡기 위함이었다.

밤.

추소산은 정주 시내를 구경하던 중 몰래 도망친 자신을 욕하고 원망하는 여인들을 간신히 달래고 객점 밖으로 나섰다. 잠시 처리할 일이 있었기 때문이다.

지금 그에게 욕했던 백수빈은 술병을 끌어안고 즐거워하고 있었고, 여연경과 쌍령은 정주 시내에서 구입한 노리개를 가지고 재잘대고 있었다. 지금이 아니면 추소산에게 주어질 기회란 꽤나 적다고 할 수 있었다.

밤바람이 시원했다.

추소산이 잠시 바람에 자신의 몸을 맡기고 있으려니, 기다리고 있던 사람들이 객점 안에서 모습을 드러냈다. 여전히 아옹다옹하고 있는 육지견과 철호운이었다.

"밤바람이 정말 시원합니다."

추소산이 돌아보지도 않고 말하자, 육지견이 퉁명스런 표정을 지어 보였다.

"도둑에게 밤바람이 시원하단 말을 하다니, 정말 좋은 말 했네그려."

"그럼 도둑질을 그만두면 될 것이지, 왜 애꿎은 추 소협의 말은 걸고 넘어가는 건가?"

철호운이 오직 이죽거릴 의지를 갖고 한마디 쏘아붙이자 육지견의 입술꼬리가 실룩거렸다.

"은퇴하란 말인가? 나는 아직 늙어서 아무짝에도 쓸모없는 폐물이 아닌데, 어찌 은퇴를 한단 말인가!"

"시방 날더러 폐물이라고 한 것이냐?"

"내가 언제 그런 말을 했다고 생사람을 잡는 것인가? 혹 찔리는 구석이라도 있는가 보지?"

육지견은 확실하게 확인 사살했다. 혹시 죽지 않았을까 봐, 상처 자국에 소금을 독하게 뿌려댄 것이다.

그러자 근래 들어 실수에서 은퇴한 것을 조금쯤 후회하고 있던 철호운이 노발대발하며 육지견에게 달려들었다. 당장 사지육신과 뼈마디 하나하나를 깔끔하게 해체해서 얼마나 모양이 그럴듯한지 즐겁게 구경해 주겠다는 살벌한 말이 그의 입에서 줄줄이 쏟아져 나왔다.

물론 육지견같이 냉정한 사람이 그런 말을 던지고 역습에 대한 대비가 없었을 리 만무하다.

그는 재빨리 일원이형보를 펼쳐 철호운의 공격을 피해냈다. 아무리 실수의 전설이라 불리는 철호운이라 해도 천하제일의 경공대가를 자처하는 육지견의 일원이형보를 쉽사리 따라잡기란 불가능하다.

그렇다고 이제 와서 포기할 수도 없는 노릇.

"언제까지 도망칠 수 있는지 보겠다!"

노성을 터뜨린 철호운이 육지견에게 다시 달려들었다. 육지견의 얼굴에 비웃음이 떠올랐음은 물론이었다.

"얼마든지."

"방금 전에 웃었느냐!"

"이런 걸 두고 비웃음이라고 혹자들은 그러더군."

"죽일 놈!"

삽시간에 추소산 주변으로 두 나잇값 못하는 노인의 쫓고 쫓기는 추격전이 벌어졌다. 이미 그들의 안중에 추소산은 끼어들 자리조차 없어 보였다.

'싸우다가 정든다고, 저러다가 또 늙은 의형 한 분 생기는 게 아닌지 모르겠군.'

내심 쓰게 웃은 추소산이 객점 입구 앞에 만들어져 있는 난간에 몸을 기댔다. 느긋하게 두 노인의 놀이가 끝나기를 기다리기 시작한 것이다.

그러자 열심히 쫓고 쫓기던 두 노인의 눈에 기광이 번뜩였다. 그리고 이뤄진 무언가 음모가 느껴지는 눈빛의 교환.

"늙은 도둑아, 추 소협이 진짜 마적단을 상대하러 떠나려는 것 같은데, 이 노릇을 어쩌냐?"

"폐물 살수야, 소산 현제는 내 평생에 가장 까다로운 심기싸움 상대인지라 쉽사리 속마음을 읽기가 어렵다. 이런 식으로 속마음을 드러나게 할 수는 없을 것이다."

"그럼 그만둘까?"

"그래, 그만두자. 네놈이나 나나 이젠 다 늙어서 이런 연극도 더 이상 못하겠다."

육지견의 한탄 섞인 전음을 끝으로 두 노인의 한밤의 체조는 막을 내렸다. 승자도 패자도 없는 무승부였다.

추소산이 그 모습을 보고 난간에서 신형을 떼어냈다.

슬슬 얘기를 나눌 때가 된 것이다.

"저는 이 길로 획가로 떠날 생각입니다."

'역시!'

내심 침음을 삼킨 육지견이 노안을 찌푸리며 말했다.

"지금 산서성과 하남성의 경계에서 날뛰고 있는 마적단이라면 혈문의 예하 세력인 천패단이 틀림없을 걸세."

"그래서 무당파와 정주 무림인들이 나서길 꺼려했군요. 천패단의 행사에 간섭하면 뒤에 있는 혈문이 움직일 테니까요."

"그렇네. 그러니 자네가 만약 이번에 나서려 한다면, 무당파의 소도사 말대로 세력을 먼저 규합하는 것이 옳을 것이야. 자네는 이번 정파비무대회에 참가해야 할 까닭도 있잖은가!"

"예, 저는 이번 정파비무대회를 위해서 지난 삼 년간 용맹정진했습니다. 약속을 지키기 위해서. 하지만 천패단은 제가 무림맹에서 세력을 규합하기 전에 획가를 지옥으로 만들 것입니다."

"그래서 자네는 아무런 관계도 없는 자들을 위해서 그동안의 노력을 허사로 만들고 협객이 되려는 건가?"

"협객이 될 마음은 없습니다. 저는 제 마음자리가 가리키는 대로 행할 따름입니다."

"마음자리?"

"예, 이곳 말입니다."

추소산이 자신의 심장 부위를 손으로 가리켜 보였다. 그러자 그가 이미 의지를 굳혔음을 직감한 육지견이 내심 한숨을 내쉬었다. 이렇게 되면 말릴 방도가 없다고 생각한 것이다.

"에잉, 젊은 사람이 고집하고는! 내 이젠 모르겠으니, 자네 마음대로 하게나!"

육지견이 잔뜩 토라진 표정으로 고개를 옆으로 돌려 버리자 그에게 한차례 미소를 던진 추소산이 철호운에게 말했다.

"철 노야의 별호가 천면살수객이라 들었습니다. 천면이란 건 변환술의 빼어남을 말하는 것일 테지요?"

"노부에게 뭔가 바라는 바가 있구만?"

"그렇습니다. 반드시 들어주셔야 할 부탁이 한 가지 있습니다."

"어째서 노부가 그래야만 하지?"

"철 노야가 백 누님과 쌍령을 친혈육 이상으로 사랑하고 있다는 걸 제가 알고 있기 때문입니다."

"……."

철호운의 동공이 작게 축소되었다. 그가 살수로 활동하던 당시 목표물을 발견했을 때 보이곤 하던 모습이다.

그리고 일어난 살기!

노살수가 쏘아낸 지독한 살기를 묵묵히 감당해 낸 추소산이 입가에 담담한 미소를 떠올렸다. 그가 자신의 부탁을 반드시 들어주리란 걸 믿어 의심치 않는 표정을 하고서.

'강하군! 이게 부문주가 마음을 준 사내란 건가?'

내심 한숨을 토한 철호운이 다소 신경질적인 표정을 하고서 말했다.

"…그래서 뭘 해주면 되겠나!"

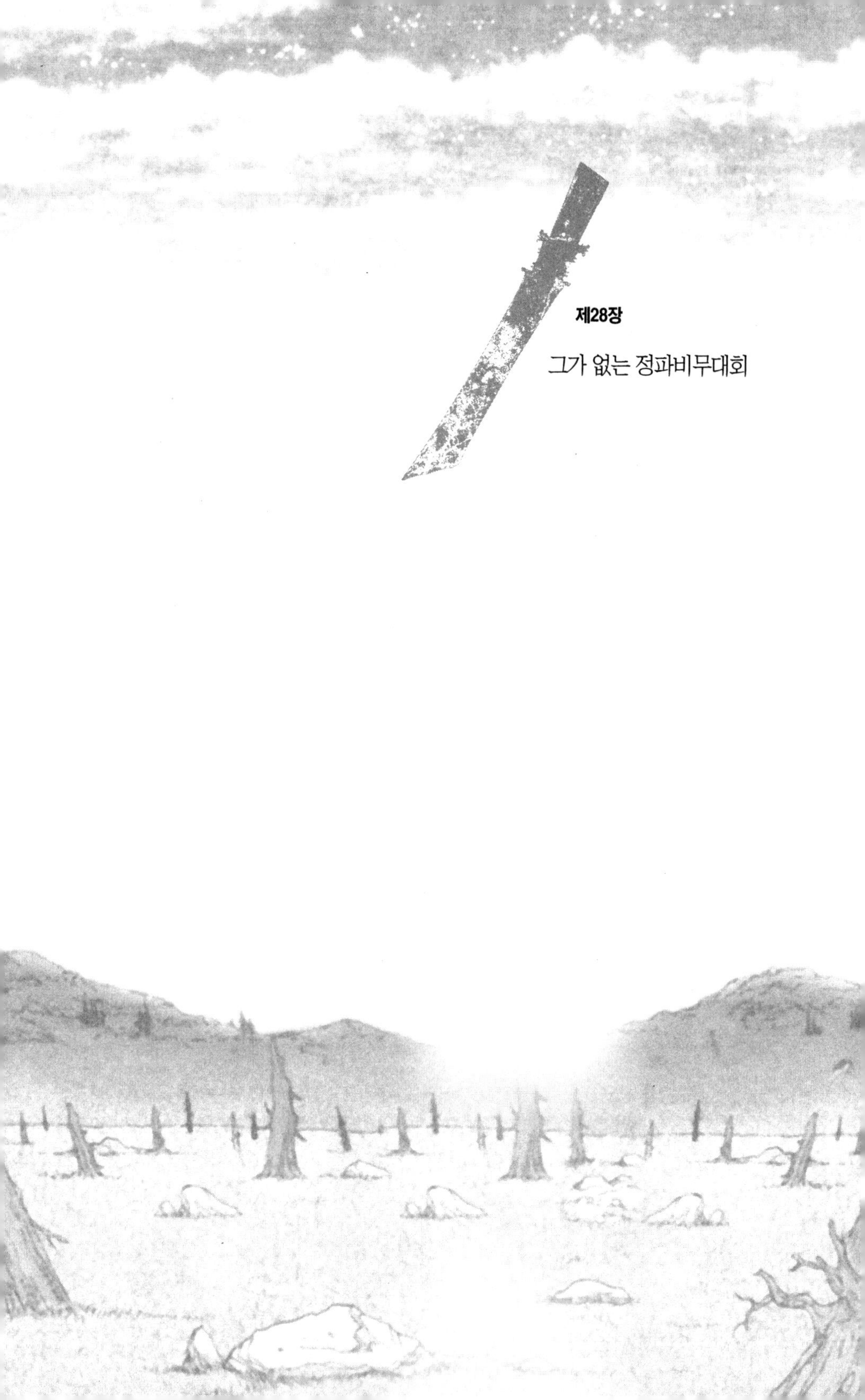

제28장

그가 없는 정파비무대회

백수빈은 세 병째 술병을 비우고 나서 주변을 이리저리 둘러봤다. 뭔가 마음 한구석이 허전한 것이 잃어버리거나, 잊어버린 게 있는 듯했다.

'특별히 이상한 점은 없는 것 같은데…….'

그렇지 않다는 걸 백수빈은 금세 깨달았다. 항상 시야 근방에 가둬두고 있던 추소산의 모습이 보이지 않는 것이다.

탁!

백수빈이 술병을 탁자 위에 내려놨다. 그러자 근방에서 여연경에게 떼를 써서 빼앗은 노리개며, 가락지며를 바라보며 좋아라 하고 있던 소령이 흠칫 놀란 표정이 되었다.

두리번두리번…….

겁먹은 표정으로 주변을 살피는 소령에게 백수빈이 냉큼 소리쳤다.

“이년아, 뭘 그렇게 두리번거리냐!”

“아니, 전 그냥…….”

“당장 네년한테 뇌물을 먹인 여연경이란 계집이 뭐 하고 있는지 동정을 보고 와라!”

“연경 언니는 지금…….”

“연경 언니?”

백수빈의 눈꼬리가 크게 휘어져 올라갔다. 그러자 소령이 자신의 말실수를 눈치채고 금세 울상이 되었다.

“저기, 그게…….”

백수빈이 수중의 술병을 소령의 면상으로 집어 던졌다.

그녀는 한 점의 망설임도 없었다.

휙!

얼굴로 날아드는 술병을 소령이 가까스로 받아냈다. 백수빈의 내력이 담겨 있었던 만큼 그녀는 탁자 밑으로 나뒹굴어야만 했다. 그 힘을 감당해 내기엔 내력이 일천했기 때문이다.

쿠당!

바닥에 엉덩방아를 찧는 순간에도 술병을 가슴에 꼬옥 품은 소령이 활짝 웃으며 소리쳤다.

“수빈 언니, 술병은 무사해요! 무사해요!”

“죽일 년!”

백수빈은 다시 입에 욕을 담으면서도 더 이상 소령에게 화를 내진 않았다. 화를 내는 게 빠른 만큼 풀어지는 것도 그 못지않다.

백수빈이 일어나라 손짓하자 소령이 냉큼 자리에서 뛰어 일어서서 쪼르르 달려왔다. 물론 품에 안은 술병을 백수빈에게 건네주기 위해서였다.

"헤헤, 여기……."

소령이 내미는 술병을 백수빈은 말없이 받아 들었다. 술병을 집어 던진 후 조금쯤 후회를 하고 있었다.

쪼륵!

바로 술 한잔을 따라 입에 털어 넣은 백수빈이 두 근 반 세 근 반하는 가슴을 하고 서 있는 소령에게 말했다.

"이년아, 노리개 몇 개 던져 줬다고 바로 언니냐?"

"그런 게 아니라……."

"어디서 변명을!"

백수빈이 목소리 끝을 슬쩍 치켜 올리자 소령이 얼른 입을 다물었다. 다시 술 한잔을 따라 마신 백수빈이 말했다.

"그래서 방금 전에 하려고 했던 말이 뭐냐?"

"예?"

"네 연경 언니는 어쩌고저쩌고했잖아!"

"아아!"

그제야 딱딱하게 굳었던 안색을 푼 소령이 얼른 재잘거리며 말했다.

"연거… 여 소저는 지금 대령 언니랑 객실에서 이야기 중이에요."

"그럼 소산은?"

"소산 가가는 거기에 없었어요. 저도 소산 가가의 모습이 하도 보이지 않아서 찾으러 내려온 건데……."

"흠."

백수빈이 손가락을 미간 사이에 갖다 댔다. 평소 어떤 것에도 크게 마음을 써본 일이 없는 그녀이지만, 이상하게 추소산에 관계된 일에는

예민해졌다. 지금도 그다지 큰일은 없는 게 분명한데 이상하게 마음이
불안해 온다.

'도대체 소산, 이 자식은 어딜 가서 내 속을 태우는 거냐구!'

백수빈이 내심 투덜거리고 있을 때였다.

객점의 문이 열리며 추소산이 육지견과 함께 모습을 드러냈다. 두
사람은 여느 때와 마찬가지로 서로를 향해 재담인지 농담인지 구분이
가지 않는 말장난을 치고 있었다.

"소산!"

백수빈이 반가움과 조금쯤 원망이 섞인 표정으로 소리치자 추소산
이 그녀를 향해 빙긋 웃어 보였다.

"수빈 누님, 그렇지 않아도 목이 마르던 참인데, 우리 지금부터 술이
나 한잔할까요?"

"술을 마시자고?"

"싫습니까?"

"그럴 리가 없잖아!"

크게 소리친 백수빈이 갑자기 눈매를 험악하게 만들어 보였다.

"대신 중간에 그만두기 없기야!"

"물론입니다."

추소산이 대답과 함께 백수빈 쪽으로 걸어갔다. 육지견의 혀 차는
소리를 깨끗이 무시하고서.

추소산은 정주의 성벽을 한걸음에 뛰어넘으며 내심 미소 지었다. 후
일 백수빈을 비롯한 여인들이 자신의 부재를 깨닫고 길길이 날뛸 생각
을 하니 웃음부터 흘러나왔다. 그는 지금 철호운이 자신의 얼굴을 한

채로 백수빈과 술 내기에 여념이 없다는 걸 까맣게 모르고 있었다.

'이걸로 야반도주도 두 번째인가?

처음과는 달랐다.

그는 획가를 구원한 후 반드시 다시 백수빈 등에게 돌아갈 것이기 때문이다. 물론 화무겸과의 삼년지약 역시 언제가 됐든 지킬 것이고.

탁!

안정된 신법으로 떨어져 내린 추소산이 사통팔달로 뻗어 있는 관도 이곳저곳을 눈으로 살피다가 한 방향을 정했다. 가연후 부부에게 설명 들었던 획가 쪽 방면이었다.

"그럼 가볼까?"

추소산이 철마류를 전력으로 펼치며 앞으로 튀어나갔다. 여태까지 와 달리 말이나 마차 없는 여행이니, 믿을 건 두 다리뿐이었다.

추소산이 한 식경 정도 달렸을 때였다.

획가로 향하는 관도를 가로막고 서 있는 사람의 모습이 보였다. 추 소산보다 먼저 객점을 벗어난 우약연이었다.

얼굴 전체를 가린 방립.

호리호리한 몸매를 휘감은 남색 무복.

한눈에 우약연이 여인이고, 정주에서 몇 차례 만난 적이 있는 상대 임을 눈치챈 추소산의 눈에 이채가 떠올랐다. 자신의 앞을 가로막아 선 그녀의 저의를 읽기 힘들었기 때문이다.

슥!

걸음을 멈춘 추소산이 우약연에게 말했다.

"본인에게 볼일이 있는 것이면, 후일이 어떻겠소? 지금 좀 바쁜 일이 있어서……."

"홀로 마적단을 상대하긴 힘들 것이네."

'역시, 여인이군. 말은 좀 짧지만…….'

추소산이 초면부터 반말을 던진 우약연에게 흐릿하게 웃어 보였다.

"설마 본인과 함께 획가의 마적단을 상대하러 가겠다는 거요?"

"실력은 충분하네."

"그 실력, 확인해 봐도 되겠소?"

"얼마든지."

"훗!"

추소산이 입가에 한차례 미소를 매달더니 갑자기 손가락을 검결지 형태로 만들곤 우약연을 찔러 들어갔다.

종상벽하.

우약연의 신형이 일순 가벼운 떨림을 보이더니, 삽시간에 두 개로 나뉘었다. 바로 이형환위를 펼쳐 낸 것이다. 그리고 옆구리에서 일어난 한 가닥 섬광.

쉭!

발검과 함께 일어난 검기가 추소산의 상반신, 전체를 노렸다. 일종의 쾌검식(快劍式)이 펼쳐졌음이다.

'빠르다!'

추소산이 어깨를 재빨리 함몰시켰다. 진짜 무너져 내린 건 아니고 무릎을 굽히고 상반신을 같은 방향으로 틀자 그리 보였다. 눈의 착각을 유발하는 동작.

우약연은 그런 데 넘어갈 만한 무인이 아니었다.

최초의 일격이 실패로 돌아가자 그녀는 반격에 대비해 뒤로 물러서

기보다 오히려 앞으로 나섰다.

일보쯤?

추소산은 그녀의 검이 두 배쯤 빨라졌음을 깨달았다. 아니, 깨달았다기보다는 감각으로 느낄 수 있었다.

핏!

추소산의 뺨에 살짝 상처가 생겼다.

그만큼 빨랐다.

그러나 오히려 놀란 건 추소산이 아니라 우약연 쪽이었다. 그녀는 설마 추소산이 이번 검격 역시 완벽하게 피해낼 줄은 몰랐다.

슥!

우약연의 얼굴을 가린 방립이 옆으로 기울어졌다. 그녀가 쾌검의 속도를 극한까지 높이기 위해 발검술 자세로 들어갔음을 보여주는 모습.

'방금 전에도 육 노형과의 연무가 없었다면 당했을 것이다!'

추소산은 더 이상 우약연을 우습게볼 수 없었다. 그녀를 절정고수로 생각하지 않았다간 반드시 당하리란 걸 그의 본능이 소리쳐 왔다.

"이번에는 진짜니 조심하는 게 좋을 것이네."

"본인 역시!"

추소산이 짧은 대답과 함께 다시 검결지를 만들어 보였다.

스으.

'기세가 달라졌다!'

우약연이 추소산이 뿜어내는 기세를 눈으로 읽고 곧바로 발검에 들어갔다.

청화비폭검(靑火秘暴劍)!

신성천교의 오대마공 중 하나인 절세의 쾌검술이 펼쳐졌다. 그녀의 섬세한 손끝으로부터.

'푸른 불꽃!'

추소산은 자신의 미간을 노리며 파고든 푸른 불꽃의 검을 느낀 순간, 지축을 박찼다.

빠름에 빠름으로 대항하는 수법.

일시 수류보를 밟은 추소산의 검결지한 손가락이 청화비폭검의 푸른 불꽃과 교차했다. 불꽃이 만들어낸 광포한 폭풍 속을 그는 헤집고 파고들었다.

촌음의 순간 동안.

파앗!

일순 우약연의 얼굴을 가리고 있던 방립이 하늘로 날아올랐다. 추소산의 검결지에서 일어난 기파가 만들어낸 변화.

갑자기 달빛이 그 빛을 잃었다.

'위… 위험하다……'

추소산의 검결지한 손가락이 우약연의 미간 사이를 노린 채 파고들려다 딱딱하게 얼어붙었다. 그리고 흩날리기 시작한 추소산의 머리카락!

"큭!"

추소산은 바로 결정을 내렸다.

그는 우약연의 미간을 꿰뚫는 대신 검결지를 풀고서 뒤로 한 걸음 물러섰다. 뒤늦게 발동한 청화비폭검의 푸른 불꽃이 머리에 불을 붙여 놓은 건 바로 그때였다.

"아, 뜨뜨뜨……."

"……."

추소산이 재빨리 손으로 머리에 붙은 불을 끄며 펄쩍펄쩍 뛰었다. 무학을 익힌 후 처음으로 패배를 경험한 우약연으로선 어이가 없을 따름.

"풋!"

우약연이 달빛 아래서 펄쩍거리는 추소산의 모습에 자신도 모르게 미소를 터뜨렸다. 자신의 정해진 운명을 알게 된 후 처음으로 지어보는 웃음이었다.

그때 머리에 붙은 불을 모두 끄는 데 성공한 추소산이 우약연을 바라보며 픽 웃어 보였다.

"실력은 확실히 확인했소. 하지만 나와 동행하려면 한 가지 약속해 줘야만 하오."

"뭔가?"

"말투를 바꾸시오. 얼굴도 가리고."

우약연의 눈살이 가볍게 찌푸려졌다.

"내 얼굴이 문제가 된다는 건 알고 있네. 하지만 내 말투에도 문제가 있는가?"

"솔직히 말해도 되겠소?"

"물론이네."

추소산이 솔직히 말했다.

"당신의 그 노인네 같은 말투는 무척 들어주기가 힘드오."

"노인네 같은 말투?"

"당신과 비슷한 또래의 사람들이 하는 말을 유심히 들어본 적이 있다면 차이점을 느낄 수 있을 터인데, 몰랐던 거요?"

"……."

우약연은 잠시 고심하는 표정을 지어 보였다. 그녀는 본래 신성천교의 신녀로 어떤 사람한테나 하대를 했다. 그러니 노인네 같은 말투란 말을 듣는 것도 무리는 아닐 것이다.

'그렇다고 이제 와서 말투를 바꾸는 건 귀찮은 일이다.'

내심 중얼거린 우약연이 신녀답게 자기 편한 대로 추소산의 요구를 받아들였다.

"그렇군. 앞으로 나는 될 수 있으면 말을 하지 않도록 하겠네."

"허!"

추소산은 나직이 혀를 찼다. 눈앞의 미인처럼 특이한 여인은 사부 단양의 얘기에서도 들어본 바가 없었다.

'아니, 있었던가?'

추소산은 잠시 단양이 잘하던 얘기 속의 특이한 여인들을 떠올리곤 눈살을 가볍게 찌푸렸다. 어느새 우약연이 그가 향하던 방향으로 걸어가고 있었다. 이미 그녀와 동행하기로 응낙한 추소산으로선 그 뒤를 따르지 않을 수 없었다.

"같이 갑시다!"

"내 뒤를 따라오면 될 것이네."

"그런데 길은 아는 거요?"

"……."

우약연이 갑자기 걸음을 멈췄다. 자신이 낙양을 가려다 길을 헤매 어쩔 수 없이 정주에 오게 됐음을 기억해 낸 것이다.

'…모르는군.'

내심 한숨을 내쉰 추소산이 얼른 우약연 쪽으로 걸어갔다. 이렇게 된 거 쓸데없이 주도권 싸움을 벌이고 싶지 않았다. 한시라도 빨리 획가에 가야만 했다.

기묘한 동행.

그렇게 시작되었다.

*   *   *

철푸덕!

새벽부터 내린 빗물이 아직 남아 있는 웅덩이에 내동댕이쳐진 단양의 입에서 죽는다는 신음이 흘러나왔다.

"어이구, 나 죽는다! 나 죽네에! 나 죽네에!"

단양을 내동댕이친 험악한 얼굴의 점소이가 나무 계단 아래에 침 한 모금을 뱉고는 소리쳤다.

"그러게 오지 말라니까 왜 자꾸 와서 사람 힘쓰게 만드는 거유? 이야기를 하려거든 손님들이 좋아하도록 잘하던가!"

꿈틀!

단양의 죽는다고 울부짖던 입술꼬리가 실룩거렸다. 그리고 그의 입에서는 더 이상 한마디 신음이나 엄살도 흘러나오지 않았다. 점소이가 한 말에 자존심이 상한 까닭이다.

"여보게에, 내 한마디만 물어봐도 되겠는가?"

"뭘 묻겠다는 거유?"

"정말 내 이야기가 재미없는가?"

단양의 노안이 절실함을 담고 점소이의 입을 지켜봤다. 요 근래 사람들에게 잘 통하지 않게 된 자기 이야기에 대한 냉정한 평가를 받고 싶었기 때문이다.

점소이가 넓은 코 평수를 한차례 실룩이곤 말했다.

"노인 얘기가 아주 재미없는 건 아니유. 가끔씩 재미있는 부분도 있고… 특히 그 옆구리에 찬 철검을 빼 들고 탁자 위에 뛰어올라서 소리치는 부분은 꽤나 재미있었던 것 같수."

"그렇지! 그렇지! 그런데 어째서 사람들의 반응이 시큰둥한 건가?"

"그게……."

점소이가 자신의 뒤통수를 박박 긁었다.

본래 말솜씨로 밥을 벌어먹고 사는 처지이긴 하나 남의 이야기에 대해 평가하는 건 그리 쉬운 일이 아니다. 사실 그가 단양의 얘기를 그럭저럭 재밌게 듣지 않았다면 이렇게 긴 시간을 들여 상대해 주진 않았을 것이다.

잠시의 고민 끝에 점소이가 입을 열었다.

"노인의 얘기의 문제점은 역시 도입부가 너무 구태의연하다는 것 같수."

"구태의연?"

"그렇수. 보통 얘기의 시작 부분이 꽤나 장황하지 않수?"

"그야 본래 이야기란 게 뭔가 좀 있어 보여야 사람들의 관심을 끌지 않겠는가."

"물론 그렇기는 하우. 하지만 그게 너무 지나쳐서 뭐가 있었다, 뭐가 있었다, 뭐가 있었다라고 미리 다 까발려 버리면 사람들이 얘기를 듣기도 전에 내용을 다 알지 않겠수?"

"그거야 그렇긴 하네만……."

"뭐, 그래도 이야기가 한참 뜨고 있는 종류의 것이거나 새로운 거라면 사람들의 관심을 끌 수 있겠지만, 아무래도 노인이 하는 얘기는 좀 낡았수. 대부분 너무 유명한 것들이라 사람들이 내용을 이미 알고 있거나 짐작하니, 인기를 끌 수 없는 거유."

"허어!"

단양이 자신의 물에 젖은 바짓가랑이를 손바닥으로 철썩 때렸다. 비로소 요 근래 자신의 얘기에 대한 사람들의 반응이 싸늘해진 까닭을 눈치챈 것이다.

비척!

단양이 힘겹게 물웅덩이에서 일어섰다.

여태까지는 자신의 이야기가 가진 문제점을 모르고 있었다. 그래서 세상이 자신을 알아주지 않는다고 한탄만 했다. 그래서 근래 들어 술도 늘었고, 제자 추소산에 대한 그리움도 더욱 깊어만 갔다.

하지만 이제 문제점을 확실히 깨달았으니, 이런 곳에서 시간을 죽이고 있을 까닭이 없었다. 한시가 급했다. 지금 당장 새로운 이야깃거리를 찾아 나서야만 했다.

"어? 이 빗속에 가시려우?"

내동댕이칠 때는 언제고 점소이가 단양에게 걱정스런 말을 던졌다. 아무래도 나이 지긋한 단양에게 한 짓이 내심 마음에 걸렸었던가 보다.

단양이 점소이에게 활짝 웃어 보였다.

"정말 고맙네! 자네야말로 내 이야기꾼 일생에 있어 두 번째 전성기를 열어준 사람일세!"

"두 번째 전성기?"

"그래, 두 번째 전성기!"

긁적!

다시 뒤통수를 한차례 긁은 점소이가 눈살을 찌푸리며 말했다.

"근데, 그게 뭐유?"

"그냥 그런 게 있네!"

단양이 기운차게 말하고 빗속을 성큼거리며 걸어가기 시작했다.

'낙양! 그래, 낙양이다! 지금 한창 천하제일무술대회가 열리고 있는 낙양의 무림맹으로 달려가서 내 비어버린 이야기 주머니를 가득 메울 것이다! 그래서 반드시 제이의 전성시대를 열고야 말 것이다!'

단양은 스스로에게 다짐하고 또 다짐했다.

*   *   *

석달 후 낙양.

고래로부터 동주(東周), 동한(東漢), 조위(曹魏), 서진(西晉), 북위(北魏), 수(隋), 당(唐), 후량(後梁), 후당(後唐) 등 아홉 개 왕조가 도읍을 정한 까닭에 '아홉 왕조의 도읍[九朝古都]' 이라고 불리기도 한다.

하지만 당금 무림인들에게 있어 낙양이 유명한 건 무림맹의 영향이 컸다.

낙양에서 얼마 떨어지지 않은 백마사(白馬寺)에 천하 정파무림의 중심이라 할 수 있는 무림맹이 자리잡은 지 어언 백 년이 넘어가고 있었다.

무림인들이 낙양을 아홉 왕조의 도읍보다는 정파무림의 상징이라 생각하는 건 어쩌면 당연한 일일 터였다.

그리고 지금 외경과 고요 속에 고고히 존재하고 있던 무림맹은 지진을 만난 것 같은 함성 속에 파묻혀 있었다.

정파 최고의 후기지수를 뽑는 정파비무대회, 일명 천하제일무술대

회의 최종 우승자가 가려지기 직전이었다. 함성과 흥분의 파고는 이미
극에 이르러 있었다.

"우와와와!"
엄청난 함성이 터져 나온 건 중국 최초로 건립된 불교 사원인 백마
사의 정면에 위치한 왕주전 앞에 마련된 비무대 주변이었다.
무려 오백여 명이 넘는 참가자!
그중 추리고 추려진 백여 명의 본선 출전자들이 모여서 벌인 십오
일간의 혈전은 수많은 기사(奇事)와 명승부를 연출했다.
본선에 오른 정파의 후기지수들의 깨끗이 패배에 승복하는 모습. 그
리고 부상 중에도 전력을 다하는 부상 투혼.
누가 보더라도 정파비무대회는 완벽했고, 이제 지난 십오 일 동안의
열전의 끝을 장식할 두 사람이 비무대 위에 남아 있었다.

화산파의 매화검수 화무겸.
무당파의 칠성검수 영풍 도장.

어느 누가 보더라도 당당히 후대의 정파무림을 이끌 만한 동량이고
인재였다.
비무대 주변에 몰려든 사람들이 아낌없이 그들에게 축복과 환영의
환호성과 박수를 보내는 것은 당연했다. 오히려 환호하지 않는 자들이
이상할 정도였다.
그래서인가? 비무대의 한켠에 마련된 귀빈석에 자리를 잡은 무림맹
주를 비롯한 천하 각문 각파 무림명숙들의 얼굴에는 지금 흐뭇한 미소

가 잔뜩 걸려 있었다. 결승에 오른 두 사람 중 누가 우승한다 해도 결코 문제될 일이 아님을 알고 있었기 때문이다.

그러나 소림사 당대 최고 배분이자 현 무림맹주인 대자비수(大慈悲手) 고엽신승(孤葉神僧)은 이 같은 화기애애한 분위기가 그저 겉모습에 불과함을 잘 알고 있었다.

정파의 주축이라 하면 구파일방이 있고, 칠대세가가 있으며, 또한 오악검파가 있다.

제문파 중 제자들을 사강이나 팔강까지 올린 곳의 명숙들은 그나마 얼굴에 여유가 있었다.

그래도 체면치레는 했기 때문이다.

하지만 그나마도 못한 문파 명숙들의 얼굴에는 암울함과 계면적음만이 감돌고 있었다. 웃는 낯 속에 바짝바짝 타 들어가는 속마음이 자리잡고 있었다.

그들은 매우 부러운 표정으로 화산파의 장로인 고검(孤劍) 장홍립과 무당파의 대장로이자 장문인의 사형인 유운신검(流雲神劍) 신운 진인(神雲眞人)을 바라봤다.

역시 마지막에 남은 건 정파 삼강 중 유일하게 제자를 출전시키지 않은 소림을 제외한 양파였다. 과연이란 말이 나오지 않을 수 없다.

'허허허, 한데 두 문파의 관계가 그리 편치 않으니, 제자가 결승에 올랐는데도 아직 마음을 놓지 못하고 있는 게 아닌가!'

내심 미소를 터뜨린 고엽신승이 근처에 앉아 있는 장홍립과 신운 진인에게 넌지시 말했다.

"아미타불! 정말 올해의 정파비무대회에는 많은 인재가 나왔구려. 빈승조차 결승에 오른 두 인재 중 누가 우승할지 장담할 수 없을 정도

이니."

연배가 가장 어린 장홍립이 겸양 어린 표정으로 답했다.

"본 파의 무겸이가 비록 이대제자의 대사형으로 본 파에서 잠심연무한 삼검재의 으뜸이긴 하나 아직 미력할 따름입니다. 어찌 무당제일검 신무 진인의 고제자를 이길 실력이 있겠습니까? 그저 요행을 바랄 따름입니다."

"무량수불! 그렇지 않소이다. 빈도가 보기에 본 파의 영풍보다 화산파의 화무겸이란 아이가 나아 보이외다."

"과찬이십니다! 과찬이십니다!"

장홍립은 신운 진인이 역시 겸양의 말을 하는 줄 알고 얼른 손사래를 쳤다. 그러자 신운 진인이 입가에 살짝 오만한 미소를 띠고 말했다.

"본 파의 영풍은 비록 칠성검수라곤 하나 아직 육대검법 중 주력으로 삼은 유운검법조차 제대로 연성하지 못했소이다. 사실 칠성검수 중에 가장 실력이 떨어지는데 요행히 결승에 올랐을 뿐이오. 한데 빈도가 보기에 화무겸이란 아이는 이미 화산파의 진산절예인 매화검의 진수를 완성한 것 같더구려. 그러니, 이 승부는 해보나마나올시다."

'흥, 무당파의 오만함은 여전하구나! 어찌 말을 한마디 해도 저리 밉살맞게 할 수 있단 말인가!'

장홍립은 곧 죽어도 무당파의 절학이 화산파를 능가한다는 걸 주장하고 싶어하는 신운 진인에게 눈살을 살짝 찌푸려 보였다. 그의 말대로라면 화무겸이 영풍을 이긴다 해도 화산파가 무당파를 이긴 게 아니게 된다. 어디까지나 개인의 재질로 인해 승부가 갈리게 되는 셈이다.

사실 딴은 그렇다.

세상에 어떤 무공이든 개인의 기본적인 재질과 성취에 의해 위력을 천하에 드러내는 게 대부분이니, 신운 진인의 말은 백번 다시 들어도 틀린 점은 없다. 다만 그 시점이 문제고, 주변에 모여 있는 각문 각파 명숙들의 이목이 거슬린다.

오랫동안 같은 검파로서 무당파에 눌려오다 근래 삼사십 년 동안 간신히 우위를 점하게 된 화산파 입장에선 더욱 그러했다. 심사가 살짝 뒤틀리는 것이다.

'무겸아, 이겨라! 그래서 오만한 무당파의 콧대를 다시 꺾고 현 정파 제일의 문파가 화산파임을 천하만방에 알리거라!'

장홍립은 은근히 눈을 빛내며 비무대 위의 화무겸을 바라봤다.

그가 보기에도 화무겸의 무위는 폐관 수련을 하기 전보다 훨씬 고강해져 있었다. 지금의 그라면 충분히 영풍을 이길 수 있을 거란 생각이 들었다.

물론 이런 마음은 신운 진인 역시 다르지 않았다. 그는 언제 화무겸의 승리를 장담했냐는 듯 다소 긴장한 표정으로 영풍의 기태를 살폈다.

사실 영보가 아니라 영풍이 결승에 오른 건 다소 뜻밖이었다. 칠성 검수 중에서도 영보는 어린 나이에 가장 높은 무공을 성취한 제자였다. 그래서 큰 기대를 걸고 있었다.

그런데 그는 하필 십육강전에서 칠대세가의 출신 중 가장 무공이 강하다고 알려진 남궁세가(南宮世家)의 장자 소검왕(小劍王) 남궁성군을 만나 분패를 당했다.

그저 반 초 차이의 패배!

신운 진인의 애석함은 이루 말할 수 없을 정도였다. 하지만 남궁성군 역시 당시 상당한 피해를 입었다.

그는 팔강전에서 만난 위지세가의 흑룡풍 위지담무에게 어이없을 정도의 졸전 끝에 탈락할 수밖에 없었다. 재수가 없었던 것이다.

그러나 결국 그 위지담무 역시 사강전에서 화무겸의 검에 패배했고, 영풍은 팔강전부터 종리세가의 신기공자(神技公子) 종리군, 개방의 후 개 후보 중 한 명인 천풍개(天風丐) 소유렬을 차례차례 이기고 결승에 올랐다.

두 사람 중 누가 더 어렵고 힘들게 결승에 올랐다고 할 수 없었다. 신운 진인이 영풍에게 한 가닥 기대를 걸게 되는 것도 무리는 아니었 다.

"허허, 그럼 슬슬 결승전을 시작하는 게 좋을 듯하구려."

두 사람의 눈치를 살핀 고엽신승이 슬쩍 웃음을 짓고는 비무대 쪽에 신호를 보냈다.

펄럭!

비무대 위로 붉은 깃발이 크게 펄럭거렸다. 결승전의 시작을 알리는 홍기가 올라간 것이다.

파파파팟!

화무겸은 눈앞에서 푸르디푸른 가을 하늘 같은 검기를 줄기줄기 일 으키고 있는 영풍을 바라보며 눈살을 가볍게 찌푸렸다.

눈앞의 영풍이 자신의 상대로서 부족하진 않았다.

오히려 그가 지금 일으키고 있는 유운검법의 검기에서 느껴지는 부 드러움과 예리함은 여태까지 경험했던 어떤 고수보다도 위협적이었다. 긴장을 늦췄다간 삽시간에 당할 수도 있겠다는 생각까지 들 정도였다.

'하지만 여태까지 나는 항상 결승전의 상대는 반드시 그일 거라고 생각해 왔다. 어찌 생각하면 어리석은 꿈에 불과했을지도 모르지

만……."'

화무겸의 상념이 일시 끊어졌다.

계속 주변을 맴돌고 있던 영풍의 유운검이 갑자기 폭류처럼 변해 파고들어 왔다. 눈앞에 강적을 두고서 다른 사람을 생각하고 있을 순 없었다.

스으.

화무겸은 검을 밑으로 살짝 내려뜨린 채 보법을 펼쳐 영풍의 검기를 피해냈다.

간일발의 차이!

영풍의 유운검이 더욱 날카롭게 변했다. 조금만 더 검기에 힘을 더하고 속도를 붙이면 화무겸을 잡을 수 있을 것 같았기 때문이다.

그러나 화무겸은 그럴 때마다 더욱 민활한 보법으로 영풍의 검기를 피해냈다. 어찌 보면 영풍이 일부러 화무겸에게 위협만 주는 듯한 모습.

'화무겸! 네가 얼마나 잘났기에 이리 오만을 떠는 것이냐!'

문득 영풍의 눈 깊은 곳에서 분노의 불길이 일었다. 그에겐 화무겸이 자신을 희롱하는 모습밖엔 보이지 않았다. 천하의 영웅들이 모인 자리에서 이처럼 모욕을 당하고 가만히 있을 순 없었다.

파슷!

영풍의 검법이 비끼었다.

물처럼 부드러운 흐름에 주안점을 두고 있던 유운검법을 버리고 무당 육대검법 중 가장 패도적인 현천검을 펼쳐 내기 시작한 것이다.

지잉!

검기가 이르기도 전에 한 가닥 무거운 기운이 화무겸의 가슴을 압박해 왔다. 일반적인 검기와는 다른 무당파만의 독자적인 검기(劍技)인 검경(劍勁)이 펼쳐진 게 분명하다.

번뜩!

화무겸의 눈빛이 변했다.

화산파의 제자인 그는 꽤나 어렸을 때부터 무당파 검법에 대한 많은 이야기를 들어왔다. 당연히 천하의 어떤 검법과도 다른 내가검(內家劍)의 기본이 검경이란 걸 알고 있었다. 영풍이 놀랍게도 검경을 펼칠 수 있다면, 그 역시 최선을 다하는 게 도리일 터였다.

'승부!'

화무겸의 밑을 향하고 있던 검봉이 순간 몇십 개나 되는 매화 송이를 만들어냈다.

매화난무(梅花亂舞).

막대한 내력을 소모시키며 만들어진 검경의 기운이 소리없이 스러졌다.

변(變)이 중(重)을 이긴 상황.

영풍이 연달아 현천검을 펼쳐 자신을 덮치는 매화 검기를 퉁겨내곤 재빨리 발을 움직여 몇 개나 되는 분영을 만들어냈다. 유운신법을 펼쳐 매화 검기를 피해내려는 의도였다.

물론 화무겸이 이를 그냥 허락할 리 만무하다.

스으.

여태까지와 달리 이번에는 그의 검이 도망치는 영풍을 쫓았다. 연달아 수십 개가 넘는 매화 검기를 만들어 그의 현란한 보법을 막고 전신 대혈을 노렸다.

압도적인 검기!

결국 영풍이 일시 대추혈 쪽에 짜릿한 느낌을 받고 무의미한 저항을 포기했다. 화무겸과 그 간의 무공 격차는 종이 한 장 정도가 아니었다. 현저할 정도라 함이 옳았다.

툭!

검봉을 밑으로 내려뜨린 영풍이 괴로운 표정을 내보이며 자신의 패배를 인정했다.

"빈도가 졌소이다!"

"……."

화무겸은 결코 얼굴에 기쁜 빛을 드러내지 않고 영풍을 에워싸고 있던 매화 검기를 거뒀다. 순간 영풍의 맹공으로 인해 끊겼던 상념이 다시 그의 뇌리를 채웠다.

'…나는 어리석은 꿈이 반드시 이뤄질 거라 믿었다. 내 하나밖에 없는 친우가 삼 년 전에 맺었던 약속대로 오늘 이 자리에 서주기를 바랐다.'

화무겸이 실망 가득한 한숨과 함께 신형을 돌렸을 때였다.

잠시 정적만이 감돌던 비무대 주변에서 천지가 떠나갈 듯한 함성이 터져 나왔다. 정파비무대회, 일명 천하제일무술대회라 일컬어지는 대회의 우승자가 방금 탄생한 것이다.

하지만 우승자 화무겸이 그처럼 기다리고 있던 그. 이 자리에 추소산, 그는 없었다.

음산을 내려와 낙양에 잠복해 있던 백교의 투명한 눈빛이 가볍게 흔들렸다.

그녀에게 전달된 서신에는 분명 추소산이 낙양 무림맹에서 개최되는 정파비무대회에 참석할 거라 적혀 있었다. 의심의 여지가 없는 정보였다.

그래서 사문 음산파에서 파문당할 수도 있는 위험을 감수하고 음산을 무단이탈했는데, 결과는 허사였다. 분함과 원통함이 없을 수 없다.

'끝내 그는 나타나지 않았다……'

백교는 일시 숨이 꽉 막히는 통증을 느꼈다.

꽈악!

그러나 가슴을 더듬는 손에 느껴지는 건 빈유(貧乳).

분노가 더욱 크게 끓어올랐다.

그녀가 지금 이렇게 중간중간 고통을 느끼는 건 신공을 대성치 못했기 때문이다. 모두 추소산의 잘못인 것이다.

"그래도 이대로 돌아갈 순 없다!"

결국 한스런 한마디를 남긴 채 백교는 열광적인 분위기에 빠져든 백마사에서 신형을 돌렸다.

사락!

일시 하얀색 베일 밖으로 드러난 그녀의 무서운 얼굴을 본 사람들이 주춤거리며 좌우로 물러서느라 바빴다. 그만큼 꿈에 볼까 두려운 얼굴이었기 때문이다.

"아아, 졌다! 졌어!"

함께 낙양까지 동행했던 무당파 사형제 중 마지막으로 남았던 영풍이 화무겸의 검에 패배하자 소령은 크게 소리 질렀다.

영풍의 패배가 안타까웠기 때문은 아니다.

단지 이번 승패를 걸고 육지견과 내기를 했는데, 지게 되자 심사가 뒤틀린 것이다.

그녀의 근처에 서서 비무를 지켜보고 있던 육지견이 입가에 싱글벙글한 미소를 매달았다.

"흐흐, 이렇게 되면 이젠 노부의 심부름을 열여섯 가지 하게 된 겐가?"

"열다섯이에요!"

"호오, 그랬던가? 열여섯이었던 것 같은데……."

"아니에요! 아니란 말예요!"

소령이 잔뜩 울 듯한 표정으로 마구 소리 질러댔다. 그러자 여전히 추소산의 얼굴을 하고 있던 철호운이 점잖은 얼굴을 하고 한마디 했다.

"육 노형, 열다섯이 맞습니다. 어찌 나잇살이나 자셔가지고 어린 소매를 울린단 말입니까?"

"나, 나잇살?"

"그렇습니다. 나잇살! 말입니다. 그리고 솔직히 이런 내기 같은 건 육 노형이 이겼어도 진 듯이 조용히 지나가 주는 것이 또한 대장부가 취할 도리라 생각됩니다."

"어째서 거기서 대장부가 나오는 건가? 대장부가!"

"육 노형이 대장부가 되지 않겠다면 어쩔 수 없는 일이겠지요. 소령 누이한테 시키실 일이 있거든 제게 대신 시키십시오."

"또 너만 좋은 놈이 되겠다는 것이냐!"

육지견이 철호운을 바라보며 발작할 듯 안색을 붉혔다. 그러나 이미 철호운은 자신에게 찰싹 달라붙은 소령을 보듬고는 호탕하게 대소하고 있었다.

"하하, 이 소산 가가가 소령 누이 대신 모든 걸 다 해주마! 그러니 그

예쁜 얼굴에 그만 눈물짓도록 하거라!"

"으앙, 소산 가가!"

소령은 철호운의 품에 안겨 마구 울어댔다. 기쁨과 고마움의 눈물이었다.

그러자 그 모습을 불타는 듯한 심정으로 바라보고 있는 두 여인이 있었다. 소령처럼 대놓고 철호운에게 안기지 못하는 대령과 그녀와 비슷한 처지인 여연경이었다.

'소령이가 백주 대낮에 저리 뻔뻔스레 소산 오라버니한테 안기다니……'

'추 소협은 단지 여동생을 보호하려는 것뿐이다! 그렇지 않다면 어찌 저런 모습을 내 앞에서 보일 수가 있을까……'

두 여인은 가슴속 깊숙한 곳에서 치솟아오르는 질투심을 꾹꾹 눌러놓느라 매우 힘들었다. 다른 여인이라면 몰라도 소령같이 작은 소매와 추소산을 놓고 대결한다는 건 무척 자존심 상하는 일이었기 때문이다.

소령은 슬쩍 두 여인의 눈치를 살피곤 철호운의 품을 홀로 독차지한 채 내심 앙큼한 웃음을 지어 보였다.

'역시 요 며칠 본 책대로였어. 남자들이란 그저 옆에서 애교 떨고 눈물 잘 흘리는 여자들을 좋아하게 되어 있는 거야.'

그녀가 읽은 책은 미인미남(美人美男)이란 요상한 제목의 적서(赤書: 빨간 책)로 요 근래 대도의 저잣거리에서 흔히 구할 수 있는 물건이었음은 물론이다.

그렇게 몇몇 대회와는 관련없는 소소한 움직임 속에 우승자를 배출한 정파비무대회가 파장으로 넘어갈 무렵이었다. 갑자기 백마사 정문

쪽에서 한 명의 중년 거지가 번개 같은 걸음으로 뛰어들어 왔다.

휘익!

비무대 주변에 모여 있던 무림인들이 놀라서 황황히 좌우로 물러섰다.

사람이 도착하기도 전에 기파가 몰려든다. 게다가 행색을 보아하니 거지였다.

개방!

천하제일대방의 고수가 모습을 드러낸 것이다. 무학을 연마한 자라면 피하지 않을 도리가 없다.

'뭔가 큰일이 생겼구나!'

무림인 중 나름대로 식견이 있는 자들은 속으로 이변의 냄새를 맡을 수 있었다. 개방의 고수가 이처럼 급한 걸음을 한다는 건 예삿일이 아님을 알고 있었기 때문이다.

그때 한걸음에 비무대 위로 뛰어오른 개방 고수가 화무겸과 영풍을 한차례씩 둘러보곤 귀빈석 쪽으로 다가갔다.

거침없는 행보.

맹주 고엽신승이 얼른 자리에서 일어서 그를 맞자, 장홍립과 신운진인을 비롯한 귀빈석의 각파 명숙들이 그 뒤를 따랐다. 그만큼 비무대 위에 올라선 거지의 신분은 보통이 아니었다. 천하 거지들의 우두머리이니, 당연한 일이다.

고엽신승의 표정이 심상찮은 협개 나원경의 안색을 살피고 불호를 입에 담았다.

"아미타불, 천하에서 가장 바쁜 나 대협께서 어찌 그리 크게 마음이 노했단 말이오?"

“상인께서 이해해 주시기 바랍니다. 이 거친 무부가 마음이 다급하여 결례를 범했소이다.”

“급한 일이 있어서 그랬던 것일 테지요.”

나원경이 정중히 포권을 해 보이자 고엽신승이 얼른 반례했다. 그가 비록 무림 제일의 배분이긴 하나 상대는 개방의 방주였다. 예의를 차리는 건 당연하다.

그때 고엽신승을 쫓아 포권하기 시작한 각파의 명숙들에게 한꺼번에 포권해 보인 나원경이 슬쩍 목소리를 높였다.

“우리 정파무림이 잔치를 벌이고 있는 동안, 획가 쪽에서 큰일이 일어났소이다.”

“획가라면…….”

“산서성과 맞붙어 있는 곳이올시다. 근래 들어 마적들의 침입이 빈번하여 개방의 제자들이 꽤나 관심을 보이고 있었는데, 마교의 남행에 대비하러 갔다가 급전을 받아보니, 천패단의 목표가 되었다고 하더이다.”

“천패단이라면, 혈문의 천패단을 말하시는 것이오?”

목소리를 높인 건 산서성과 맞닿아 있는 섬서성의 패주인 화산파의 장홍립이었다. 마교라 불리는 신성천교의 하부 조직 중 하나인 혈문에 관한 사항은 정파무림의 중요 관심사 중 하나였다. 같은 사파이세라 해도 음산파와는 또 달랐다.

나원경이 장홍립에게 고개를 끄덕여 보였다.

“그렇소이다. 혈문의 천패단이 획가를 치러 움직였소이다.”

“이런……!”

장홍립의 손이 자연스레 자신의 검파에 닿았다. 분기가 치솟아올랐음이다.

그러자 신운 진인이 냉정한 시선을 던졌다.

"아직 나 방주의 말이 끝나지 않았소이다. 장 대협은 조금 자중하는 편이 낫겠소이다."

"죄송하게 되었습니다."

"죄송한 줄 알았으면 됐소."

'이……!'

장홍립이 내심 이를 갈며 얼른 검파에서 손을 떼어냈다. 그때 나원경의 설명이 이어졌다.

"그러나 여러 강호 동도들은 전혀 놀랄 필요가 없소이다. 일남일녀의 협객이 이미 천패단을 막고 획가를 구원했으니까요."

"선재! 선재!"

고엽신승의 얼굴에 한줄기 안도의 기색이 떠올랐다. 혈문의 천패단이 얼마나 악랄한 마적단인지 잘 알고 있었던 터라 마음 한켠이 무거웠는데, 나원경의 한마디가 이를 해소해 줬다. 흐뭇한 마음과 더불어 느닷없이 등장한 협객이 누군지 궁금하지 않을 수 없다.

"나 방주, 도대체 어떤 문파에서 나온 고제자라 하더이까?"

"우리 구파일방은 아니었습니다. 오악검파나 칠대세가 역시 아니었고요."

"그럼?"

"추소산이란 이름을 지닌 청년과 이름 모를 한 명의 여협이었다고 합니다. 추소산이란 청년은 본래 정파비무대회에 참가키 위해 낙양으로 향하던 중 획가 쪽에 마적단이 떴다는 소문을 듣고 구원하러 갔다고 하더군요."

나원경의 마지막 말 속에는 가벼운 냉소가 담겨 있었다. 물론 그의 냉소가 향한 상대는 무당파의 신운 진인과 비무대회 준우승자인 영풍이었다.

"그런……."

영풍이 창백해진 얼굴로 고개를 푹 숙여 보였다. 평생 처음으로 느꼈던 수치심이 다시 고개를 드는 순간이었다.

반면 화무겸은 일시 사람이 달라진 듯 눈에 안광을 담았다. 추소산이 결코 자신과의 약속을 잊어버린 게 아니었음을 깨달았기 때문이다.

'획가, 그곳에 그가 있다!'

화무겸의 마음은 이미 낙양의 무림맹을 떠나 획가 쪽으로 달려가고 있었다.

제29장
나는 그리 약한 사내가 아니다

한 달 반 전 획가.

산서성과 하남성의 경계에 위치한 중소 성읍인 이곳은 예로부터 마적과 산적의 출몰이 잦았다. 지리적으로 험악한 산서성과 하남성의 경계를 오고 가며 활동하는 흉악한 사파의 무리들이 많은 까닭이었다.

그래서 관부에서 몇 차례나 토벌대가 조성됐고, 하남성의 무림맹을 주축으로 한 상당수의 무림인들이 나서기도 했으나 별로 소용이 없었다.

대규모의 관부 토벌대나 무림맹 무시들의 이동은 소문을 낳았고, 소문을 접한 마적과 산적들은 재빨리 약탈과 방화를 저지르고 도주하곤 했다.

완벽한 치고 빠지기!

마적과 산적들보다 항시 한발 늦는 관군과 무림인들로 인해 획가 부근의 주민들의 한숨은 날로 늘어갔다. 도대체가 믿고 의지할 곳이 없었기 때문이다.

정주를 떠난 추소산과 우약연은 보름을 내리 달렸다. 그동안 그들은 잠도 제대로 자지 않았고, 식사도 제때 하지 못했다. 혹시라도 늦을 것을 두려워한 것이다.

덕분에 획가를 눈앞에 뒀을 때 두 사람은 꽤나 가까워져 있었다.

동고동락(同苦同樂).

고생을 함께 나누는 동안, 일종의 전우애가 생겨난 것이다.

처음의 서먹서먹함은 이미 존재하지 않았다. 우약연의 말투만은 어찌할 수 없었지만 말이다.

"저 앞에 보이는 게 획가성이 아닌가?"

우약연의 말을 들은 추소산이 얼른 안력을 높였다. 그러자 엉성한 외양과는 달리 꽤나 많은 전화를 감당한 듯한 토성과 주변의 나무 방책들이 보였다.

"이곳에 이르기까지 봤던 마을 중 세 개가 잿더미였습니다. 중간에 다른 갈림길이 없었던 만큼 획가가 맞을 것 같습니다."

"그렇겠군."

우약연이 미미하게 고개를 끄덕여 보였다. 길치인 터라 추소산이 맞다면 맞는 줄 아는 도리밖엔 없다.

그런 그녀에게 픽 웃음을 던진 추소산이 발끝에 힘을 더하며 말했다.

"다행히 아직 획가까지는 천패단의 마수가 뻗치지 않은 것 같으니 어서 갑시다."

“목… 욕을 할 수 있을까?”

“획가가 그리 작은 시진은 아니니 객점이 있을 겁니다.”

“그렇군.”

여전히 방립을 푹 눌러쓴 터라 우약연의 얼굴 표정은 전혀 보이지 않았다. 그래도 추소산은 그녀가 미소 짓고 있을 거라 생각했다.

그동안 동행하며 한마디 불평도 하지 않았지만, 몸가짐이나 말투로 보아 그녀의 태생이 꽤나 고귀하다는 걸 알 수 있었다. 그런 여인이 보름이 넘게 제대로 씻지 못했으니, 그 곤란함이란 이루 말할 수 없을 정도일 게 분명했다.

그렇게 두 사람이 획가성에 도착했을 때였다.

날카로운 나무 방책 앞에 각양각색의 옷차림을 한 사람들이 잔뜩 모여서 소란을 일으키고 있었다. 단단하게 내려져 있는 성문 때문에 획가성으로 들어가지 못해서 화를 내고 울부짖는 것이다.

“이 죽일 놈들아! 마적단이 떴는데, 너희 잡놈들만 살겠다고 대문을 닫아걸고 있느냐!”

“우리더러는 죽으라는 것이냐!”

“흐흑, 열어주세요! 아이가 아파요! 아이가!”

추소산은 한눈에 상황을 눈치챘다.

주변에 뜬 천패단 때문에 겁을 집어먹은 난민들이 몰려들었으나 획가성의 관군들이 이를 받아들이지 않고 있는 게 분명했다. 난민 중에 천패단의 밀정이 숨어들 것을 염려했음이다.

‘그렇다 해도 아무런 방안을 내지 않고, 몰려든 난민들을 다 죽게 내버려 두려 하다니, 정말 무책임한 행사로구나!’

추소산이 내심 눈살을 찌푸리고 있는데, 우약연이 담담한 목소리로 말했다.

"획가성을 다스리고 있는 자는 비겁한 소인배가 분명하구나!"

"꼭 그렇게만 볼 순 없습니다. 난민 중에 밀정을 심는 건 병법 중에선 기본이라 할 수 있으니까요."

"그렇다고 저 불쌍한 생령들을 모두 길바닥에서 죽이는 것이 도리란 말이냐? 그런 병법 따윈 나는 모르는 편이 낫겠다."

'병법 따윈 모르는 편이 낫겠다라…….'

추소산은 우약연을 잠시 부드럽게 바라봤다. 같이 생활하며 알게 된 그녀의 성격은 전형적인 외강내유(外剛內柔)였다. 자신에게 이런 말을 던진 것도 본래는 측은지심의 발로임을 짐작할 수 있었다.

그때 성문 앞에서 소란을 떨던 사람들 중 몇 명이 방책 주변에서 죽창을 들고 서 있는 민병들을 향해 돌멩이를 던져 대기 시작했다. 그들에게라도 화풀이를 하지 않고는 심중의 분노를 풀 수가 없었기 때문이다.

타탁! 탁탁!

느닷없는 돌멩이 세례에 민병들이 놀라 좌우로 흩어졌다. 필시 급하게 뽑아서 머릿수만 맞췄지 별다른 훈련조차 받지 못한 자들임에 분명했다.

난민들의 기세가 살아나지 않을 리 없다.

"저놈들한테 본때를 보여주자!"

"보여주자!"

"당장 성문을 열지 않으면 획가성을 몽땅 불 질러 버리고 말 테다!"

"불 질러 버리고 말 테다!"

민병들에게 던져지는 돌멩이의 숫자가 기하급수적으로 늘어났다.

순식간에 폭동에 가깝게 변한 것이다.

그러자 획가성 성루 쪽으로 이삼십 명쯤 되는 궁수들이 모습을 드러냈다. 난민들의 폭동을 잠재우기 위한 방편으로 대화를 비롯한 유화책을 사용할 뜻이 없음을 천명한 것이나 다름없는 대응.

피핑! 핑!

몇 개의 화살이 근방에 떨어진 순간, 손에 손에 돌멩이를 들고 있던 난민들이 놀라서 좌우로 흩어졌다. 고작해야 돌멩이 정도를 가지고 궁수들의 화살 세례에 대항할 순 없는 것이다.

그때 궁수들 사이에서 한 명의 흑의무사가 모습을 드러냈다. 획가성의 방비를 책임지고 있는 포쾌 구진충이었다.

"이놈들, 이곳이 어디라고 감히 소란을 떠느냐! 당장 꺼지지 않으면 화살을 쏘아 따끔한 맛을 보여주도록 하겠다!"

"정말 선량한 민간인인 우리한테 화살을 쏘겠다는 것이냐?"

"선량한 민간인?"

"그렇다! 우리는 그야말로 선량한 민간인인데, 어찌 국가의 녹을 먹는 자들이 화살을 쏘아 죽일 수가 있느냐!"

난민 틈에서 들려온 항변에 구진충이 나직이 코웃음 쳤다.

"흥, 이곳은 그야말로 궁벽한 곳으로 매년 수없이 많은 마적 떼들의 목표가 되는 곳이다. 그래서 몇 번이나 토벌대가 왔지만, 큰 실효를 못 거둬서 중앙 정부에서도 대충 포기하고 있는 상황이다. 그런데 선량한 민간인임을 앞세워, 홀로 획가성의 군민들을 보호하고 있는 나 구진충을 협박할 수 있을 것 같으냐!"

"그럼 네가 바로 획가성의 방비를 책임지고 있는 자로구나?"

"그렇다. 이 몸이 바로……."

구진충은 말을 끝맺지 못했다. 그에게 말을 걸고 있던 난민 중 한 명이 갑자기 수중에서 비도 하나를 꺼내 집어 던졌기 때문이다.

쉬악!

비도는 단숨에 구진충의 코앞까지 이르렀다. 필시 무학을 익힌 자의 솜씨.

결코 고수라 할 수 없는 구진충은 입만 딱 벌릴 뿐 어떤 행동도 취할 수 없었다. 생명이 경각에 달하게 된 것이다.

한데, 그의 바로 코앞에 도달한 비도가 갑자기 방향을 크게 틀어버리는 게 아닌가!

칙!

구진충의 볼살에 기다란 생채기가 생겨났다.

그러나 목숨을 건진 것만도 감사해야 할 상황. 구진충은 자신이 거의 죽었다가 살아났음을 깨닫고 재빨리 바닥에 엎드렸다. 또 다른 암격이 있을 것에 대비해야만 한다.

"쏴라! 몽땅 갈겨 버려!"

구진충의 명령을 받은 궁수들이 얼른 화살을 시위에 재었다. 이제 그들이 일제히 시위를 놓기만 하면 대학살이 벌어지게 될 판이었다.

그때 두 명의 남녀가 바람같이 신형을 날렸다.

추소산과 우약연.

추소산은 구진충에게 비도를 던졌던 난민을 덮쳐 갔고, 우약연은 발검과 동시에 햇빛을 연달아 쪼개냈다. 궁수들의 눈을 어지럽혀서 조금이나마 화살을 쏘는 걸 늦추려는 의도였다.

과연 궁수들은 느닷없이 눈으로 파고든 광채에 일시 화살을 쏘지 못했다.

그 짧은 순간, 추소산은 수중에 이미 비도 서너 개를 꺼내 든 황의사
내에게 파고들고 있었다.

종상벽하.

황의사내의 손에서 비도들이 힘없이 바닥에 떨어져 내렸다. 추소산
의 검결지가 이미 그의 마혈을 제압한 것이다.

추소산이 차게 소리쳤다.

"천패단은 지금 어디까지 이르렀느냐!"

"크윽!"

황의사내의 눈에 악독한 기색이 스쳐 갔다. 이미 자신의 본색이 들
통났으니, 이젠 살아날 방도가 없다는 걸 그는 알고 있었다.

"천패단은 어디까지 이르렀느냐!"

"내가 말할 것 같으냐!"

"말하게 될 것이다!"

추소산의 손이 황의사내의 몇몇 혈도를 재빨리 찍어갔다. 몸 안에
내력을 심어서 기혈을 뒤틀어 버리는 일종의 금나술을 펼친 것이다.

우드드드득!

황의사내의 몸 안에 있는 뼈다귀가 일제히 어긋나는 소리를 토해냈
다. 그 고통은 말로 형언할 수 없을 정도.

황의사내의 입에서 처절한 비명이 터져 나왔다.

"크아아아악!"

"천패단은 어디까지 이르렀느냐!"

"주, 죽여라! 차라리 날 죽여!"

"죽이지 않겠다!"

추소산은 냉정하게 말하곤 발끝으로 황의사내의 척추 쪽에 위치한

명문을 찍었다. 그의 무공은 그 순간, 전폐되어 버렸다.

"끄으……."

황의사내가 느닷없이 가중된 고통을 더 이상 참지 못하고 입에 게 거품을 물었다. 이미 기절해 버린 것이다.

푹!

황의사내가 외로 고꾸라진 순간, 추소산이 품속에서 정파비무대회의 본선에 바로 오를 수 있는 청동패를 꺼내 들었다. 자신의 신분을 확인시켜 줄 물건이 그뿐이었기 때문이다.

"문을 여시오! 나는 획가성을 돕기 위해 온 사람이오!"

"그, 그 패는……."

간신히 신형을 일으켜 세운 구진충이 청동패의 모양을 알아보고 얼굴에 희색을 띠었다. 그 역시 과거 한때 정파비무대회에 참가해서 천하의 영웅이 되고 싶었기에 추소산의 손에 들려 있는 청동패가 의미하는 바를 알고 있었던 것이다.

끼이이이!

잠시 후 굳게 닫혀 있던 획가성의 성문이 큰 소음과 함께 활짝 열렸다. 천패단의 공포에 쫓겨 도망 온 난민들의 입에서 기쁨의 탄성이 터져 나왔음은 물론이다.

주소산과 우약연은 구신충의 안내를 받아 획가의 지현(知縣)이 있는 곳으로 향했다. 비록 천패단이 떴다는 소문을 듣자마자 자리를 잡고 드러누워 버린 자이긴 하나 명목상 획가의 총책임자였기 때문이다.

스륵!

방문이 열리자마자 훅하고 사향 냄새가 코를 찔러왔다.

‘중병을 앓고 있다는 자가 방금 전까지 여인과 함께 있었던 것인가?’

우약연의 눈매가 싸늘해졌다. 그러자 그녀의 내심을 눈치챈 추소산이 얼른 구진충에게 시선을 던졌다. 빨리 그에게 자신을 설명하란 뜻을 보인 것이다.

구진충이 추소산과 우약연의 내심을 읽지 못할 리 없다.

부끄러움에 안색을 다소 붉힌 구진충이 상관인 지현에게 목소리를 높여 고했다.

“대인, 무림을 주유하던 협객이 천패단이란 무도한 악도들을 막기 위해 획가로 달려왔습니다. 협객들의 무공이 뛰어나니, 앞으로 큰 시름을 더신 듯합니다.”

“몇 명이나 왔더냐?”

“두 명입니다.”

“두우 며엉……!”

지현은 말꼬리를 잔뜩 잡아끌고는 갑자기 죽을 것같이 앓는 소리를 드높였다.

“에구구, 나 죽네! 나 죽어! 나는 잘 모르겠으니, 진충 자네가 알아서 처리하게나!”

“그래도 되겠습니까?”

“내 몸이 아픈 관계로 자네한테 획가의 모든 방비를 일임하지 않았던가!”

“그럼 그리하겠습니다.”

“대신!”

슬쩍 목소리를 높여 구진충의 발길을 묶은 지현이 묘하게 말꼬리를 끌며 말했다.

"획가의 방비를 떠맡은 만큼 혹여라도 어떤 문제가 생기면 모두 자네가 책임을 져야만 할 것이네!"

"명심하겠습니다."

"암, 명심해야지! 명심해야 하고말고! 이 몸은 지금 무척 몸이 아프니까……."

지현의 말이 끝난 순간, 방문이 재빨리 닫혔다. 방금 전까지 하고 있었던 일을 계속 진행하기 위해 꽤나 마음이 다급했던가 보다.

"흐응, 홍……."

여인의 달뜬 목소리가 음악처럼 들려왔다.

지현의 관저를 빠져나오자마자 우약연이 추소산에게 말했다.

"나는 지금 씻고 싶다."

"……."

추소산은 우약연의 심정을 충분히 이해했다. 기분이 더러우니 씻고 싶기도 할 것이다.

구진충이 얼른 말했다.

"조금만 기다리십시오. 당장 획가에서 최고로 좋은 객점 전체를 비워 드리겠습니다!"

"고맙소."

추소산이 미미하게 고개를 끄덕여 보이자 구진충이 얼른 달려가려다 잠시 걸음을 멈췄다. 그리고 추소산을 돌아보는 그의 눈빛이 어둡다.

"어차피 저는 획가와 생사를 함께하기로 했습니다. 이곳에서 십 년이 넘게 녹을 받아먹고 살았으니, 당연한 일일 테지요. 그렇지만 두 분은……."

"염려할 것 없습니다."

"예?"

"나는 그리 약한 사내가 아니오."

추소산의 한마디는 구진충의 얼굴에 잔뜩 끼어 있던 어둠을 일시에 날려 버리는 효과를 발휘했다. 믿음직하단 표현으로도 부족한 어떤 느낌.

'처음 강호에 나왔을 때, 나는 저런 사내가 되고 싶었다!'

구진충이 다시 객점 쪽으로 신형을 날렸다.

그의 눈빛은 이미 그리 어둡지 않았다. 미약하나마 희망이 모습을 드러냈기 때문이다.

밤.

획가의 시가지가 그대로 내려다보이는 산등성이 위.

느긋하게 모습을 드러낸 기마 몇이 있다.

각기 검이나 도를 아무렇게나 등에 꽂고 있는 그들의 복색은 꽤나 다채로워서 한눈에 보기로도 뼛속까지 마적임을 알게 해준다.

산서성 제일의 사파이며 음산파와 더불어 사파이세로 일컬어지는 혈문의 예하 세력 중 하나인 천패단의 척후조!

그들이 지금 근방의 십여 개가 넘는 소읍을 불태우고, 획가를 치기 위해 모습을 드러낸 것이다. 핏빛의 그림자와 혈향을 짙게 드리우고서.

"호호, 낮에 먼저 근방을 둘러보고 온 자들의 말처럼 토성 주변에 나무 방책이 이중으로 설치되어 있고, 꽤 그럴듯한 수로까지 파놓았군. 그동안 우리 같은 마적단에게 당한 게 한두 차례가 아닌 것이야.”

서역에서 전해진 천리경으로 점점이 불빛이 보이는 획가 시가지를 살핀 척후조의 조장, 낭심(狼心) 관무중이 이를 살짝 드러냈다.

그는 노략질이나 강간보다 끝까지 저항하는 사람을 처참하게 찢어 죽이는 걸 좋아하는 특이한 취향의 마적이었다. 제법 정비가 잘되어 있는 획가의 경계 구조를 보고 좋아하는 것도 무리는 아니다.

그의 옆에 있던 애꾸눈의 부조장 경일무가 한마디 거들었다.

“벌써 근방에 쫘악 애들을 풀어서 확인해 봤는데, 획가 근처에는 지금 별다른 관부의 대병력도 없고, 무림문파의 그림자도 보이지 않습니다. 아마 하도 자주 마적단에게 습격을 받다 보니, 관부에서도 절반쯤 포기했고, 문파 비슷한 것도 남아나지 못한 것 같습니다.”

“그럼 성내의 치안을 유지하는 관부의 병사 몇하고, 자경단 정도가 전부겠군.”

“그럴 것 같습니다. 다만, 한 가지 마음에 걸리는 게 있는데…….”

“뭐야?”

경일무의 얼굴에 다소 조심스런 기색이 떠올랐다.

“낮에 먼저 보냈던 세 개의 척후조 중 하나가 아직 돌아오지 않았습니다. 필시 난민 틈에 끼어들어 가서 성내에서 난동을 부리고 성문을 여는 임무를 띤 녀석인데, 아무래도 실패한 것 같습니다.”

“뒈진 것 같다는 거군.”

“예. 제법 솜씨가 좋은 녀석이었는데, 아쉽게도…….”

“뒈졌으면 뒈진 게지, 아쉬울 건 또 뭔가. 어차피 저따위 나무 방책이나 토성쯤 한번 쓸어버리면 끝날 문제이니, 크게 신경 쓸 필요 없다.”

"그렇긴 합니다."

"뭐, 그래도 척후는 척후야. 꽤나 많이 습격을 당한 곳인만큼 혹시라도 실력이 좋은 녀석이 있을지도 모르니, 지금부터 모두 흩어져서 확인에 들어간다."

"예, 염려 놓으십시오!"

크게 대답한 경일무가 뒤에 도열해 있는 수하 마적들을 바라보며 하나밖에 없는 눈을 반달 모양으로 만들었다. 그러자 마적들 모두가 서로를 바라보며 히히덕거렸다.

말이 척후지, 먼저 인근을 쓸어버리고 주민들을 도륙하고 강간해서 공포 분위기를 조성하는 게 그들의 주요 임무였다. 그래서 천패단에서 척후조는 항상 가장 선망받는 조 중 하나였다. 아직 차려지지 않은 밥상의 먹음직한 먹이를 가장 먼저 시식할 수 있기 때문이다.

"처음부터 너무 즐기진 말고!"

관무중의 일갈에 경일무가 내심 비죽이 웃어 보였다. 척후조 중 가장 심하게 즐길 사람이 그런 말을 하자 비웃음밖엔 나오지 않았다. 물론 입 밖으로 그런 말을 내뱉을 정도로 경일무는 멍청이가 아니었다.

"적당히 놀겠습니다. 아! 그리고……."

"뭐?"

"즐거운 시간 되십시오!"

"흐!"

관무중이 경일무에게 이를 드러내며 웃어 보였다. 혈풍의 전조가 될 웃음이었다.

쉬악!

양손에 작은 도끼를 든 채로 날뛰고 있던 경일무의 목이 일순 뜨거운 피를 폭포수처럼 쏟아냈다. 마구 쌍부를 휘둘러 대던 중 경동맥이 잘린 것이다.

"끄륵! 끅! 끅……."

자신의 목젖을 손으로 감싼 채 입을 빠끔거리는 경일무의 모습을 살핀 우약연이 검봉을 밑으로 살짝 내리곤 뒤로 일보 물러섰다.

밤이라곤 하나 핏빛마저 가릴 순 없다.

방금 갈아입은 옷에 피가 튀는 건 어쩔 수 없으나 경일무의 괴로워하는 모습은 대하기 괴롭다. 상대가 아무리 악귀나 다름없는 마적단의 인물이지만, 그녀에겐 평범한 사람과 별다를 게 없어 보였기 때문이다.

"편안한 죽음 역시 자비!"

우약연의 검이 다시 움직였다.

여느 때보다 훨씬 빠른 쾌검.

일순 경일무의 신형이 한차례 흔들리더니, 외로 고꾸라졌다. 주변에 모여 있던 십여 명의 척후조와 다름없는 운명이 된 것이다.

촤륵!

검신에 맺힌 한줄기 핏물을 허공에 뿌린 우약연의 시선이 문득 동쪽 하늘을 향했다. 오늘밤 반드시 야습이 있을 거라 말한 추소산이 맡은 방향이었다.

'자기는 그리 약한 사내가 아니라고 했던가? 그럼 그다지 걱정하지 않아도 될 테지.'

내심 중얼거린 우약연이 자신의 몸에서 나는 혈향에 눈살을 가볍게 찌푸렸다. 오랜만에 목욕을 했는데, 다시 하게 생겼다. 기분이 썩 좋진 않았다.

추소산은 과연 그리 약하지 않았다.

그는 열다섯이나 되는 척후조를 모조리 제압한 후 척후조장인 관무중과 대치 중이었다.

음습한 살기!

관무중은 홀로 움직이다가 수하들이 지르는 비명을 듣고 달려왔다. 당연히 추소산의 솜씨는 아직 전혀 보지 못한 상태였다. 그래도 야수는 같은 호랑이를 알아보는 법.

관무중은 추소산을 일견하고 바로 평소 사용하지 않던 낭아수갑(狼牙手甲)을 찼다. 처음부터 전력을 다하지 않으면 상대할 수 없겠다는 위기의식을 느낀 것이다.

치링!

한 쌍의 낭아수갑이 맞부딪치는 소리가 탁하게 추소산의 귓전을 울렸다. 그리고 느껴지기 시작한 미묘한 기파의 흐름.

'여태까지완 다른 실력을 지닌 자!'

추소산은 관무중을 맨손으로 상대할 수 없겠다는 생각이 들었다.

툭!

그의 발끝이 방금 전에 쓰러뜨린 척후조의 손에서 떨어져 나온 검을 퉁겨 올렸다. 여전히 묵암검을 사용할 상대는 아니란 판단을 내린 것이다.

바로 그때 관무중이 그 짧은 틈을 노리며 파고들었다.

스읏!

대기가 미친 듯이 소리를 질러댔다. 낭아수갑에 갈가리 찢기며 터뜨린 짧은 비명.

추소산 역시 그냥 지켜보고만 있을 생각은 없었다.

종상벽하.

검봉이 한차례 떨림을 보이더니, 그대로 낭아수갑의 손가락 끝을 노리며 파고들었다. 아예 손가락 사이를 찔러 낭아수갑을 무용지물로 만들려는 의도였다.

촤릉!

급하게 종상벽하를 막아낸 관무중의 손가락 하나가 피를 뿌리며 날아올랐다. 그는 검봉의 노림을 알면서도 전혀 방어하지 않았다.

대신 그의 낭아수갑의 나머지 발톱이 검봉을 감싸 쥐었다. 그리고 급격한 회전을 보인 다른 손에 끼인 낭아수갑!

'살을 버리고 뼈를 취한다! 좋은 생각이지만⋯⋯.'

추소산은 자신의 얼굴을 직격한 세 개의 낭아를 눈으로 살피며 발끝에 힘을 더했다.

츄악!

두 개의 낭아에 끼워져 있던 추소산의 검봉이 비틀림과 동시에 앞으로 곧게 튀어나갔다. 종상벽하에 이어 봉황전시가 펼쳐진 것이다.

"크악!"

관무중의 오른팔이 중간에서 싹둑 잘렸다. 당연히 그쪽에 매달려 있던 낭아수갑 역시 힘을 잃고 바닥에 떨어질 수밖에 없다. 추소산은 수비를 도외시하고 함정을 판 관무중의 공격을 역습으로 분쇄한 것이다.

물론 두 사람은 비무를 하는 게 아니다.

팔이 잘렸다고 해서 싸움이 끝난 게 아니란 뜻이다.

슉!

관무중이 자신의 품으로 파고든 추소산의 옆구리를 슬기(膝技)를 펼쳐 찍어갔다. 어떻게든 추소산에게 한 방을 먹이기 위해서였다.

그러자 추소산이 검파를 휘둘러 관무중의 안면을 가격했다. 사람 하나를 기절시키기에 충분한 일격!

뻐억!

관무중의 눈이 크게 한 바퀴 돌았다. 그의 무릎은 추소산의 옆구리를 한 치가량 남겨두고 힘을 잃었다. 먼저 한 방을 얻어맞았으니, 당연한 결과였다.

푸욱!

자신의 수하들과 마찬가지 꼴이 된 관무중이 바닥에 안면을 묻었다. 척후조 본연의 임무를 망각하고 홀로 획가를 치려 했던 자의 말로답게 꽤나 비참한 모습이었다.

'설마 이들이 천패단 전체의 전력은 아닐 테고, 척후쯤 될 것 같군.'

추소산은 내심 염두를 굴리고 관무중을 들쳐 업었다.

획가로 돌아간 후, 이번 공격의 우두머리인 그와 진지하게 대화를 나눠볼 생각이었다.

"천패단의 본거지를 알 수 있으면 좋겠군. 기다리는 싸움은 성격에 맞지 않아……."

나직이 중얼거린 추소산이 바람처럼 신형을 날렸다.

*   *   *

제원(濟源).

본래 산서성과 하남성을 잇는 중요 교통로 중 하나였던 이곳에 천패단이 몰려든 것은 한 달이 조금 넘었을 때였다.

근 사흘간 계속된 살육과 약탈은 제원을 죽음의 도시로 만들기에 부족함이 없었다. 천패단이 휩쓸고 지나간 다른 도시나 마을과 똑같은 길을 걷게 된 것이다.

한때 제원 지현의 관저였던 고택의 대청.

대낮부터 주지육림에 빠져 있는 다섯 명의 흉신악살들이 있다. 가운데 자리잡은 세 명은 친형제로 첫째 천패단주 살귀마창(殺鬼魔槍) 악유철, 둘째 안령비천도(雁翎飛天刀) 악유진, 셋째 혈해검귀(血海劍鬼) 악유성의 삼 형제이다.

그리고 그들보다 조금 처진 가외에 나눠 앉은 자들은 넷째인 흡혈귀매(吸血鬼魅) 유상렬이고, 귀마검치(鬼魔劍痴) 양패군이니, 이들을 합쳐 오패귀(五狽鬼)라 했다.

악유철은 술과 고기를 뜯던 손으로 여인을 떡 주무르듯 하다 눈살을 살짝 찌푸려 보였다. 품에 안겨 있던 여인의 손톱이 그의 손등을 살짝 스친 것이다.

퍼퍽!

좌측 품에 안겨 있던 반라 여인의 머리가 갑자기 바닥에 처박혔다. 이미 악유철의 일격에 얼굴이 뭉개졌으니, 고통 따윈 느낄 겨를도 없었으리라.

"까악!"

"아악!"

오늘 처음으로 잡혀온 여인 중 몇이 놀라서 비명을 질러댔다. 이 같은 모습을 처음으로 본 까닭이다.

그러나 대다수의 여인들의 얼굴에는 체념한 표정만이 가득했다.

악유철을 비롯한 천패단의 오패귀는 그녀들의 생각에 사람의 종자가 아니었다.

짐승도 그런 지독한 종류는 없을 거란 생각이 들 정도로 사람 죽이기를 파리 잡는 것보다 수월하게 생각했다. 이런 일은 그저 일상적일 따름이었다.

그때 한켠에서 열심히 술통을 비우고 있던 오패귀의 막내 양패군이 권태로운 표정으로 중얼거렸다.

"그러고 보니, 이곳에서 죽치고 있었던 것도 벌써 보름이 넘어가고 있으니 지겹기도 합니다. 슬슬 관부 놈들도 눈치채고 움직일 때가 된 것 같은데, 대충 정리하고 떠야 하지 않겠습니까?"

일격에 여인의 면상을 박살 낸 손을 다른 여인의 가슴에 슥슥 닦아 낸 악유철이 입가에 냉소를 담았다.

"훙, 난세에 태어나지 않아 제대로 된 훈련조차 받지 못한 관부의 개들 따윈 전혀 겁나지 않는다."

"형님, 그래도 하남에는 무림맹이 있습니다. 그들이 냄새를 맡으면 곤란해집니다."

권하듯 말한 사람은 둘째인 악유진으로 천패단의 지낭(智囊)이라 할 수 있는 존재였다. 단주인 악유철이라 해도 그의 말을 완전히 무시할 순 없다.

"흠, 확실히 무림맹은 신경을 써야 할 존재들이긴 하지. 하지만 지금 그놈들은 정파비무대회인지, 천하제일무술대회인지 하는 걸 개최하는 때라 정신이 없는 상황이다. 이런 외진 곳에서 벌어지는 일 따윈 관심조차 없을 게 분명하다.”

“형님께서 바로 명찰하셨습니다. 하지만 하남성에는 개방이 있습니다. 그들의 눈과 귀가 항시 천하를 주시하고 있으니, 우리는 충분히 주의를 기울여야만 할 것입니다.”

“그 빌어먹을 개방의 거지 녀석들 말이냐?”

“예, 그 빌어먹는 개방의 거지 녀석들 말입니다.”

악유철의 말장난을 악유진이 냉큼 받아치자 셋째인 악유성을 비롯한 나머지 오패귀가 각자 앞에 놓인 탁자를 손으로 내려치며 대소해 댔다. 진짜 썰렁한 두 사람의 말장난이지만, 이렇게 재밌는 척하지 않으면 크게 화를 낸다는 걸 알고 있었기 때문이다.

과연 악유철과 악유진이 웃음을 보이지 않은 몇 명의 여인들을 손과 발을 휘둘러 마구 때려댔다. 자신들의 썰렁한 농담에 호응을 보이지 않았다는 게 그 이유였다.

‘흐흐흑!’

‘흑흑흑!’

갑자기 두들겨 맞은 여인들은 속으로 울음을 참으며 악유철과 악유진을 몰래 욕해댔다. 썰렁한 농담을 하더라도 시간과 장소가 있는 법이었다. 이렇게 갑작스레 던지고서 사람을 패는 법이란 세상에 없다.

그때 여인들에 대한 징벌을 끝마친 악유철이 갑자기 생각난 듯 말했다.

“그런데 우리가 다음 목표로 잡은 곳이 어디였지?”

“획가입니다.”

“획가?”

“예.”

악유철의 눈에 갑자기 번뜩이는 안광이 담겼다.

"셋째야, 획가로 척후조 녀석들이 떠난 게 얼마나 됐더냐?"

"낭심이 조 말씀이십니까?"

"그래."

세 개의 척후조 모두를 관리하고 있는 악유성이 얼른 손가락을 꼽아 봤다. 그러고 보니 제법 시일이 지났는데도 돌아오는 녀석이 한 명도 없다.

"엿새가 조금 지났습니다. 그 정도면 슬슬 근처 마을을 모조리 불태우고 돌아올 때가 되었는데……."

"뭔가 일이 생겼군."

"낭심이 조는 본래가 좀 거시기한 녀석들입니다. 어쩌면 획가를 먼저 시식하느라 돌아오는 게 좀 늦어지고 있는 건지도 모릅니다."

"물론 그럴 수도 있겠지. 하지만 둘째의 말대로 하남성에는 성가신 녀석들이 제법 된다. 혹시라도 문제가 발생한 게 사실이라면, 천패단 전체에 위협이 되는 일이 될 것이다."

악유철의 말을 들은 악유진이 얼른 자리에서 일어섰다. 대형이자 단주인 악유철이 결단을 내렸으니, 지낭이자 이인자인 그가 일을 주도함이 옳았다.

"밤이 되는 대로 제원을 떠날 준비를 한다!"

"오늘밤입니까?"

"당연하다."

"목표는 역시……."

"획가일 게 뻔하지. 획구에 갈 일은 없지 않겠느냐?"

악유진이 또 자신이 한 썰렁한 농담에 웃음 짓지 않은 여인 몇을 발

로 걸어찼다. 얻어맞은 여인들이 속으로 다시 그를 욕했음은 물론이었
다.

　밤이 소리없이 깊었다.
　마적단 고유의 전통대로 제원 전체를 불 지른 천패단 일동이 성문
앞에 집결했다. 말들의 입에서 뿜어져 나오는 입김과 투레질 소리가
밤의 대기를 뒤흔든다.
　이제 이곳을 떠나가면 획가에 도착할 때까지 여자나 술은 꿈도 꾸지
못할 게 분명한 터였다.
　그래서인지 일제히 말 위에 올라탄 천패단 마적들의 얼굴에는 짙은
아쉬움과 앞날에 대한 기대로 가득했다. 아직 품어보지 못한 제원 여
인들에 대한 아쉬움이고, 앞으로 품게 될 획가 여인들에 대한 기대였
다.
　그때 주지육림에 묻혀 있던 때완 완전히 딴판으로 날이 시퍼렇게 선
모습이 된 악유철이 휘하의 마적들을 바라보며 크게 소리 질렀다.
　"얘들아, 그동안 잘 처먹고, 잘 싸지르고, 잘 놀았느냐!"
　"예이!"
　"그럼 이제부터는 한동안 말 위에서 자고, 말 위에서 싸고, 말 위에
서 오입해야 한다! 그래도 되겠지?"
　"예이!"
　"푸하하, 그놈들 대답 한번 자알한다! 그럼 아랫도리들 잘 간수하고
지금부터 열나게 달려보도록 하자!"
　말을 마친 악유철이 애마인 적혈(赤血)의 고삐를 한 손으로 잡고서
강하게 박차를 가했다.

히히히힝!

적혈이 천패단 단주의 애마다운 길고 웅장한 울부짖음을 토해내더니, 앞으로 쏜살같이 달려나가기 시작했다. 천패단의 이동이 다시 시작된 것이다.

한데 적혈이 제원을 떠나고 얼마 지나지 않았을 때였다.

패앵!

앞으로 치달리던 적혈의 다리 부분에서 무언가 요동치는 듯한 움직임이 일더니, 근육이 약동하던 네 개의 다리가 한꺼번에 잘려져 날아갔다.

"엇!"

악유철이 나직한 경호성과 함께 그대로 바닥으로 무너져 내리는 말의 안장을 박차고 위로 뛰어올랐다. 다급한 상황 중에서도 균형을 잃지 않는 신기였다.

그러나 위로 뛰어오르는 악유철의 눈앞으로 갑자기 기다랗고 뾰족하게 날이 선 죽창 십여 개가 튀어 올랐다. 그의 다음 행동까지 예상한 기관이 발동한 것이다.

"쌍!"

악유철의 좌장이 어느새 가슴을 한 치도 남기지 않은 죽창을 강하게 내려쳤다. 싫증난 여인의 얼굴을 비술 때 자주 사용하곤 하던 만천과해(瞞天過海)의 수법!

콰직!

죽창 세 개가 한꺼번에 박살났다. 그러나 곧 여섯 개나 되는 죽창이 파고들었다. 시간 차를 둔 수법이 펼쳐진 것이다.

퍼퍽! 퍽! 퍽!

악유철은 연달아 수장을 내뻗다가 몇 군데나 죽창에 찔려 피범벅이 되었다.

순식간에 벌어진 일이었다.

결국 간신히 바닥에 착지했을 때 악유철의 모습은 그야말로 흉신악살이나 다름없었다. 죽창에 찔린 이곳저곳에서 피가 솟구치는데, 그 모습이 처절했다.

'어떤 놈이!'

악유철은 신형을 일으키며 적혈의 옆구리에 매달아놓은 자신의 장창, 혈천작(血天鵲)을 빠르게 쳐다봤다. 혈천작만 손에 든다면 세상의 어떤 것도 두려울 것이 없을 터인데… 지금 그의 양손은 텅 비어 있었다.

그때 악유철한테서 삼 장가량 떨어진 곳에 모습을 드러낸 한 회의수사가 있었다. 개봉의 외곽에서 염규원의 시체를 수습했던 혈유였다.

"정말 허접한 솜씨군. 그따위 기관 매복에 당해서 피범벅이 되다니 말야."

"네, 네놈은 누구냐?"

"나?"

혈유가 자신을 손으로 가리키더니 빙긋 입가에 미소를 만들어냈다.

"나야 이런 사람이지 뭐!"

"잇……."

혈유의 손에서 일순 차가운 청색 광채가 번뜩이더니, 단숨에 악유철의 가슴을 꿰뚫었다.

단 일 수!

악유철은 자신의 가슴을 꿰뚫은 청색마인(靑色魔印)을 바라보다 입에서 핏물을 꾸역꾸역 쏟아냈다. 이미 절명해 버린 것이다.

"정말 허접해. 시체조차 쓸 만한 가치가 없지 않은가 말야."

혈유가 악유철의 가슴을 꿰뚫은 손을 쑥 빼냈다.

그러나 핏물은 전혀 쏟아지지 않았다. 악유철의 가슴을 중심으로 차가운 성애가 빠르게 전도되고 있었다. 청색마인이 빙공 계열의 무공이었기에 벌어진 기현상이었다.

그때 악유철을 쫓아 말을 몰아온 천패단의 입에서 기성이 터져 나왔다. 하늘처럼 믿고 있던 단주 악유철의 사망을 목도했으니, 그들이 크게 놀라는 것도 무리는 아니었다.

"형님!"

악유진이 얼른 말을 몰아 악유철에게 달려가려다 말 머리를 강하게 잡아당겼다. 천패단의 이인자이자 지낭인 그의 뇌리로 강한 불안감이 스쳐 갔기 때문이다.

'형님은 기습을 당했다! 그렇다는 건 내부에 적과 내통한 자가 있다는 건가?'

악유진이 재빨리 말 머리를 돌렸다. 그의 예상대로라면 악유철 다음은 자신이 목표가 될 것이 분명했기 때문이다.

그의 예상은 옳았다. 조금 늦었지만.

패앵!

퍼퍽!

혈해검귀 악유성의 혈검(血劍)이 옆구리를 스치고 지나갔고, 흡혈귀매 유상렬의 흑조(黑爪)가 심장에 강하게 틀어박혔다.

"유, 유성, 너마저……."

악유성이 감정이 느껴지지 않는 표정으로 말했다.

"요 근래 형님들은 좀 도가 지나쳤소이다. 혈문에서 부담을 느낄 정
도로."

"혈문이… 라면 가능하지……."

"죄송합니다."

악유진의 입가에 차가운 미소가 떠올랐다. 혈문에서 자신들을 제거
했으니, 곧 동생인 악유성 역시 그들의 암검을 피해갈 순 없다는 생각
을 한 것이다.

그때 악유성의 혈검이 다시 움직였다.

푸억!

악유진의 머리가 야천을 핏빛으로 물들이며 떠올랐다. 오패귀의 둘
이 이승을 하직하는 순간이었다.

'쯧! 그냥 혈문의 영패 하나를 위조한 후에 형제지간의 불화를 조금
북돋웠을 뿐인데, 이렇게 쉽게 걸려들 줄이야!'

혈유는 눈앞에서 벌어진 형제상잔의 모습을 무심한 표정으로 지켜
보곤 천천히 악유성에게 다가들었다. 이제 그가 천패단에 분란을 일으
켜 손에 넣은 목적을 달성해야만 했다.

"수고했네."

혈유의 치하에 악유성의 안색이 살짝 붉어졌다. 한 어미의 뱃속에서
난 형제 둘을 한꺼번에 없앤 터라 마음이 크게 언짢았다.

'그래도 저자는 앞으로 혈문에서 나의 입지를 세워줄 사람이다. 불
편한 심사를 드러내선 안 될 것이다.'

강하게 마음을 다잡은 악유성이 얼른 말에서 내려 허리를 숙여 보였
다.

“천패단은 본래 혈문 휘하였습니다. 혈문의 귀인께서 끓는 물속에 들어가라면 들어갈 것이고, 타는 불 산으로 들어가라 해도 들어갈 것입니다.”

“과연 자네는 다른 형제와 달리 사람이 되었구만.”

혈유는 미미하게 고개를 끄덕여 보이곤 무심히 말했다.

“그럼, 천패단주인 자네한테 첫 명령을 내리도록 하겠네. 자네와 천패단은 지금 당장 획가로 달려가서 그곳을 지키고 있는 추소산이란 자를 죽이도록 하게.”

“추소산? 그자가 천패단 전체가 달려들어야 할 정도로 강한 자입니까?”

“강하든 말든 자네는 명에 따르기만 하면 되네!”

혈유의 목소리에 조금 힘이 들어가자 악유성이 얼른 허리를 크게 숙이곤 대답했다.

“봉명(奉命)!”

‘바로 봉명이라! 역시 천패단의 삼 형제 중 가장 이용해 먹기 쉬운 자답군.’

내심 차갑게 웃어 보인 혈유가 너무 원통해서 눈조차 감지 못한 악유진의 얼굴을 슬쩍 바라보곤 신형을 돌렸다. 이 정도 했으니, 더 이상 자신이 나설 필요는 없다는 판단을 내린 것이다. 그는 바쁜 사내였다.

제30장

일부당천(一夫當千)? 일녀당천(一女當千)!

뽀얀 수증기, 가득한 욕실.

그저 사람 하나 정도 몸을 담글 수 있을 듯한 나무 물통 속에 몸을 누인 우약연의 나신은 현란할 정도로 아름다웠다.

매끈한 몸의 곡선은 눈을 어지럽힐 만하고, 전신의 절반 이상을 가릴 정도로 긴 흑발은 매혹 그 자체였다.

수증기 사이로 언뜻언뜻 내비치는 섬세한 옥용.

혹여 지금 우약연의 발그스름하니 달아올라 있는 청백한 옥용을 볼 수 있는 사람이 있다면, 현기증마저 느낄 만했다. 그 정도로 절대적인 미모가 우약연의 얼굴에는 담겨 있었다.

첨벙!

우약연의 발끝이 살짝 물장구를 친다.

그럴 때마다 언뜻언뜻 보이는 나신의 아름다움이란 가히 숨이 막힐 듯하였다.

그녀는 지금 자신이 취하고 있는 행동이 얼마나 유혹적인지 알고나 있는 것일까?

그러나 우약연은 곧 입가에 가느다란 한숨을 매달았다.

처연한 기색이 그녀의 절대적인 미모를 살짝 가리운다.

설움.

우약연은 잠시 눈가에 이슬을 매달고는 얼른 손으로 얼굴을 문질렀다. 어느 누구에게도 보일 수 없는 눈물임을 잘 알고 있는 까닭이었다.

'이만하면 피 내음은 다 씻겼을 것이다!'

우약연이 욕조에서 몸을 일으켰다.

오싹!

잠시 온몸에 닭살을 일으키게 하는 소름을 느낀 우약연이 한 걸음만에 욕조를 벗어났다. 이제 천의(天衣)라 해도 과언이 아닐 몸을 가리기만 하면 된다.

한데 그때였다.

콰직!

밖에서 잠시 시끄러운 소란이 일더니, 갑자기 욕실의 한쪽 벽면이 박살났다. 한 명의 꼬마 거지가 욕조를 훔쳐보다가 벽을 뚫고 들어온 것이다.

"에헷!"

꼬마 거지의 눈이 휘둥그레해졌다.

우약연이 재빨리 한켠에 걸어뒀던 속옷을 집어 들었지만, 전라의 몸을 몽땅 가리긴 역부족이었다. 그녀의 뽀얀 속살이 꼬마 거지의 눈에 그대로 들어왔다.

푸확!

꼬마 거지가 쌍코피를 터뜨렸다. 아직 열 살도 되지 않은 꼬맹이에겐 자극이 너무 강했다.

그때 꼬마 거지를 쫓아 욕실로 들어온 추소산의 안색이 가볍게 붉어졌다. 우약연의 반라 모습은 그에게도 매우 자극적이었기 때문이다.

휙!

추소산이 얼른 겉에 걸치고 있던 장포를 벗어 우약연에게 던져 줬다.

"일단 이거라도 걸치시오!"

"……."

우약연으로선 절대 반항할 수 없는 명령이었다. 그녀는 얼른 추소산의 장포로 몸을 가리곤 미미하게 고개를 끄덕여 보였다. 고맙다는 뜻이었다.

그러나 추소산은 그녀의 인사를 보지 못했다. 재빨리 욕실에서 빠져나가려던 꼬마 거지를 붙잡기 위해 이미 신형을 날린 것이다.

스슥!

추소산은 객점 밖으로 벗어나자마자 단 한차례 손을 휘둘러 꼬마 거지를 붙잡았다.

그러자 영악하게 생긴 것답게 꽤나 재빠른 몸을 지닌 녀석이 온몸을 버둥거리며 소리를 질러대기 시작했다.

"동네 사람들! 여기 천하에서 가장 예쁜 선녀가 나타났다오! 그래서… 웁……."

추소산은 재빨리 녀석의 입을 틀어막았다. 다시 또 다른 사람들이 나타나 우약연의 나신을 훔쳐본다면 피의 전주곡이 될 게 뻔했기 때문이다.

"너 그러다 죽는다!"

추소산이 짧게 한마디 하자 꼬마 거지가 움찔 몸을 떨었다. 아직 어린 나이지만, 혼난다와 죽는다의 차이를 알고 있는 모습이다.

추소산은 내심 짚이는 구석이 있었다.

"너, 개방의 거지냐?"

"……."

꼬마 거지의 눈알이 또르르 옆으로 굴러 내렸다. 뭔가 잔뜩 염두를 굴리고 있는 게 눈에 보인다.

추소산의 입가에 픽 미소가 떠올랐다.

"그렇게 쫄 것까진 없다. 나는 결코 널 죽이지 않을 테니까."

"그럼 누가 절 죽이죠?"

"그야 당연히 네가 몹쓸 짓을 한 사람이지."

"그 선녀처럼 예쁜 누나가 절 죽이나요?"

"아무렴."

추소산이 짐짓 안색을 굳힌 채 고개를 끄덕이자 꼬마 거지가 갑자기 큰 목소리로 말했다.

"그건 절대로 안 되는 일입니다!"

"어째서 그렇지?"

"난 그 선녀 같은 누나를 각시로 삼아야 하는데, 그 누나가 날 죽이면, 그야말로 살부지처(殺夫之妻)가 되는 거잖아요!"

'살부지처…….'

추소산은 잠시 이마가 띵해지는 걸 느꼈다.

본래 그는 꼬마 거지가 개방의 제자란 걸 알고 내심 호감을 가지고 있었다. 개봉에서의 경험으로 그들이 가슴속에 한 가닥 의협의 기풍을 가지고 있음을 알고 있었기 때문이다.

그러나 이런 맹랑한 말을 듣고 보니 귀엽다는 생각이 싹 가셨다. 지금 우약연에게 걸려서 한차례 된통 혼나지 않는다면, 후일 큰 사고를 칠 것 같았다.

"혼인을 할 생각이라고?"

"예, 본래 사내는 자신이 한 일에 책임을 지는 거라고 사부님한테 들었습니다. 내가 선녀 누님이 목욕하는 장면을 봤으니까 마땅히 책임을 지는 게 당연한 거잖아요."

"그렇게 따지면 나 역시 너와 마찬가진데, 그럼 어찌 되는 것이냐?"

"음, 그건……."

맹랑한 꼬마 거지가 처음으로 말문이 막혔다. 남녀 간의 관계나 연애 같은 건 고작 시장통에서 주워들은 것밖에 없는 녀석에게 이런 삼각관계란 난제라 아니 할 수 없었다.

한참 끙끙거린 꼬마 거지가 두 눈에 잔뜩 힘을 주고 말했다.

"절대 도망가지 않을 테니 날 놔주십시오!"

"개방의 거지로서 하는 맹세일 테지?"

"그렇습니다!"

추소산은 두말 않고 꼬마 거지를 놔줬다. 그러자 녀석이 갑자기 허리춤에 매달아놨던 작은 죽봉을 빼 들곤 진지한 표정으로 말했다.

"개방의 백의개인 남추가 감히……."

"내 이름은 추소산이다."

"…추 소협에게 비무를 신청하는 바입니다. 추 소협은 모쪼록 상대해 주시기 바랍니다!"

‘우 소저를 두고 비무를 하자는 건가?

추소산은 개방의 사내다운 방식이란 생각에 이를 드러내며 웃었다.

우약연을 차지하기 위해 싸우고 싶은 생각은 없으나 남추의 비무 신청을 외면할 순 없다는 생각이 들었다.

슉!

일보 옆으로 물러서는 것으로 입가의 미소를 지운 추소산이 슬쩍 포권해 보였다.

“추소산이 개방 남 소협의 비무 신청을 받아들이는 바이오. 먼저 삼 초를 양보할 테니, 남 소협은 먼저 손을 쓰도록 하시오.”

“그 양보, 거절하지 않겠습니다!”

남추가 죽봉을 양손으로 들어 하늘을 향하더니, 곧바로 추소산의 얼굴을 노리며 뛰어들었다.

평범한 직도양단의 자세!

추소산은 반보 옆으로 물러서는 것으로 남추의 일격을 무위로 돌렸다.

그러자 남추가 느닷없이 바닥에 죽봉을 꽂더니, 펄쩍 위로 뛰어오르며 추소산의 안면을 발로 마구 후려 찼다.

처음부터 직도양단의 초식은 허초로 버리고, 추소산의 방심을 찌르는 게 실초였음에 분명하다.

그러나 그는 상대를 잘못 만났다.

초식 운용에 있어선 그야말로 귀재라 할 수 있는 사람이 추소산이었다.

그는 남추의 평범한 일격 이후에 연달아 펼쳐진 원앙퇴를 그저 좌우로 상반신을 흔드는 것만으로 피해냈다. 이때 그의 다리는 굳건하게 바닥에 고정된 채 움직임조차 없었다.

투욱!

연달아 여섯 번의 원앙퇴를 펼치고 바닥에 내려선 남추의 안색이 새빨갛게 변했다.

나름대로 회심의 일격이었다.

그런데 추소산에겐 허무할 정도로 의미없는 짓에 불과했다. 화가 나지 않는다면 무학을 연마한 자가 아닐 터였다.

"이 초식째 갑니다!"

연달아 펼쳐 낸 두 초식을 한 초식으로 묶는 남추의 계산법에 추소산은 다시 입가에 미소를 만들었다.

그 또한 생각보다 훨씬 빼어난 재질을 지닌 남추의 숨겨진 재주를 보고 싶은 생각이 들었다.

사양할 필요는 없었다.

"얼마든지."

추소산의 대답이 떨어진 순간 남추가 죽봉을 이리저리 흔들면서 똑바로 돌격해 들어왔다.

어찌 보면 독사출동의 초식 같고, 삼재검(三才劍) 삼십육 초 중 십칠 초인 선인지로(仙人指路) 같기도 하다.

물론 추소산은 일견 무모해 보이는 남추의 돌격을 있는 그대로 보진 않았다.

그는 눈에 안력을 집중해 남추의 죽봉이 움직이는 방향을 철저히 쫓았다. 그리고 그의 보법 역시 마찬가지였다.

'그런 의도였군.'

추소산의 입가에 다시 미소가 떠올랐다. 그리고 바로 그때였다.

파팍!

남추가 추소산에게서 얼마 떨어지지 않은 바닥에 강하게 진각을 일으켰다. 그러자 튀어 오른 한 줌의 흙모래.

추소산은 마치 기다리고라도 있었던 것처럼 소매를 들어 얼굴을 가렸다. 흙모래가 노릴 만한 곳은 뻔했기 때문이다. 그리고 바닥에 한쪽 발을 내디딘 채 회전을 일으킨 신형.

"이얍!"

추소산이 스스로 자신의 시야를 가렸을 때였다.

그 짧은 순간을 놓치지 않고 죽봉을 찔러가던 남추의 신형이 크게 휘청거렸다. 갑자기 핑하고 머리가 돌았기 때문이다.

'이, 이게……'

남추가 걸려든 건 추소산이 발끝으로 바닥을 찍으며 일으킨 전사경(纏絲勁)이었다.

실제로 전사경에 걸린 건 아니었다.

그러나 그 동선에 휘감긴 것만으로도 남추 같은 소거지에겐 견뎌내기 쉽지 않은 일이었다. 그의 전신이 천천히 맴을 돌기 시작했다.

빙글빙글빙글…….

남추의 몸이 끝도 없이 마구 회전했다. 전사경에 대한 사전 지식이 없는 그로선 결코 빠져나올 수 없는 거미줄에 걸린 거나 다름없었다.

그때 우악언이 옷을 모두 차려입고 밖으로 나왔다.

그녀의 손에는 이미 하얀 검광을 뿌리는 검이 들려져 있었다.

그리고 눈가에 깃든 살기.

추소산은 움찔 어깨를 떨었다. 그녀가 진짜 남추를 죽일 생각임을 눈치챘기 때문이다.

“우 소저, 이 녀석은…….”

“사내는 본래 자신이 한 짓에 대한 책임을 지는 거라네.”

‘남추 녀석이 했던 말과 똑같군. 의미는 다르지만.’

내심 쓰게 웃은 추소산이 얼른 신형을 날려 남추에게 다가가는 우약연의 앞을 가로막아 섰다.

“이 녀석은 지금 단단히 훈도를 받고 있습니다. 그러니 우 소저는 잠시만 참아주십시오.”

“사내는 자신이 한 짓에 대한 책임을 지는 거라고 했네.”

“그렇지만 아직 나이도 어리고 하니 용서를…….”

“나이가 어리다 해도 사내는 사내라네.”

추소산의 말을 중간에서 가차없이 잘라 버린 우약연의 검이 빛살 같은 검기를 쏟아냈다. 자신의 앞을 가로막으면 추소산이라 해도 베겠다는 의지를 드러낸 것이다.

‘이런!’

추소산은 과거 한차례 경험했던 비검 때보다 배 이상 빨라진 청화비폭검에 내심 크게 놀랐다. 여태까지 그녀가 자신의 진재실학을 숨기고 있었다는 걸 눈치챘기 때문이다.

그렇다 해도 뒤로 물러설 순 없었다.

남추를 죽게 내버려 둘 순 없는 것이다.

스으.

추소산이 수류보를 펼쳐 청화비폭검이 일으킨 청화를 피하곤, 재빨리 남추 쪽으로 물러섰다. 그는 여전히 전사경에 걸려 맴을 돌고 있었다.

타탁!

추소산의 발끝이 남추의 대추혈을 건드렸다. 그러자 대추혈 쪽에서 일어난 한줄기 진기가 남추의 온몸을 좌르륵 훑고 지나갔다.

부들!

남추가 어깨를 한차례 들썩이더니 더 이상 돌지 않게 되었다. 추소산이 대추혈로 전달해 준 한 줌의 진기가 만들어낸 변화였다.

그러나 그동안 백 바퀴 이상 돌았다.

속이 정상일 리 만무했다.

“우웁!”

흔들리는 시선으로 우약연을 바라본 남추가 바닥에 연신 토악질을 하기 시작했다. 추소산으로서도 미처 예상치 못한 결과가 벌어진 것이다.

‘도망치라고 전사경을 풀어줬더니……’

추소산이 내심 혀를 찼다. 이젠 우약연의 노기등등한 청화비폭검을 받아낼 도리밖에 없다.

한데 아랫배를 붙잡은 채 연신 토하고 있는 남추의 모습을 본 우약연이 갑자기 눈빛에 담겨 있던 살기를 풀었다. 그가 토하는 모습을 보고 갑자기 측은지심이 인 것인가?

그렇진 않았다.

그녀는 묵묵히 남추가 토하는 모습을 지켜보다 추소산에게 한마디를 던졌다.

“그 아이가 다 토하고 나면 잘 씻겨서 내게 데려오도록 하게.”

“잘 씻겨서?”

“어찌 그리 더러운 아이에게 사내의 도를 가르칠 수 있겠는가!”

‘허!’

추소산의 탄식 속에 우약연이 우아하게 신형을 돌렸다.

추소산은 그녀의 뒷모습을 잠시 지켜보곤 여전히 토하느라 여념이 없는 남추에게 슬며시 고개를 저어 보였다. 그의 앞으로 남은 운명이 꽤나 힘들겠다는 생각이 들었기 때문이다.

깨끗이 씻겨진 남추는 제법 영준한 것이 거지답지 않게 귀티나는 얼굴을 하고 있었다. 아이 시절의 추소산 역시 얼굴은 잘생긴 편이었는데, 곰곰이 견주어볼 때 남추 쪽이 조금 더 나은 듯한 생각이 들었다.

"경극의 우희 역을 맡기면 딱이겠군."

추소산이 한마디 던지자 남추의 안색이 갑자기 시뻘겋게 변했다.

"어찌 사내대장부로 태어나서 우희 따위를 연기한단 말입니까! 초패왕 항우라면 또 몰라도!"

"초패왕을 알고 우희를 아는 걸 보니 곡마단 출신이로군?"

"아니에요! 나는 결코 그런 밥도 잘 안 주는 곳의 출신이 아니라구요!"

'맞군.'

추소산은 자신이 넘겨짚은 질문에 바로 걸려든 남추를 보고 내심 피식 웃었다. 갑자기 영악한 꼬맹이가 순진한 아이가 되자 마음이 꽤나 즐거워진 것이다.

탁!

추소산이 탁자를 강하게 때렸다.

그의 손바닥이 닿은 탁자에 깊숙한 손자국이 났다. 아니, 손자국은 점점 깊은 곳까지 골을 패게 만들더니, 갑자기 쑥하고 구멍을 뚫어버렸

다. 처음부터 구멍이 뚫린 게 아니라 점차 내력이 유동하며 그리되었
다.

"와!"

남추가 자신도 모르게 입을 크게 벌렸다. 자신의 떠벌이 사부는 이
와 같은 무공은 아예 펼쳐 본 일조차 없다. 아마 죽인다고 협박해도 못
보여줄 게 분명하다.

남추의 존경 어린 눈빛을 본 추소산이 엄한 표정으로 말했다.

"너는 지금부터 나와 우 소저를 보러 가야 한다."

"제 처를 보러 간다는 건가요?"

"또 그런 소리를 하면 내 손바닥이 네 머리를 문대는 사태가 발생할
지도 모른다."

"웁!"

남추가 얼른 자신의 입을 양손으로 가렸다.

추소산의 무시무시한 손바닥에 머리가 문대지면 다시는 맛있는 것
도 못 먹고, 우약연의 예쁜 얼굴도 못 보며, 실컷 지껄이는 짓도 못하게
된다. 그건 참 안 좋은 일이었다.

남추가 자신의 말을 알아들었다고 생각한 추소산이 말을 이었다.

"우 소저는 굉장히 무서운 사람이다. 어쩌면 너는 지금 그냥 내 손
에 한차례 문대지는 게 나을지도 모른다."

"싫어요……."

"싫겠지. 나 역시 너 같은 꼬맹이를 괴롭히긴 싫다. 하지만 네가 나
와 한 가지 약속을 하지 않는다면, 널 살리기 위해서라도 반드시 손을
쓸 것이다."

"무섭게 손을 쓸 건가요?"

"아마 곡마단에서 네가 얻어맞은 것의 족히 열 배쯤은 심하게 손을 쓸 것이다."

"악! 악악악!"

남추가 갑자기 경기라도 든 것처럼 소리를 질러댔다. 곡마단에서 예인을 가르치는 과정이란 게 본래 사람의 상상을 초월한다. 보통의 꼬맹이에겐 분명 견디기 힘든 기억이었음에 분명하다.

추소산이 얼른 손가락을 남추의 인중에 갖다 댔다. 경기를 하는 어린애들의 발작을 멈추게 하는 민간처방이었다.

남추가 거짓말처럼 발작을 멈췄다.

추소산이 말했다.

"네가 악을 써도 어쩔 수 없다. 그게 사실이니까."

"진짜 그 선녀 같은 누나한테 제가 죽는 건가요?"

"네가 내 말을 듣지 않으면 분명 그리될 것이다."

잠시 뭔가 깊숙이 생각하던 남추가 한숨과 함께 말했다.

"알겠어요. 그처럼 살부지처가 되려 하는 누나한테 장가갈 수는 없겠네요. 그 누나는 형한테 넘길 테니까, 제 목숨 좀 살려주세요."

'형?'

추소산은 남추가 대뜸 자신을 형이라 부르자 기분이 묘해졌다.

여태까지 가가나 오라버니라 부르는 여동생들은 제법 많았으나 형이란 부름은 참 오랜만이었다. 사실 옥화산을 떠난 후엔 처음으로 들어보는 호칭이었다.

"흠."

추소산은 자신의 턱을 손가락으로 살짝 매만졌다. 뭔가 생각하는 표정이었다.

남추는 한동안 그의 모습을 빤히 바라보고 있었다.

그렇게 잠시의 시간이 흘러 추소산이 자리에서 쓱 일어섰다. 그의 얼굴에 떠오른 건 부드러운 미소였다.

"가자!"

"예?"

"가서 네 사부를 만나 인사 올려야지."

추소산의 뜻 모를 말을 들은 남추가 얼떨결에 그의 뒤를 따라나섰다. 이젠 오직 추소산밖엔 그가 믿을 사람은 없었다.

"이 아이를 제자로 받아들이라고 했는가?"

우약연은 다소 어이없다는 표정을 추소산에게 던졌다. 자신의 나신을 훔쳐본 못된 꼬맹이를 어찌 제자로 받아들일 수 있겠는가.

추소산이 얼른 고개를 끄덕였다.

"본래 군사부일체라 했습니다. 사부와 제자는 부모와 자식의 관계와 같으니, 무치(無恥)라 할 수 있지 않겠습니까?"

"그냥 죽여 버리면 안 되겠는가? 그럼 매우 간단하게 일이 처리될 듯싶네만."

"그렇게 되면 우 소저는 아직 나이가 어린 철부지 꼬마를 죽인 게 됩니다. 어찌 검을 배워 익힌 검자로서 그런 짓을 함부로 저지를 수 있겠습니까!"

"그래서 제자로 받아들이라는 건가?"

"그렇습니다. 만약 우 소저가 이 못된 꼬맹이를 받아들여 한 명의 어엿한 검객으로 성장시킨다면, 어찌 천하에 덕을 쌓는 일이 되지 않겠습니까?"

“말은 잘하는군.”

“본래 내가 좀 그렇지요.”

추소산은 우약연에게 씩 웃어 보였다. 우약연 입장에서 보면 꽤나 재수없는 미소라 할 수 있었다.

그러나 그녀는 슬쩍 남추를 바라보고 눈살을 찌푸려 보였다. 그녀 역시 눈앞의 귀엽게 생긴 꼬맹이를 한칼에 죽이고 싶은 생각은 별로 없었다. 다만 그에게 세상의 험악함과 사내로서 지켜야 할 도리를 가르치고 싶었을 따름이다.

‘그렇군. 그를 내 제자로 삼는다면 앞으로 계속 가르침을 줄 수 있다는 것이니 그리 나쁜 일은 아니야.’

내심 고개를 끄덕인 우약연이 그림같이 일어서서 남추에게 다가갔다.

움찔!

남추가 두려움에 젖은 표정으로 추소산의 눈치를 살폈다. 진짜 우약연이 댕겅 자신의 목을 잘라 버릴까 겁을 먹은 표정이다.

우약연이 싸늘한 표정으로 말했다.

“어딜 도둑같이 눈알을 굴리는 것이냐! 너는 냉큼 내 앞에 꿇어 엎드리도록 해라!”

“어, 어째서…….”

“죽고 싶으냐!”

우약연의 일갈을 들은 남추가 냉큼 그녀 앞에 엎드렸다. 그러자 우약연이 발검과 동시에 그의 텁수룩하던 머리를 싹둑 잘라 버렸다.

후두둑!

자신의 머리가 바닥에 떨어지는 모습을 보며 남추가 눈물을 뚝뚝 떨

귀냈다. 왠지 가슴속 깊은 곳에서 한줄기 서러움이 치솟아올랐기 때문이다.

우약연이 검을 거두고 말했다.

"방금 전 일검으로 네 머리를 자른 건 사내로서 반드시 지켜야 할 명예를 어겼음을 징벌하는 것이다. 네가 수치를 아는 사내라면 오늘의 일을 귀감으로 여겨 다시는 똑같은 짓을 반복해서는 안 될 것이다."

"…예."

남추의 대답은 눈물에 절반쯤 잠겨 있었다.

우약연은 문득 마음 한구석이 약해지는 걸 느끼고 목소리를 살짝 부드럽게 했다.

"너는 울 것이 없다. 오늘의 일로 인해 너는 앞으로 한차례 죽을 일을 덜게 된 셈이니."

"예."

"그럼 너는 얼른 내게 구배지례를 올리도록 해라."

"구배지례요?"

"네가 날 사부로 맞으려 하니, 당연히 구배지례를 올려야 하지 않겠느냐!"

우약연은 목소리를 올리긴 했으나 충분히 부드럽게 말했다. 남추를 이미 제자로 마음속에 받아들인 게 분명하다.

남추가 슬쩍 추소산을 바라봤다.

그는 내심 추소산이 자신의 사부가 되어 주기를 바라고 있었다. 개방에서 배운 몇 가지 몽둥이질이나 싸움 기법과는 차원이 다른 추소산의 절예를 보고 크게 마음이 동한 것이다.

추소산이 손으로 툭 남추의 머리를 때렸다.

"우 소저의 무공은 날 능가한다. 네가 우 소저를 사부로 모신다면, 천하에 일부당천(一夫當千)이란 말 외에 일녀당천(一女當千)이란 말이 또 있음을 알게 될 것이다."

"일녀당천이요?"

"그래."

추소산은 더 이상 말하지 않고 객실에서 빠져나갔다. 이제 두 사람이 사제의 명분을 얻게 될 터인데, 외인인 자신이 지켜본다는 건 예의가 아니란 생각이 들었다.

휘이익!

객점 밖으로 나서자 매우 시원한 바람이 그를 기다렸다는 듯 맞아주었다.

"바람 한번 시원하군."

추소산은 활개를 치듯 양팔을 크게 벌렸다. 바람, 그 자체를 자신의 품 안에 가두고 싶었다.

그때 멀리 성문 쪽에서 낯이 익은 사람이 모습을 드러냈다. 현재 획가의 전 병력을 지휘하고 있는 포쾌 구진충이었다.

'뭔가 문제가 생겼군.'

구진충의 보법이 급한 걸 본 추소산이 얼른 그에게 신형을 날렸다.

슉!

구진충은 어둠을 뚫고 모습을 드러낸 추소산을 보고 얼른 걸음을 멈췄다. 과연 안색이 크게 좋지 않은 것이 큰일이 생긴 게 틀림없다.

"무슨 일입니까?"

추소산의 단도직입적인 물음에 구진충이 잠시 망설이는 표정을 짓다 말했다.

"지현대인이 애첩 등을 데리고 성을 떠났습니다."

"혼자 떠나진 않았겠군요?"

"성 병력의 절반을 데리고 갔습니다. 궁수가 절반으로 줄었으니 이 노릇을 어찌해야 할는지……."

"그래도 절반은 남겨놨다니, 다행이군요."

"본래는 전부 다 데리고 가려 했는데, 궁수들 중 고참병 몇이 절 꽤나 따르는지라 명령을 듣지 않았습니다."

"그렇군요."

추소산이 미미하게 고개를 끄덕이곤 다시 질문했다.

"지현이 급하게 떠난 까닭이 있겠지요?"

"그, 그게……."

"숨김없이 말씀해 주십시오. 그래야 대책을 세울 수 있지 않겠습니까."

'하긴 현재 획가에 남은 병력 가지곤 방어조차 할 수 없다. 추 소협 과 우 소저가 없다면 하루인들 천패단을 막아낼 수 없을 테니…….'

내심 마음을 굳힌 구진충이 말했다.

"그동안 이 몸 역시 놀고 있었던 건 아닙니다. 매 십 리 밖마다 첨병 을 내보내서 매시간마다 봉화를 피워 적의 진입을 미리 알고자 했는데, 반 시진 전쯤부터 봉화가 전혀 오르지 않게 되었습니다."

"반 시진입니까?"

"예."

추소산은 내심 좋지 않다고 중얼거렸다. 가장 가까이에 있던 봉화가 십 리 밖이었으니, 이미 천패단이 반 시진 전에 십 리 밖에 도달했다는 것이 되는 것이다.

"기마를 좀 하실 줄 아십니까?"

"예, 조금 합니다."

"십 리를 말을 타고 달리면 얼마 만에 주파하실 수 있습니까?"

구진충은 추소산이 한 질문의 의미를 바로 알아챘다.

잠시의 고민 끝에 그가 답을 내놨다.

"대충 한 시진 안팎이 아닐까 생각됩니다만……."

"마적단인 천패단의 기마 운용과 비교할 바는 못 되겠지요?"

"…그렇습니다."

구진충은 고개를 끄덕이며 낯을 다시 붉혔다. 자신의 입으로 추소산과 우약연이 획가를 떠날 시간을 주지 않기 위해 바로 소식을 알리지 않았음을 고백한 꼴이었다. 부끄러움을 느끼지 않을 수 없다.

추소산은 그런 구진충의 고심을 이해했다.

지금 이 순간 그와 우약연이 떠난다면 획가는 천패단에 의해 불바다로 화하고 말게 뻔했다. 수많은 사람들의 목숨을 양 어깨에 진 사람으로서 이런 상황 하에서 최강의 전력을 포기할 순 없는 것이다.

'그렇지만 조금만 더 빨리 알려줬으면 싸움을 획가성 밖에서 벌일 수도 있었을 것을.'

추소산은 내심 가볍게 혀를 차곤 등에 짊어진 묵암검을 사용할 때가 왔다고 생각했다. 웬만하면 신검의 힘을 빌리고 싶지 않았는데, 이젠 도리가 없었다. 홀로 수많은 마적 떼와 싸워야 할 판이 됐기 때문이다.

그때 객점 안에서 우약연이 예의 방갓을 쓰고 소거지 남추와 함께 모습을 드러냈다.

우약연이 남추에게 뭐라 속삭이자 녀석이 얼른 추소산에게 달려왔다.

“소산 형님, 사부님께서 이르시길 제게 진실을 말하라 하셨습니다.”

“꽤나 말투가 공손해졌구나?”

“소산 형님은 사부님과 동배의 분이시니 어찌 제자 된 도리로 공손하지 않을 수 있겠습니까!”

‘얼마나 애를 쥐 잡듯 했으면, 그새 이리 달라졌는가!’

추소산은 문득 남추의 앞날이 매우 불쌍하게 여겨졌다. 그 같은 사부 밑에서 들들 볶일 인생이 가여웠기 때문이다.

“그래, 진실을 들어보자꾸나.”

남추가 말했다.

“저는 본래 개방의 백의개로 획가 일대에서 자잘한 정보를 모아서 개봉에 있는 총타로 보내는 역할을 맡고 있었습니다. 그래서 요 근래 몇 차례 비둘기를 날려 보냈는데, 얼마 전에 답장이 왔습니다.”

“개방에서는 획가에 신경을 쓰고 있었구나!”

“획가 인근에서 계속 마적들이 들끓었으니 당연한 일이죠. 근래 들어 인근의 개방 거지들 대부분이 북쪽으로 떠나서 지금은 저 혼자 남게 되었지만요.”

“그래서 개방 총타에서 온 소식은 무엇이었더냐?”

“본 방의 방주님께서 소식을 접하셨다고 합니다.”

“헙새 나 방주님이 발이냐!”

“그렇습니다. 그러니까 며칠만 더 버티라 하셨습니다. 방주님께서 개방의 고수들을 이끌고 획가로 달려오고 계시니까요.”

따악!

추소산이 남추의 머리를 한차례 때리고 말했다.

“그런데 그런 중요한 소식을 여태까지 혼자서만 꿍쳐 놓고 있었더
냐?”

“그게 갑자기 몇 가지 일이 생겨 버려서…….”

추소산은 갑자기 눈앞의 말 잘하는 꼬맹이가 낯을 붉히자 전후의 사
정을 대충 짐작하게 되었다. 남추는 본래 추소산 등에게 개방 고수들
의 지원이 있을 것임을 알리기 위해 객점을 찾아왔다가 우약연이 목욕
하는 장면을 훔쳐보게 된 것이다.

‘음흉한 꼬맹이 같으니…….’

내심 미소 지은 추소산이 구진충에게 담담히 웃어 보였다.

“좋은 소식입니다. 며칠만 있으면 개방에서 고수들이 온다고 합니
다.”

“며칠…….”

구진충은 기쁨을 얼굴에 드러내지 않았다. 단 며칠 새에 획가가 잿
더미가 될 수 있음을 알고 있었기 때문이다.

그때 우약연이 두 사람에게 말했다.

“아무래도 손님들이 온 것 같네. 맞으러 가봐야 하지 않겠는가?”

“손님?”

구진충이 얼굴에 의혹을 드러내자 추소산의 시선이 성문 밖을 향했
다. 그 역시 우약연과 마찬가지로 노도처럼 흔들리고 있는 대기의 진
동을 느꼈음이다.

‘역시 마적들답게 빠르군.’

내심 중얼거린 추소산이 구진충에게 명령하듯 말했다.

“천패단이 왔습니다. 지금 당장 성문과 성벽의 방비에 참가하도록
하십시오.”

“아, 알겠습니다!”

구진충이 얼른 성문 쪽으로 뛰어갔다. 천패단이 왔다면 지금부터는 생사박투에 들어갈 시간이었다.

그 모습을 지켜본 추소산이 우약연에게 시선을 던졌다.

“우 소저께서도 성내의 방어를 도와주십시오.”

“그럼 당신은?”

“나는 천패단이 얼마나 포악무도한지 지금부터 구경 좀 해봐야겠습니다.”

“혼자서?”

“방금 전에 일부당천이라고 지껄였으니, 말한 값 정도는 치러야 하지 않겠습니까?”

그 말을 끝으로 추소산이 바람같이 성문 쪽으로 신형을 날렸다. 펼쳐진 건 철마류인데, 그 속도가 과거에 비할 바가 아니었다. 그동안 육지견의 가르침을 바탕으로 끊임없이 노력하여 전혀 새로운 경공으로 탈바꿈시킨 것이다.

‘일부당천? 일녀당천이라 하지 않았던가?’

우약연이 추소산의 뒷모습을 묘한 감정을 담은 채 바라보고 있었다.

『만검조종』 4권에 계속…

무한 상상 · 공상 세계, 청어람 신무협&판타지

『두령』, 『사마쌍협』을 보았다면
꼭 섭렵해야 할 월인의 최신작!

천룡신무(天龍神舞) / 월인 지음

2005년 무협계를 평정할
거대한 놈이 나타났다!

『천룡신무』
(天龍神舞)

처음에는 운 좋게 병신춤만 추는 인간들을 만나 사지육신을 온전히 보존하고 있는 줄 알았다.
그리고 십 년 동안 이상한 춤만 가르쳐 주고 몽둥이 휘두르는 법은 물론, 주먹 쥐는 법 하나
가르쳐 주지 않은 사부를 원망하기도 했었다.

하지만 이젠 그딴 거 필요없다.
사부께서는 용무(龍舞)를 열심히 수련하면 네놈 몸뚱이 하나는 네 마음대로 움직일 수 있다고 하셨다.
그리고 그렇게 만들어주셨다.
사부께서는 한계를 뛰어넘고 초식을 무너뜨리는 춤을 가르쳐 주신 것이다.

중원의 무공 따위는 눈 아래로 내려디볼 수 있는 춤!

그래서 천룡신무(天龍神舞)이리라…….

매력적인 작품 세계를 보여온 월인만의 매혹에 다시 한 번 유혹당한다!

무한 상상·공상 세계, 청어람 신무협&판타지

『무정지로(無正之路)』의 화끈함을 계승한다!
작가 참마도의 두번째 작품!!

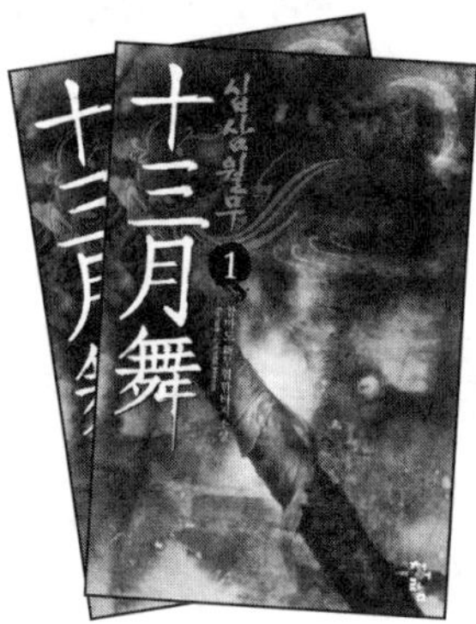

십삼월무(十三月舞) / 참마도 지음

거칠고, 사납게
휘몰아친다!

『십삼월무』
(十三月舞)

"난 살기 위해 싸울 뿐이오. 내 일을 하기 위해 싸울 뿐이고.
그리고 내… 마음속에 있는 사람들을 위해 싸울 뿐이오."

어둡고 무거운 저녁 안개 속을 뚫고서
살아 번뜩이는 야성의 눈동자!
피로 물든 천지 속에서 터져 나온
광포한 포효가 검진강호를 뒤흔든다!

청 어 람 신 무 협 판 타 지 소 설

제1회 신춘무협 공모전에 『보표무적』으로 금상을 수상한 작가 장영훈의 신작!!

일도양단(一刀兩斷) / 장영훈 지음

한 겹 한 겹 파헤쳐지는 음모의 속살을 엿본다!

『일도양단』 (一刀兩斷)

그의 이름은 기풍한.

천룡맹(天龍盟) 강호 일급 음모(一級陰謀) 진압조(鎭壓組) 질풍육조(疾風六組)의 조장이다.

임무를 위해 출맹한 지 사 년이 지난 어느 겨울날 새벽,
돌아온 그에게 천룡맹 섬서 지단 부단주가 말했다.

"질풍조는 이미 해체되었네."

그리고…
그의 존재를 알던 모든 이들이 죽었다.

FANTASTIC
ORIENTAL
HEROES